OS MARES DO SUL

Outros títulos desta série

O inimigo imediato — Ross Macdonald
Um tom cinzento de culpa — John D. Macdonald
Fletch venceu — Gregory Macdonald
A tragédia Blackwell — Ross Macdonald
Continental Op — Dashiell Hammett
A noiva estava de preto — Cornell Woolrich
Dinheiro sujo — Ross Macdonald
Clientes demais — Rex Stout
É sempre noite — Léo Malet
Sexta-feira o rabino acordou tarde — Harry Kemelman
Cozinheiros demais — Rex Stout
Sábado o rabino passou fome — Harry Kemelman
Aranhas de ouro — Rex Stout
O labirinto grego — Manuel Vázquez Montalbán
Também se morre assim — Ross Macdonald
Mulheres demais — Rex Stout
Neutralidade suspeita — Jean-Pierre Gattégno
Edições perigosas — John Dunning
O diabo vestia azul — Walter Mosley
A noite do professor — Jean-Pierre Gattégno
Domingo o rabino ficou em casa — Harry Kemelman
Pecado original — P. D. James
Ser canalha — Rex Stout
Impressões e provas — John Dunning
Uma longa fila de homens mortos — Lawrence Block
Casei-me com um morto — Cornell Woolrich
O silêncio da chuva — Luiz Alfredo Garcia-Roza
Jogo de sombras — Frances Fyfield
Nó de ratos — Michael Dibdin
Bilhete para o cemitério — Lawrence Block
Bellini e a esfinge — Tony Bellotto
Bellini e o demônio — Tony Bellotto

MANUEL VÁZQUEZ MONTALBÁN

OS MARES DO SUL

Tradução:
CID KNIPEL MOREIRA

COMPANHIA DAS LETRAS

A presente edição foi traduzida mediante ajuda da Direção Geral do Livro, Arquivos e Bibliotecas do Ministério de Educação e Cultura da Espanha

Título original:
Los mares del Sur

Projeto gráfico da capa:
João Baptista da Costa Aguiar

Capa:
Ettore Bottini

Foto da capa:
Heloisa Mesquita

Preparação:
Cristina Penz

Revisão:
Cláudia Cantarin
Isabel Jorge Cury

Dados Internacionais de Catalogação na Publicação (CIP)
(Câmara Brasileira do Livro, SP, Brasil)

Vázquez Montalbán, Manuel, 1939-
Os mares do Sul / Manuel Vázquez Montalbán ; tradução Cid Knipel Moreira. — São Paulo : Companhia das Letras, 1998.

Título original: Los mares del Sur.
ISBN 85-7164-750-x

1. Romance espanhol I. Título.

98-0306 CDD-863.6

Índices para catálogo sistemático:
1. Romances : Século 20 : Literatura espanhola 863.6
2. Século 20 : Romances : Literatura espanhola 863.6

1998

EDITORA SCHWARCZ LTDA.
Rua Bandeira Paulista, 702, cj. 72
04532-002 — São Paulo — SP
Telefone: (011) 866-0801
Fax: (011) 866-0814
e-mail: coletras@mtecnetsp.com.br

più nessuno mi porterà nel sud
(*agora ninguém me levará ao Sul*)

Salvatore Quasimodo

— Vamos embora.

— Eu não me canso de balançar o esqueleto.

— Vamos balançar de outro jeito.

Loli inflou as bochechas num sorriso e soprou para o alto, afastando a franja à la Olivia Newton-John.

— Você está agitado.

— Hoje é meu dia, chuchu.

Bocanegra ficou em pé nas pernas arqueadas. A abóbada galáctica do local formava um arco de fluorescências sobre sua cabeça. Ergueu a calça e andou trôpego em direção ao balcão. Os garçons serviam milagrosamente, às cegas. Vultos amontoados sobre o balcão se definiam subitamente como casais se espreguiçando, saindo de um nó de braços e línguas. Bocanegra deu um soco brincalhão em um vulto.

— Bezerrão, levanta. Sua irmã e eu vamos embora.

— Filho da puta. Você me broxou.

Sardenta já havia recolhido a língua esfolada e tentava utilizá-la para queixar-se da intromissão de Bocanegra.

— Tudo bem. Se não querem ir de carro, pior pra vocês.

— De carro? Bocanegra, não me meta em confusão de novo. Quero passar a noite tranqüilo.

— Saquei um CX azul, demais.

— Um CX! Aí é outro papo. Nunca entrei num.

— Um CX! — exclamou Sardenta, os olhos perdidos em longínquos horizontes.

— Além disso, acho que tem telefone. Parece mais uma suíte que um carro, cara. Dá pra nós quatro transarmos dentro do carro que as rodas agüentam.

— Estou gostando disso — riu Bezerrão. — Ligo pra velha: Escuta só, estou transando num CX.

— Sai com a Loli e me espera na esquina da fábrica de papelão.

Bocanegra atravessou a pista de dança sob o impacto das rajadas de luz. Parecia que suas pernas absorviam a eletricidade da plataforma branca, eletricidade que acabava se enrolando em seus cabelos negros, encaracolados.

— Sempre firme aí, hein, chefe? Parece um orelhão — disse de passagem ao porteiro.

— Fica no meu lugar e eu vou lá dentro me esbaldar. Vagabundo!

— Não precisa me contar a sua vida.

Bocanegra se sentiu protegido pela penumbra à medida que se afastava do piscar giratório do salão. Enfiou a mão no bolso direito da calça e apalpou a gazua que lhe roçava o saco. Por dentro do bolso acariciou o saco. Depois tirou a mão e empunhou o objeto como se o aprumasse ou verificasse sua firmeza. Com naturalidade, parou ao lado do CX, enfiou a gazua e a porta se abriu com um pequeno salto, resoluta como a porta de uma caixa-forte. O carro cheirava a xoxota de menina rica, pensou Bocanegra. Genial, cigarros! Demais, uma garrafinha de uísque! Abriu o capô. Como se ajeitasse o cabelo, fechou o contato com os cabos. Abaixou o capô. Sentou-se no carro com a despreocupação e a elegância que supunha no proprietário. Entornou na boca a garrafinha de uísque. Acendeu um cigarro. Arrancou suavemente e girou bruscamente o volante para que a guinada do carro fosse ouvida no beco vizinho. Por um túnel de velhos tijolos e carros estacionados, chegou à esquina onde era esperado por Loli, o Bezerrão e a Sardenta. Loli afundou no assento ao lado no momento em que as três portas se fechavam com um ruído pré-fabricado.

— Da próxima vez, me avisa antes. Pegar um carro assim é fria. Não é pra nós.

— Não é pra você. Eu pareço um doutor.

— Diz que sim, Bocanegra!... — riu a Sardenta no banco de trás.

— Depois sou sempre eu que tenho de dar um jeito quando você vai em cana.

— Se você dá jeito, é porque gosta.

— Genial. Que carro! Pra onde vamos?

— Vamos transar em Vallvidrera.

— Eu prefiro transar na cama.

— É melhor fazer no meio dos pinheiros — disse Bocanegra e, tirando uma das mãos do volante, enfiou-a dentro do decote da Loli para apertar um seio firme e grande.

— Evita o centro de San Andrés que está cheio de tiras.

— Fiquem frios. Esses caras sentem depressa o cheiro de quem está nervoso. Vocês precisam ficar como se tivessem nascido no carro.

— O que você está fumando, Bocanegra? Você vai fazer xixi na cama. Não tem idade pra esses cigarros.

Bocanegra pegou uma das mãos de Loli e a assentou sobre seu pênis.

— E pra esse cigarro eu tenho idade?

— Seu porco!

Loli sorria, mas retirou a mão como se tivesse tocado num fio elétrico. Bezerrão se inclinou à frente e concentrou sua atenção no percurso de Bocanegra.

— Não vá para o centro, cacete, está cheio de patrulhas.

— Não se apavore, irmão.

— Não se trata disso.

— Bezerro tem razão — retrucou a Sardenta. Mas Bocanegra procurava a avenida de San Andrés e desembocava na praça da Câmara.

— Puta que pariu...

O grito impotente do Bezerrão fez Bocanegra sorrir.

— Não tem nada, irmão. Sob controle. Tudo sob controle.

— Olha eles ali!

Loli tinha visto a viatura da polícia estacionada na esquina da Câmara.

— Calma...

Bocanegra arqueou a sobrancelha simulando despreocupação e passou ao lado da viatura. Uma boina inclinada se mexeu e surgiu de perfil um rosto amarelado pela luz da rua, que era embalada pela tensão de um cartaz de propaganda eleitoral. "Entre conosco na Câmara." No rosto amarelo, acentuaram-se os traços das sobrancelhas arqueadas. Os olhos escuros pareceram se estreitar.

— Ele olhou esquisito pra você!

— Sempre olham assim. É tudo figuração. Colocam uma boina na cabeça e acham que estão por cima.

— Estão vindo atrás da gente! — gritou a Sardenta, olhando pelo vidro traseiro.

O olho esquerdo de Bocanegra se fixou no espelho retrovisor lateral. Lá estavam os faróis amarelos e a luz giratória da viatura.

— Veado, eu disse que você é um veado e um farofeiro!

— Cala a boca, Bezerrão, ou eu quebro sua fachada. Quer apostar que não me pegam?

Loli gritou agarrando-se ao braço de Bocanegra. A cotovelada a fez bater contra a porta do seu lado e ela começou a chorar, encolhida.

— Pronto. Agora o filho da puta corre! Pára, porra, pára e a gente sai correndo! Você quer que eles atirem?

Os sinais luminosos da viatura se converteram em sinais sonoros. Lançava rajadas de luz e sons para que o cx parasse.

— Tenho de ganhar terreno!

O Bocanegra acelerava e o mundo se aproximava perigosamente do nariz do carro, como se crescesse e fosse ao seu encontro. Virou em uma esquina e ficou sem espaço entre a fileira de carros estacionados à sua direita e um utilitário com a traseira para fora do cruzamento. O cx bateu e Loli foi de encontro ao painel. Bocanegra deu marcha a ré e bateu a traseira do carro contra algo que respondeu com uma estrondosa queixa metálica. Bocanegra quase não ouviu, pois tinha os ouvidos ocupados pela proximidade da sirene e, quando enfiou corretamente o carro na rua, seus braços bambearam e o carro começou a bandear batendo contra os estacionados à direita e à esquerda, até o volante ficar travado entre os braços moles do Bocanegra. As portas traseiras se abriram e Bezerrão e Sardenta saltaram.

— Parem! Parem ou estão fritos!

Bocanegra ouviu os passos se aproximando. Loli chorava, histérica, o nariz e a boca cheios de sangue, imóvel no assento. Bocanegra saiu com os braços levantados e quando ficou em pé já recebia o empurrão do tira.

— Você vai se lembrar desta farra. Mãos sobre o carro!

Revistavam-lhe as partes recônditas do corpo e Bocanegra teve tempo para sair do torpor e se dar conta de que reproduziam a operação com o Bezerrão alguns metros adiante e que a Sardenta abria a bolsa diante de outro tira.

— Tem uma garota ferida — disse Bocanegra e apontou para Loli, que havia saído do carro e continuava a chorar lágrimas e sangue com o traseiro apoiado na viatura. O policial desviou um instante o olhar para a Loli e Bocanegra lhe deu um empurrão. Abriu-se para ele um corredor na noite e se pôs a correr com os saltos do sapato chegando-lhe ao traseiro, os braços enérgicos como pistões. Apitos. Apitos. Insultos enfraquecidos pela distância. Dobrou várias esquinas sem deixar de ouvir o ruído da correria que vinha atrás dele. Respirava um ar úmido e ácido que entrava aos borbotões e lhe queimava os pulmões. As ruelas se sucediam sem portões propícios. Muros altos de tijolos lisos ou rebocados com cimento escuro e saibroso. De repente saiu na rua principal de San Andrés, e todas as luzes deste mundo o denunciaram mantendo-o em equilíbrio sobre uma perna enquanto a outra freava. Alguns metros adiante olhava-o, surpreso, o sentinela que montava guarda junto à guarita do quartel. Bocanegra investiu pela rua e atravessou a calçada iluminada em busca dos terrenos baldios que vislumbrava na direção de Trinidad. Precisava parar pois sufocava, tinha gases e quase o enjoava a queimação que o ar nos pulmões produzia. Uma velha porta de madeira descascada, curtida pelo sol e pela chuva, encerrava uma construção. Bocanegra aproveitou a erosão da madeira para se agarrar e dependurar na borda de cima e começar a escalada no braço. Os braços acabaram ficando extremamente tensos com o peso do corpo e Bocanegra caiu de cócoras. Retrocedeu alguns passos, deu um impulso e lançou-se contra a porta empreendendo uma luta entre a madeira bamboleante e o corpo que procurava equilibrar-se. Sentiu a ponta da porta na virilha e deu um impulso definitivo que o converteu num corpo em queda livre por um barranco argiloso onde ia batendo contra pedras invisíveis. Ajoelhou e descobriu-se em meio às fundações de um prédio em construção. A porta que ele havia saltado coroava o barranco e o olhava como a um intruso. Seus olhos apalparam a erodida obscuridade e descobriram a velhice da obra abandonada. Doíam-lhe já todos os golpes que havia tomado às cegas, tinha todos os ligamentos dos músculos como que distendidos, o suor frio o encharcava de desânimo. Procurou um lugar para se esconder caso lhes ocorresse entrar no terreno. Foi então que o viu com a cabeça recostada sobre cacos de tijolos, os olhos abertos que o fitavam e as mãos como caracóis de mármore desafiando o céu.

— Merda! — gritou o Bocanegra, soluçando. Aproximou-se do homem e se deteve a um passo da morte explícita. O homem já não olhava para ele. Parecia concentrar obsessivamente seus olhos na velha porta distante, como se tivesse sido sua última esperança antes de morrer. Por detrás da porta começaram a chegar os apitos, freadas, vozes de perseguição e alerta. O morto e o Bocanegra pareciam compartilhar a esperança da porta. Imediatamente alguém começou a empurrá-la e de Bocanegra escaparam lágrimas e um *hiiiii* histérico nascido no estômago. Procurou um monte de entulho para sentar e esperar o inadiável. Contemplava o morto e o censurava.

— Cagão. Você me fodeu. Filho da puta. Só me faltava você nesta noite.

— Nós, detetives particulares, somos os termômetros da moral estabelecida, Biscuter. Eu lhe digo que esta sociedade está podre. Não acredita em nada.

— Sim, chefe.

Biscuter dava razão a Carvalho, não só porque sabia que estava bêbado, mas também porque estava sempre disposto a aceitar catástrofes.

— Três meses que estamos a perigo. Nem um marido procurando a mulher. Nem um pai procurando a filha. Nem um corno querendo uma prova do adultério de sua mulher. Será que as mulheres não fogem mais de casa? Nem as meninas? Fogem sim, Biscuter. Mais do que nunca. Mas hoje os maridos e pais não ligam a mínima que elas fujam. Os valores fundamentais estão perdidos. Não queriam a democracia?

— Para mim tanto faz, chefe.

Mas Carvalho não falava com Biscuter. Interrogava as paredes verdes de seu gabinete ou alguém supostamente sentado defronte a sua escrivaninha anos 40, o verniz liso escurecido durante trinta anos, como se sempre imerso naquela penumbra de escritório na Ramblas. Esvaziou outra taça de orujo* gelado e se contorceu com o calafrio que lhe percorreu a espinha. Mal havia pousado o copo na mesa, Biscuter tornou a enchê-lo.

— Basta, Biscuter. Vou respirar um pouco.

Saiu para o patamar da escada, onde foi invadido por ruídos e odores do casarão. O matraquear das castanholas da escola de dança, o pique-pique meticuloso do velho escultor, o cheiro de lixo sedimentado ao longo de trinta anos que exalava, misturado ao verniz esmaecido e à pasta de poeira acumulada nas molduras dos batentes das portas, das clarabóias zenitais que pairavam sobre o vão da escada com seus olhos rombudos e opacos. Saltou de degrau em degrau ajudado ou empurrado pela energia do álcool e agradeceu pelo ar que assomava da Ramblas. A primavera

(*) Espécie de bagaceira, feita com cascas de uva. (N. T.)

tinha enlouquecido. Punha-se fria e nublada naquele entardecer de março. Alguns passos e respirações profundas ajudaram o cérebro embotado e o fígado intoxicado de Carvalho.

Tinha um milhão e duzentas mil pesetas na poupança que lhe rendiam uns cinco por cento a prazo fixo. Nesse ritmo não conseguiria chegar aos cinqüenta ou cinqüenta e cinco anos com capital suficiente para aposentar-se e viver dos juros. A crise. A crise de valores, disse Carvalho para si mesmo, mas com obstinação de bêbado. Havia lido nos jornais que os advogados trabalhistas também estavam em crise porque os operários recorriam aos assessores legais das centrais sindicais. Tanto uns como outros: vítimas da democracia. Também os médicos e os tabeliães eram vítimas da democracia. Tinham que pagar imposto e começavam a pensar que a melhor situação política é a do profissional que vive sob o fascismo, praticando, porém, certo grau de resistência liberal.

— Nós, detetives particulares, somos tão úteis como os trapeiros. Salvamos do lixo aquilo que ainda não é lixo. Aquilo que, olhando bem, poderia deixar de ser considerado lixo.

Ninguém escutava o discurso. As gotas de chuva fizeram-no correr até a rua Fernando em busca do abrigo das vitrinas da Beristain. Ali topou com três putas de trottoir que trocavam conselhos sobre o aproveitamento das sopas prontas. Um garotinho saiu da loja com um enorme taco de hóquei. A seu lado, o pai lhe perguntava repetidamente: *Quer dizer que este está bom pra você? Sim, claro que sim,* respondia o menino, exasperado com a desconfiança paterna. Carvalho deixou o abrigo e apertou o passo pelo passeio acima em busca de uma mercearia onde costumava comprar queijos e embutidos. Voltou a deter-se, abalado pelo protesto dos cãeszinhos que se amontoavam sobre as aparas de palha, do outro lado do vidro que os separava da rua. Com um dedo brincou com o focinho impertinente do pastor alemão cujas patas traseiras eram mordidas por dois filhotes de cocker inglês. Abriu a mão contra o vidro como a transmitir calor ou comunicação ao bichinho. Do outro lado do telão transparente, o cachorro lambeu o vidro tentando chegar até a mão de Carvalho. Pepe afastou-se bruscamente e cobriu a curta distância que o separava da mercearia.

— O de sempre.

— Chegaram os potes com lombo e salsichas em escabeche.

— Vê dois para mim.

O balconista completou o pacote com rotineira meticulosidade.

— Este presunto de Salamanca já não é mais aquele.

— Qualquer um eles chamam de presunto de Salamanca. Qualquer um que não seja presunto de Jabugo ou de Trevélez, então é de Salamanca. Parece brincadeira. E aí a gente não sabe quando está comendo presunto de Salamanca ou de Totana.

— Dá para perceber.

— Você percebe porque entende. Mas eu tenho presuntos de Granollers vendidos como se fossem de Jabugo. Por aí você vê.

Carvalho saiu com o pacote de queijo de Casar, de Cabrales, de Ideazábal, salames de Jabugo, presunto de Salamanca para comer à vontade e uma pequena amostra do de Jabugo para os momentos de depressão.

Estava mais animado quando chegou à frente da loja dos cachorros no momento em que o proprietário estava fechando as portas.

— E o cachorro?

— Que cachorro?
— O que estava na vitrina.
— Estava cheio de cachorros.
— O lobinho.
— Era uma cadela. Guardo todos lá dentro. De noite eu os ponho para dentro, em gaiolas. Não quero que me quebrem a vitrina, não para levá-los, mas para fazer algum vandalismo. Tem muita gente ruim por aqui.
— Quero comprar a cadela.
— Agora?
— Agora.
— São oito mil pesetas — disse o proprietário sem tornar a abrir a porta.
— Por esse preço não deve ser um bom pastor.
— Não tem *pedigree*. Mas é um cachorro muito sadio. Você vai logo ver que ele é bom. Muito valente. Eu conheço o pai, e a mãe é de um cunhado meu.
— Não dou a mínima para o *pedigree*.
— Você é quem sabe.
O cachorro se agitava por sobre o braço dobrado de Carvalho. Da outra mão pendia uma bolsa cheia de queijo, embutidos, latas de comida para cães, ossos de borracha, inseticida, desinfetante, escova, tudo o que um homem e um cachorro necessitam para ser felizes. Biscuter ficou perplexo diante da elegância da cadelinha, solidamente postada sobre as patas traseiras, com meio metro de língua para fora e duas orelhas gigantescas que pareciam as asas dobráveis de um avião mergulhando a prumo.
— Parece um coelho, chefe. Eu fico com ela aqui?
— Eu vou levá-la para Vallvidrera, senão ela vai encher você de merda.
— Ah, sim, ligaram para o senhor. Eu anotei o nome na caderneta.

Jaime Viladecans Riutorts, advogado. Enquanto discava o número do telefone, gritou para Biscuter que esquentasse alguma coisa para jantar. Ouviu o barulho na pequena cozinha que Biscuter havia improvisado no caminho do lavabo. Biscuter cantarolava, contente com a tarefa, e a cadelinha se pôs a morder o fio do telefone. Duas secretárias deram a medida da distância e da importância do interlocutor. Finalmente, entrou na linha uma voz de lorde inglês com sotaque de bostinha da Diagonal.

— É um assunto muito delicado. Teríamos que conversar pessoalmente.

Anotou o endereço, dobrou e se deixou cair na poltrona giratória, sentindo no corpo uma espécie de satisfação. Biscuter estendia diante dele um guardanapo sobre o qual depositou um fumegante prato de *madriguera con chanfaina.** A cadela se dispôs a participar da refeição. Carvalho a colocou delicadamente no chão e lhe ofereceu um pedacinho de madriguera sobre um papel branco.

— O povo tem razão. Às vezes os filhos chegam com um pão debaixo do braço.

Viladecans usava prendedor de gravata de ouro e abotoaduras de platina. Era impecável até na calvície, transformada em um leito de rio drenado e polido, encaixado entre duas margens povoadas de cabelo grisalho aparado pelo melhor barbeiro da cidade e provavelmente do hemisfério, a julgar pelo cuidado com que a mão do advogado insistia em testar a consistência dos arbustos sobreviventes, enquan-

(*) Prato catalão que consiste em pulmões ensopados com tomate e verduras. (N. T.)

to uma língua minúscula percorria os lábios, evidenciando satisfação.

— Já ouviu falar de Stuart Pedrell?

— O nome me diz algo.

— É possível que sim e por vários motivos. É uma família conhecida. A mãe era uma pianista de destaque, embora tenha deixado de tocar depois que se casou e apenas se apresentasse publicamente em eventos beneficentes. O pai foi um importante industrial de origem escocesa, famoso antes da guerra. Cada filho é uma personalidade. Pode ser que você tenha ouvido falar do publicitário, do bioquímico, da pedagoga ou do construtor.

— Provavelmente.

— Quero lhe falar do construtor.

Depositou diante de Carvalho uma série de cartões em que estavam afixadas pequenas notas recortadas dos jornais: *Corpo de um desconhecido é encontrado em obra abandonada em Trinidad. Identificado como sendo o de Carlos Stuart Pedrell. Havia se despedido da família fazia um ano a pretexto de uma viagem para a Polinésia.*

— A pretexto? Precisava de pretexto?

— Você sabe como é a linguagem jornalística. A impropriedade personificada.

Carvalho em vão tentou personificar mentalmente a impropriedade, mas logo Viladecans resumia a situação juntando as mãos, tratadas pela melhor manicure do bloco capitalista.

— A coisa foi assim. O meu amigo — amigo íntimo, conhecíamo-nos desde quando estudamos juntos no colégio dos jesuítas — passou por uma certa crise. Alguns homens, principalmente homens sensíveis como Carlos, sofrem muito com a passagem dos quarenta, dos quarenta e cinco e — ai! — a aproximação dos cinqüenta. Só assim se explica que durante meses e meses ruminasse a idéia de abandonar tudo e ir para alguma ilha da Polinésia. De repente o projeto foi acelerado. Deixou tudo amarrado, do ponto de vista do negócio, e desapareceu. Imaginamos que havia partido para Bali ou o Taiti ou, quem sabe, o Havaí, e a princípio achávamos que seria uma crise passageira. Passaram-se meses, tivemos de enfrentar uma situação que parecia irremediável, a senhora Stuart Pedrell começa a dirigir os negócios, até que, finalmente, em janeiro, esta notícia: o corpo de Stuart Pedrell é encontrado em um canteiro de obras de Trinidad, apunhalado, e hoje sabemos com certeza que nunca chegou à Polinésia. Não sabemos onde esteve, o que fez durante todo esse tempo, e precisamos saber.

— Eu me lembro do caso. O assassino não foi encontrado. Também querem saber quem é ele?

— Bom, se houver assassino, que venha o assassino. Mas o que nos interessa é saber o que ele fez durante esse ano. Compreenda que há muitos interesses em jogo.

Pelo interfone lhe disseram que a senhora Stuart Pedrell havia chegado. Quase de imediato a porta se abriu e entrou no escritório uma mulher de quarenta e cinco anos que balançou o coração de Carvalho. Entrou sem olhar para ele e impôs sua esbelteza madura como se fosse a única presença digna de atenção. As apresentações de Viladecans apenas serviram para que a mulher morena, de grandes feições e com a pele no começo da flacidez, se distanciasse ainda mais de Carvalho. Um mero "encantada" foi tudo que o detetive mereceu da mulher, e Carvalho respondeu olhando obsessivamente para os seus seios, até que ela se viu forçada a apalpar o busto, procurando uma possível indiscrição na roupa.

— Eu estava pondo o senhor Carvalho a par do que aconteceu.

— Acho muito bom. Viladecans já deve ter lhe dito que acima de tudo desejo discrição.

— A mesma discrição com que o caso foi noticiado. Pelo que vejo nestes recortes, não se divulgou nenhuma foto de seu marido.

— Nenhuma.

— Por quê?

— Meu marido se foi em plena crise. Tinha uns parafusos soltos. Quando estava tranqüilo, o que era um milagre, agarrava-se ao primeiro que passava para lhe contar a história de Gauguin. Ele também queria ser Gauguin. Abandonar tudo e partir para os mares do Sul. Ou seja, abandonar a mim, seus filhos, seus negócios, suas relações sociais, em outras palavras, tudo. Um homem nesse estado é uma presa fácil para qualquer um e, se o caso tivesse sido muito ventilado, talvez fôssemos assediados por milhares de inescrupulosos.

— Fizeram um acordo com a polícia?

— Eles fizeram o que podiam. Tal como o Ministério das Relações Exteriores.

— Relações Exteriores?

— Era plausível a hipótese de que realmente tivesse ido para os mares do Sul.

— Não foi.

— Não. Não foi — disse com certo prazer.

— Isso a alegra.

— Um pouco. Estava farta dessa história. "Pois vá embora de uma vez!", eu lhe disse em mais de uma ocasião. Ele estava asfixiado pela opulência.

— Mima...

Viladecans tentou interrompê-la.

— Todo mundo se sente asfixiado. Melhor dizendo, todo mundo menos eu. Desde que ele partiu, tenho podido respirar aliviada. Tenho trabalhado. Tenho feito o trabalho dele e tão bem quanto ele, melhor que ele, porque faço sem irritação.

— Gostaria de lembrar, Mima, que estamos aqui para outra coisa.

Mas Carvalho e a viúva se entreolharam, como se medissem sua capacidade de ser agressivos.

— Quer dizer: tinha certo carinho por ele.

— Ria se quiser. Um certo carinho. Mas muito pouco. Essa história serviu para me mostrar que ninguém é imprescindível. E uma coisa pior: que sempre usurpamos o lugar que ocupamos.

Carvalho ficou desconcertado com a paixão obscura que irradiava daqueles olhos negros, daquelas duas rugas elípticas em volta de uma boca madura e sábia.

— Exatamente o que quer saber?

— O que meu marido fez durante um ano, durante esse ano em que pensávamos que ele estava nos mares do Sul e estava quem sabe onde e quem sabe fazendo que idiotices. Tenho um filho adulto que puxou ao pai, com a agravante de que herdará mais dinheiro do que o pai. E mais dois que numa hora dessas devem estar fazendo trilha de moto por alguma montanha por aí. Uma filha que está histérica desde que o cadáver do pai foi encontrado. Um menino pequeno que foi expulso do colégio dos jesuítas... Preciso ter tudo muito sob controle.

— O que já se sabe?

Viladecans e a viúva se entreolharam. Foi o advogado que respondeu.

— O mesmo que você.

— O morto não trazia nada que facilitasse a localização?

— Haviam-lhe esvaziado os bolsos.

— Apenas encontraram isto.

A viúva havia tirado do bolso uma enrugada folha de agenda erodida por milhares de mãos. Alguém havia escrito sobre ela com uma hidrográfica:

piú nessuno mi porterà nel sud.

— Nem conheço você.

Usava cabelos curtos, um terno escuro sem gravata, óculos de sol de lentes muito escuras que ressaltavam ainda mais a brancura brilhante do rosto adolescente. Apesar da magreza havia algo escorregadio em seu jeito, como se tivesse graxa nas juntas do corpo silencioso.

— Se souberem que estou lhe dando esta informação, me tiram o couro.

— O senhor Viladecans é muito influente.

— Com toda a sua influência, não pode me salvar. Além disso, não tiram o olho de cima de mim. Por causa da política. Aquilo está cheio de hipócritas. Da boca pra fora todos estão incomodados com a situação, mas na hora de agir, nada. Estão todos só contando tempo e torcendo para que não os impeçam de fazer bicos.

— Você é um policial comuna?

— Que nada. Sou um policial patriota.

— Entendo. Você participou da investigação sobre Stuart Pedrell? Diga-me tudo o que sabe.

— Pouco. Primeiro pensamos que era um caso de veadagem. É muito estranho um cara rico desaparecer e reaparecer apunhalado um ano depois. Parecia um caso flagrante de história abafada. Mas, por um lado, o legista nos disse que ele era virgem de cu e, por outro, entre as bonecas, ninguém o conhecia. Depois, as roupas. Não eram dele. Tinham vestido o sujeito com roupas de segunda ou terceira mão, muito usadas, com o firme propósito de não deixar pistas.

— Por que então deixaram o bilhete?

— Acho que para nos confundir. Você entende o que quer dizer?

— "Agora ninguém me levará ao Sul."

— Sim, isso já ficamos sabendo. Mas o que queria dizer?

— O projeto do morto era chegar aos mares do Sul, na Oceania.

— Mas leia direito o bilhete. Agora... ninguém... me... me... me... levará ao Sul. Refere-se a alguém que, podendo levá-lo, não o leva. Isso nos pareceu estranho. Por que em italiano?

— Era a letra dele?

— Sim. Era sua letra.

— Conclusão...

— Devia sofrer de amnésia ou coisa parecida. Foi se meter nas bocas e lhe deram uma punhalada. Isso, se não foi um seqüestro bem abafado pela família. Não quiseram soltar a grana e cortaram a garganta dele. Pode ser também um caso de negócios, mas isso é improvável. Os negócios mais conflitivos a que se dedicava eram os da construção e não chegava a se envolver, isto é, utilizava testas-de-ferro. Bom, meu amigo, não quero falar mais sobre esse assunto. Você tem aí a lista de todo mundo que nós incomodamos: sócios, amigos, amantes e desafetos. Eu já disse a Viladecans que não iria mais adiante.

— A polícia continua?

— Não. A família fez o impossível para que não continuasse. Deixou a coisa andar por algum tempo, por cautela, e depois passou a segurar a situação. O prestígio familiar e essa coisa toda.

O jovem policial fez um estranho ruído com a língua contra a parede interna da bochecha, e Carvalho interpretou aquilo como uma despedida, porque em seguida se levantou e se dirigiu para a porta. Pelo caminho sofreu o assédio da cadela que tentava morder-lhe os calcanhares.

— Nossa, que cachorro esquisito!

— É uma cadela.

— Mau negócio. Vai capá-la?

Carvalho franziu o cenho, e o policial saiu. Triste pelo desprezo, a cadela inclinava a cabeça ora para um lado, ora para o outro, como se tentasse ver o bem e o mal da realidade.

— Você é muito mole.

— Uma banana — acrescentou Biscuter saindo de trás da cortina.

— É isso. Vamos chamá-la de Banana, por ser tão boba.

— E caga onde quer — reprovou Biscuter com rancor. A diferença que havia entre Biscuter e Banana era que, mais ou menos, melhor ou pior, Banana tinha alguma raça e Biscuter não. No velho companheiro de cadeia de Carvalho a natureza havia operado o milagre da fealdade inocente: um monstrinho louro e nervoso condenado à calvície. Percebeu os passos de Charo e no patamar da escada a porta se abriu. O rosto de Charo se dividia entre o cansaço e a ira.

— Então você está vivo. Não venha me dizer: eu ia ligar para você agora mesmo.

— Não. Não vou dizer.

Carvalho tirou uma garrafa de vinho branco de dentro de um pequeno balde. Secou-a com um guardanapo e encheu as três taças que Biscuter havia posto sobre a mesa.

— Experimente, Charo. Os catalães estão aprendendo a fazer vinho. É um blanc de blancs. Excelente. Principalmente para essas horas.

— Que horas?

— Essas horas. As que ficam entre o fim do almoço e o primeiro prato do jantar.

Charo havia caído na armadilha, sentara-se com as pernas abertas dos joelhos para baixo, e bebia o vinho imitando as pausas gustativas de Carvalho. Biscuter tentava fazer o mesmo, mas estalava demais com a língua.

— Arrrh! O que é isto?

— Um cachorro. Ou melhor, uma cadela.

Charo havia se levantado, assustada com o farejar de Banana.

— É a sua nova companhia?

— Novíssima. Comprei ontem.

— Não é nenhuma maravilha. Como se chama?

— Banana.

Com a cadela no colo tentando lamber-lhe o rosto, Charo desatou uma enfiada de queixas contra Carvalho. O detetive ensimesmava-se enquanto enchia taças que bebiam com sede e aborrecimento. O sabor verde e ácido do vinho lhe provocava uma comichão atrás das orelhas e, para contrabalançar, toda a sua cavidade bucal se sensibilizava. Sentia-se ratificado, como se recuperasse um pedaço de pátria dentro de si mesmo.

— Lamento, Charo, mas eu estava cansado. Estou cansado. Como vão os negócios?

— Mal. Há uma competição infernal. Com essa história de crise econômica não estão perdoando nem as freiras.

— Charo, não seja vulgar. A sua clientela era seleta.

— Por que não falamos de outra coisa, meu querido?

Pepe se esquecera de que ela não gostava de falar de seu trabalho com ele. Ou não se esquecera? Queria que Charo se fosse, mas sem ofendê-la. Viu-a levando a taça aos lábios, as pernas juntas, na incomodidade de uma visita. Carvalho sorriu misteriosamente para Charo. De repente se dera conta de que, ao procurar não criar vínculos com esses momentos, ele era o responsável sentimental e moral por três pessoas e uma cadela; ele mesmo, Charo, Biscuter, Banana.

— Vamos jantar, Charo.

Aproximou-se da porta do cômodo onde Biscuter se dedicava a seus afazeres.

— E você também, Biscuter. A casa convida.

Foram jantar no Túnel, onde Biscuter se surpreendeu com o prato de feijões brancos com mariscos que Carvalho pediu.

— Cada uma que eles inventam, chefe.

— Isto é mais velho que andar pra frente. Antes de a batata chegar à Europa, era preciso alguma coisa para acompanhar a carne, o pescado, o marisco.

— Você não deixa escapar nada, chefe...

Charo havia escolhido um ensopado de verduras e atum fresco na chapa. Carvalho continuava obsessivo com seu vinho, como se estivesse praticando uma transfusão de sangue branco e frio.

— No que está trabalhando agora?

— Um morto desaparecido.

— Um morto foi roubado?

— Não. Um homem que desapareceu e um ano depois apareceu morto. Queria mudar de vida, de país, de continente, de mundo e, no final, foi encontrado esfaqueado entre latas e entulhos. Um fracassado. Um rico fracassado.

— Rico?

— Riquíssimo.

Carvalho tirou do bolso a agenda e começou a recitar:

— Tablex Sociedade Anônima, dedicada à produção de laminados, Indústria de Laticínios Argumosa, Construções Ibéricas S. A., conselheiro do Banco Atlântico, vogal da

Câmara do Comércio e Indústria, conselheiro da Construções e Demolições Privasa... e outras quinze sociedades. O mais surpreendente é que duas delas são editoras vagabundas: uma publica livros de poesia e a outra uma revista da esquerda cultural. Pelo visto, gostava de obras de caridade.

— De gastar dinheiro, eu diria. Com a quantidade de revistas que há por aí, chefe. E de livros. A gente vai até a banca e não encontra nada. O jornaleiro faz o diabo para encontrar alguma coisa.

— E tudo é lixo — sentenciou Charo, levando à boca um pedaço de atum com alho e salsa.

— Estão todas cheias de homens e mulheres pelados.

Biscuter se despediu logo que terminou. Estava com sono e tinha de levantar cedo, arrumar o escritório e ir ao mercado. Carvalho o imaginou alguns minutos depois em sua solidão, dormindo na cama dobrável do escritório.

— Ou se masturbando.

— De quem você está falando?

— De Biscuter.

— Por que estaria se masturbando?

Carvalho apagou com uma das mãos o que havia dito e com o olhar apressou Charo para que acabasse. Pressentia que a garota iria querer subir com ele até sua casa em Vallvidrera e não sabia como frustrar seu intento. Charo terminou o sorvete com três ou quatro colheradas e se agarrou ao braço de Carvalho. Entrou no carro do detetive, onde Banana os recebeu com latidos de protesto e lambendo imediatamente o que eles não conseguiram pôr a salvo. Foi um percurso silencioso, um ritual também silencioso abrir a caixa do correio, subir a escada até a porta da casa, onde acenderam as luzes, toldadas pela vegetação do jardim que espalhou sombras sobre o cascalho. Carvalho respirou o ar contemplando na distância a profundidade do Vallés e escutando sem vontade a tagarelice de Charo lá dentro.

— Minha casa está quentinha. Em compensação, a sua... Hoje você vai acender o fogo, espero. Está tão doido que só acende no verão.

Carvalho entrou no quarto, tirou os sapatos, ficou sentado na cama com as mãos entre as pernas e o olhar fixo em uma meia abandonada e contorcida.

— O que você tem? Está se sentindo mal?

Carvalho se pôs a andar. Procurou ganhar tempo na casa, dando algumas voltas a esmo em torno da cama. Em seguida saiu do quarto, passou ao lado de Charo, que tentava acender o fogo com todas as *Vanguardias* que encontrara na casa. Foi até a cozinha e tirou da geladeira uma das dez garrafas de vinho blanc de blancs, que o esperavam iluminadas, disfarçadas de garrafas de champanhe artesanal. Talvez não seja tão bom quanto me parece, pensou Carvalho, mas a alegria não faz mal a ninguém.

— Mais vinho? O seu fígado vai virar pó.

Charo também bebeu enquanto Carvalho remendava seus frustrados esforços na lareira e acendia um fogo impressionante com a ajuda de um livro que havia escolhido de sua desfalcada biblioteca: *Maurice*, de Forster.

— É ruim?

— É extraordinário.

— Por que está queimando?

— Porque é uma estupidez, como todos os livros.

Charo ficou avermelhada e iluminada diante das chamas. Disse que ia vestir algo mais confortável e voltou com o traje solto chinês que Carvalho havia trazido para ela de Amsterdã. Carvalho continuava sentado no chão, com as costas contra o canto do sofá e uma taça de vinho branco na mão.

— Quando você bebe, é pra valer.

A mão de Charo acariciou-lhe o cabelo, e Carvalho a apanhou para rechaçá-la, mas a segurou e apertou efusivamente.

— O que você tem?

Carvalho deu de ombros. De repente deu um pulo e se pôs em pé e correu até a porta. Abriu-a e Banana entrou como uma enxurrada.

— Eu tinha esquecido a pobrezinha.

Charo mergulhou sua resignação no sofá e sua boca se apoderou da taça de vinho, quase mordendo-a. Carvalho retomou a posição inicial e se pôs a acariciar o cangote do bichinho e a perna de Charo.

— Escolhe. Ou a cadela ou eu.

Charo desatou a rir. Carvalho se ergueu até sentar-se no sofá, abriu-lhe a roupa chinesa e tocou os dois seios tostados de infravermelho e solário de *terrazzo*. A mão de Charo se enfiou sob o tecido azul da camisa de Carvalho, beliscou os mamilos do homem, percorreu sendas abertas entre os cabelos do peito. Mas Carvalho se levantou, atiçou o fogo e se virou como se estivesse surpreso com a indecisão de Charo.

— O que está fazendo aí? Vamos.

— Pra onde?

— Pra cama.

— Gosto de transar aqui.

A mão de Charo se amoldou como uma concha sobre a braguilha de Carvalho. Como se fosse um anúncio para o necessário crescimento, o volume da braguilha começou a subir até adaptar-se ao molde. Carvalho se abaixou para apanhar Banana, levou-a para o quarto e a depositou sobre a cama. Quando voltou para perto do fogo, Charo já estava despida. A penumbra iluminada pelo fogo acentuava seus traços fundamentais de menina sem flor.

Foi recebido por uma secretária disfarçada de ex-aluna de colégio de freiras que estivesse a ponto de se casar com um rapaz com quem manteve um relacionamento durante doze anos.

— A senhora Stuart Pedrell avisou-me sobre sua visita.

Estavam no santuário do falecido. O gabinete privado no qual ia meditar, o gabinete preferido dentre os outros quinze que o esperavam em outras tantas empresas. Um estilo nórdico suave que entrara em moda em meados da década de 60, temperado por mosaicos de pedras sobre tapeçaria de parede de tecido bege-escuro. Luminárias de papel encerado com certo toque oriental, carpete bege de lã, tendo ao fundo um estranho semáforo na porta de um escritório. Este pairava com as luzes apagadas como se fosse um robô voador morto, enganchado na parede como borboleta de coleção. Diante do gesto inquisitivo de Carvalho, a ex-aluna de freiras esclareceu:

— O senhor Stuart Pedrell o utilizava para dar ou não passagem aos que estavam no escritório, tanto a nós como aos visitantes.

Carvalho se adiantou rumo ao semáforo na expectativa do milagre de sua ressurreição e até parou antes de empurrar a porta que dava acesso ao santuário. O semáforo e o homem se olharam sem reação. Finalmente foi o homem quem empurrou a porta e entrou no escritório enquanto a secretária abria a veneziana.

— Perdão, mas o escritório agora está fechado e cheio de poeira. A limpeza é feita apenas uma vez por mês.

— Era você a secretária do senhor Stuart Pedrell?

— Sim. Aqui, sim.

— Para que servia este escritório?

— Para ouvir música. Para ler. Para receber amigos intelectuais e artistas.

Carvalho se preparou para a tarefa de examinar os livros escrupulosamente alinhados em prateleiras escrupulosas, os quadros de autor pendurados pelas paredes, o gabinete-bar com geladeira embutida, uma espreguiçadeira Charles Eames, o supra-sumo das espreguiçadeiras da sociedade patriarcal moderna.

— Deixe-me sozinho.

A secretária saiu, satisfeita por receber uma ordem tão enérgica. Carvalho examinou os livros. Muitos deles em inglês. Publicações norte-americanas. *A estrutura das revoluções científicas* de Kuhn, *A terra desolada* de Eliot, Melville, teólogos alemães, Rilke, a contracultura norte-americana, uma edição completa das obras de Huxley em inglês, Maritain, Emmanuel Mounier, *Para ler Marx*. Nas prateleiras, afixados por percevejos, havia recortes de jornais mumificados. Alguns eram novidades literárias resenhadas no suplemento literário do *Times*. Outros eram notícias curiosas, pelo menos curiosas para Stuart Pedrell. Por exemplo, as declarações de Carrillo sobre o abandono do leninismo pelo PC espanhol ou a notícia do casamento da duquesa de Alba com Jesús Aguirre, diretor-geral de Música no Ministério da Cultura. Aqui e ali, espetados nas tábuas, cartões-postais com reproduções de Gauguin. Na parede, alternavam-se quadros assinados, mapas oceânicos, um imenso Pacífico cheio de bandeirinhas de alfinete, escalonando uma rota imaginada. Sobre a mesa de pau-rosa uma caneca de marfim entalhado, cheia de vários tipos de lápis, canetas esferográficas e hidrográficas. Sobre uma escrivaninha de bronze envelhecido, um paraíso de *bricolage* escolar: borrachas de diversas cores, pincéis, bicos de pena, lapiseiras, giletes, lápis Hispânia em vermelho e azul, caixa de lápis de cor Faber, inclusive penas para fazer letra gótica ou romana, como se Stuart Pedrell se dedicasse a exercícios caligráficos ou ilustrasse exercícios escolares. Nos caixotes, recortes de artigos e entre eles um poema recortado de uma revista de poesia: "Gauguin". Conta em versos livres a trajetória de Gauguin desde seu abandono da vida burguesa de funcionário de banco até a morte nas ilhas Marquesas, rodeado pelo mundo sensorial que reproduziu em seus quadros:

desterrado para as ilhas Marquesas,
conheceu o cárcere por suspeitar
que não inspirava suspeitas
em Paris
era tido como um esnobe empedernido
só algumas nativas conheciam sua impotência
passageira
e que l'or de ses corps
era um pretexto
para esquecer o negro mobiliário dos edifícios
o relógio-cuco de uma cantina de Copenhague
uma viagem a Lima com uma mãe triste
as conversas pedantes do café Voltaire
e acima de tudo
os versos incompreensíveis de Stéphane Mallarmé.

Assim terminava o poema de um autor cujo nome nada dizia a Carvalho. Abriu a pasta de couro fino de Corinto postada como uma bandeja para o peito daquele que se sentasse no escritório. Notas manuscritas de assuntos econômicos. Avisos de compra de objetos pessoais, de livros a cremes de barbear. Um anúncio em inglês chamou a atenção de Carvalho:

I read, much of the night, and go south in the winter.

E abaixo,

> *Ma quando gli dico*
> *ch'egli è tra i fortunati che han visto l'aurora*
> *sulle isole più belle della terra*
> *al ricordo sorride e risponde che il sole*
> *se levava che il giorno era vecchio per loro.*

Finalmente,

più nessuno mi porterà nel sud.

Carvalho traduziu mentalmente:

Leio até a noite chegar
e no inverno viajo para o Sul
......
Mas quando lhe digo
que ele se encontra entre os afortunados que viram a aurora,
nas ilhas mais belas do mundo,
sorri diante da lembrança e responde que quando o sol se
[*levantava*
o dia já era velho para eles.
......
Agora ninguém me levará ao Sul.

Concentrou-se sobre um possível sentido cabalístico dos três grupos de versos e afundou na pátria propícia de Charles Eames depois de abrir o gabinete-bar e encher uma taça de Porto Fonseca dez anos. Stuart Pedrell não tinha mau gosto. Carvalho virou e revirou os versos. A combinação podia traduzir uma simples frustração ou talvez fosse a chave para um propósito dissolvido pela morte do empresário. Enfiou a anotação no bolso. Examinou os últimos cantos, passando pela desmontagem das almofadas de um sofá e voltou até a parede em que se destacava o mapa oceânico do Pacífico. Seguiu a rota das bandeiras: Abu Dhabi, Ceilão, Bancoc, Sumatra, Java, Bali, as Marquesas...

Viagem imaginária. Viagem real. Examinou em seguida os aparelhos audiovisuais situados em um canto do escritório, sobre a mesa à esquerda de Stuart Pedrell. Som de alta fidelidade e potência. Um minitelevisor de mesa acoplado a um radiogravador norte-americano. Experimentou todos os gravadores para ver se havia alguma coisa gravada. Nada. Examinou as fitas cassetes de música clássica e do moderno rock sinfônico derivado do Pink Floyd. Nenhuma pista. Chamou a ex-aluna de freiras, que entrou na sala com passinhos curtos, como se receasse perder a dignidade necessária a entrar no templo.

— O senhor Stuart Pedrell chegou a marcar alguma viagem, alguns dias antes de morrer?

— Sim. Uma viagem para o Taiti.

— Comprou diretamente?

— Não. Através da Aerojet. Uma agência.

— Pagou adiantado?

— Pagou. E inclusive solicitou cheques de viagem para uma quantia bastante vultosa.

— Quanto?

— Não sei. Mas cobria os gastos de um ano ou mais fora do país.

Carvalho olhou de novo os quadros pendurados. Pintores de renome e todos contemporâneos. O mais velho, Tàpies, estava por volta dos cinqüenta anos; o mais jovem, Viladecans, em torno dos trinta. Uma assinatura lhe era familiar: Artimbau. Conhecera-o na época do antifranquismo, antes da fuga de Carvalho para os Estados Unidos.

— Esses pintores apareciam por aqui?

— Vinha muita gente importante.

— Você os conhece pelo nome?
— Alguns sim.
— Este. Artimbau.
— Este era o mais simpático. Vinha muito. O senhor Stuart Pedrell queria encomendar dele uma pintura mural muito importante para sua fazenda de Lliteras. Um muro de arrimo, enorme, estragava a paisagem, e o senhor Stuart Pedrell queria que o senhor Artimbau o pintasse.

O ateliê de Artimbau ficava na rua Baja de San Pedro. Carvalho experimentou o nervosismo habitual de passar diante da delegacia de polícia de Vía Layetana. Daquele casarão, só conservava más recordações e, por maior que fosse a limpeza democrática que nele despejassem, sempre seria o castelo tenebroso da repressão. Sentimento oposto lhe era despertado pela Vía Layetana, com seu aspecto de primeiro e indeciso passo para iniciar uma Manhattan barcelonesa, que nunca chegaria a se concretizar. Era uma rua do entre-guerras, com o porto em uma extremidade e a Barcelona serviçal da Gracia na outra, artificialmente aberta para fazer circular o nervo comercial da metrópole e com o tempo transformada em uma rua de sindicatos e patrões, de policiais e suas vítimas, mais alguma Caixa Econômica e, entre jardins sobre um fundo de tendência gótica, o monumento a um dos condes mais tradicionais da Catalunha. Carvalho avançou pela Baja de San Pedro e, ao chegar a um saguão de entrada com portaria e pátio ao fundo, passou por ela e começou a subida de uma escada ampla e desgastada que unia patamares desmantelados que davam para escritórios de arquitetos iniciantes, artesãos quase aposentados, simples armazéns de couros ou cartonagens que aproveitavam a generosidade espacial daqueles pisos desmembrados de antigos casarões e palacetes. Diante de uma porta pintada com otimistas ramadas verdes e lilases, Carvalho se deteve para tocar a campainha e esperar que abrissem, o que foi feito por um velhinho lento e silencioso, com um avental cheio de pó de mármore. Ele abriu a porta de par em par e com a cabeça fez sinal para que entrasse.

— Sabe por quem procuro?

— Deve ser por Francesc. Ninguém vem me procurar.

O velhinho entrou em um pequeno cômodo roubado à imensidão de um estúdio com paredes de quatro metros de altura. Carvalho avançou até que conseguiu ver Artimbau no transe de pintar uma garota tirando o suéter. O pintor se voltou surpreso e demorou-se a ler o passado no rosto de Carvalho:

— Você? Caralho!

A face de menino moreno rodeada de espessa cabeleira e barba negra parecia sair do túnel do tempo. A modelo havia abaixado o suéter para cobrir dois seios brancos, cerosos, duas semi-esferas sólidas e tensas.

— Por hoje encerramos, Remei.

O pintor apalpava Carvalho, palmilhava-lhe as costas como se tivesse recuperado um pedaço de si mesmo.

— Você fica para comer. Se gostar do que estou cozinhando.

Apontou para um fogão a gás sobre o qual fumegava uma caçarola de barro tampada. Carvalho levantou a tampa e foi invadido pelo aroma de um estranho cozido sem batatas, em que vegetais competiam com a carne.

— Tenho de vigiar o peso e não ponho batatas, nem mesmo óleo. Mas o resultado é bom.

O pintor alisava uma pança tobogã no contexto de um corpo não muito gordo. A modelo se despediu assoviando uma saudação e dirigindo um lento e amplo olhar sobre Carvalho.

— Gostaria de saber pintar esse olhar — disse rindo Artimbau quando a modelo desapareceu. — Agora pinto gestos. Movimentos do corpo. Mulheres se vestindo e se despindo. Volto ao corpo humano depois de ter me preocupado com a sociedade. Bom, depois de ter me preocupado como pintor, entenda-se. Eu ainda continuo no partido. Saio para pintar murais antes das eleições. Outro dia pintei um no Clot. E você?

— Eu não pinto.

— Isso eu já sei. Pergunto se você milita.

— Não. Não tenho partido. Nem sequer tenho um gato.

Era uma resposta pronta que no passado talvez correspondesse à realidade. Mas agora, não. Carvalho pensou: tenho uma cadela, é um começo; acabarei tendo tantas coisas como os outros? Artimbau tinha coisas: estava casado, dois filhos. Talvez a mulher viesse jantar com ele, mas não era certo. Mostrou-lhe os quadros e um álbum de desenhos sobre a agonia de Franco. Não. Sabia que ainda era impublicável. Cuidou para que Carvalho lhe retribuísse informações e confidências sobre sua vida. Carvalho resumiu vinte anos numa frase. Estivera nos Estados Unidos e trabalhava como detetive particular.

— A última coisa que eu esperava. Um detetive particular!

— Vim ver você justamente por causa de um trabalho. Um cliente seu.

— Descobriu um quadro plagiado?

— Não. Morreu. Assassinado.

— Stuart Pedrell.

Carvalho anuiu e se preparou para ouvir o loquaz Artimbau. Este, em compensação, parecia ter recuperado uma certa reserva. Pôs os pratos sobre uma mesinha com tampo de mármore e pés de ferro. Uma garrafa de Berberana Gran Reserva — para comemorar — que agradou a Carvalho, contente cada vez que descobria um novo caso de corrupção gastronômica. Afastou lentamente a caçarolinha do fogo. Sua mulher ligou. Não viria. Encheu os pratos com o cozido dietético e recebeu com muita satisfação o comentário elogioso de Carvalho.

— Está excelente.

— As próprias verduras, a alcachofra ou a ervilha torta, soltam água e permitem cozinhar com menos gordura. A única heresia dietética é a taça de conhaque que acrescento, mas que se fodam os médicos.

— Que se fodam.

Carvalho não prosseguiu com a conversa esperando que Artimbau retornasse ao tema Stuart Pedrell. O pintor mastigava lentamente e aconselhava Carvalho a fazer o mesmo. A gente digere melhor, come menos e fica mais magro.

— Falar de um cliente sempre é delicado.

— É um cliente morto.

— A mulher ainda me compra coisas. E por um preço melhor do que o que o marido pagava.

— Fale-me da mulher.

— Pior ainda. É um cliente vivo.

Mal a garrafa esvaziara e o pintor abria outra que logo se esvaziava até a metade graças à sede dos dois e à capacidade dos copos cujo fabricante havia destinado a conter água.

— A mulher está muito bem.

— Isso eu já vi.

— Eu lhe propus pintá-la nua e ela não quis. É uma mulher de classe. Aparentemente tem mais classe do que ele. Os dois tinham dinheiro saindo pelo ladrão. Os dois tinham uma educação impressionante e diversificaram tanto suas relações que acumularam experiências muito variadas. Por exemplo, eu era seu pintor de confiança. E o ex-prefeito era um dos que estavam por trás dos negócios imobiliários de Stuart Pedrell. Podiam jantar aí onde você está, comigo e com minha mulher, alguma coisa que eu havia cozinhado, ou receber em sua casa convidados como López Bravo ou López Rodó, ou qualquer sacerdote da Opus Dei, entende? Isso dá muita tranqüilidade. Esquiavam com o rei e fumavam baseados com poetas de esquerda em Lliteras.

— Você pintou o mural?

— Você ficou sabendo? Não. Estávamos negociando quando ele morreu, mas não chegamos a nada de concreto. Ele queria que eu pintasse algo muito primitivo, com a falsa candura de Gauguin quando pintava os canacas, mas transferido ao máximo ao aborígine do Empordá, onde fica Lliteras. Fiz vários esboços. Não chegaram a satisfazê-lo. Entretanto, eu estava na questão social e talvez me mostrasse um tanto reivindicativo demais, o campesinato e coisas do tipo. Mas também me desentendi porque, cá entre nós, ele era um pouco irresponsável.

A segunda garrafa desaparecera pelas goelas de Artimbau e Carvalho abaixo.

— Irresponsável?

— É. Irresponsável — sentenciou, categórico, e foi buscar uma terceira garrafa.

— Bom. Talvez não fosse justo liquidá-lo chamando-o de irresponsável! Era e não era. Como qualquer homem é e não é o que é.

Os olhos, enterrados na selva peluda, brilhavam de satisfação diante da excelente receptividade de Carvalho, como se o detetive fosse uma tela em branco na qual pintar a figura de Stuart Pedrell.

— Como todo homem rico e inquieto, Stuart Pedrell se cuidava. Anualmente recebia dezenas de propostas de empreendimentos culturais. Chegaram a lhe propor até uma universidade. Ou ele mesmo propôs, não me lembro bem. Imagine só: editoras, revistas, bibliotecas, doações, fundações. E com o pouco dinheiro que há neste campo cultural e a pouca inquietude cultural que há no campo dos ricos, você pode imaginar a rapidez com que o cheiro do dinheiro chegou à inquietude cultural. Por isso Stuart Pedrell ficava dando corda. Mas era um pouco gozador. Interessava-se pelos empreendimentos mais diferentes, fazia os seus proponentes subirem lá em cima e, de repente, vuuuch!, esvaziava o balão e os deixava cair.

— O que os intelectuais e artistas e os empresários achavam dele?

— Em todo lugar era visto como uma ave rara. Os intelectuais e artistas não gostavam dele porque não gostam de ninguém. O dia em que nós, intelectuais ou artistas, gostarmos de alguém será porque nosso ego se dissolveu e nesse dia deixaremos de ser intelectuais e artistas.

— Isso também acontece com os açougueiros.

— Se são donos do açougue, sim. Se são assalariados, não.

Carvalho deixou por conta da terceira garrafa de vinho a demagogia social freudiana de Artimbau.

— Entre os ricos era mais respeitado, porque os ricos deste país respeitam aquele que fez dinheiro sem fazer muita força, e Stuart Pedrell era um deles. Um dia ele me contou a história de seu enriquecimento e é de se mijar de rir. Foi no início dos anos 50, você sabe, a história do bloqueio econômico. As matérias-primas entravam aqui em conta-gotas ou pelo mercado negro. Stuart Pedrell havia então concluído seus cursos de direito e administração de empresas. Seu pai já lhe destinara o negócio porque seus irmãos faziam apenas o que tinham vontade. Sentia-se incomodado. Analisou o mercado de matérias-primas e descobriu que a Espanha tinha carência de caseína. Muito bem. Onde se pode conseguir caseína? No Uruguai e na Argentina. Quem quer comprar? Fez um inventário dos clientes e os visitou um a um. Estavam dispostos a comprá-la se o ministério garantisse a importação. Nada mais fácil. Stuart Pedrell fez tráfico de influências, procurou até ministros, e abriram-lhe as portas do ministério-chave: o do Comércio. O ministro do Comércio achou a coisa muito patriótica, porque assim Stuart Pedrell a apresentou. O que faria a Espanha sem caseína? O que teria sido de nós sem a caseína?

— Não quero nem imaginar.

— Stuart Pedrell tomou o avião rumo a Uruguai e Argentina. Discutiu com os fabricantes em reuniões nas quais se fartou de dançar tango; a partir daí, pegou o hábito de troçar falando espanhol da Argentina. Costumava fazer isso quando estava alegre, quando estava deprimido ou enquanto tocava piano.

— Ou seja, sempre.

— Não. Não. Eu exagerei. Conseguiu a caseína a um preço razoável. Já havia acertado na Espanha um preço três ou quatro vezes maior. Negócio perfeito. Isso lhe rendeu os primeiros milhões, que empregou para pôr todo o resto em marcha. Pôr em marcha é maneira de dizer, porque teve a habilidade de se associar com empreendedores que compensavam seu distanciamento crítico; pode-se dizer que era um empresário brechtiano, que são os que têm mais futuro. Um empresário alienado não tem nada a fazer diante do futuro social-democrata que o aguarda.

— Que tipo de sócios?

— Basicamente dois: Planas e o marquês de Munt.

— Sinto cheiro de muito dinheiro.

— Muito dinheiro e padrinhos muito bons. Por algum tempo se propalou que o prefeito estava por trás deles. Não só o prefeito: bancos, seitas religiosas e pararreligiosas. Stuart Pedrell entrava com a grana, deixava fazer, deixava passar. Comportava-se de modo esquizofrênico. Uma coisa era o mundo dos negócios e outra suas vivências intelectuais. Quando já tinha bem cheia a despensa e garantido o futuro de quatro gerações, voltou a se matricular na universidade e estudou filosofia e política em Madri, freqüentou cursos de sociologia em Harvard, Nova York, e na London School. Sei que ele escrevia versos que nunca publicou.

— Nunca publicou nada.

— Nunca. Dizia que era um perfeccionista. Acho que carecia de linguagem. Isso acontece a muita gente. Têm tudo para começar a criar e descobrem que carecem de linguagem. Então transferem a literatura para sua vida ou a pintura para a sua decoração. Alguns ricos desse tipo compram jornais ou editoras. Stuart Pedrell apoiava duas editoras de terceira categoria, mas não exagerava. Cobria os déficits anuais. Para ele, isso não era nada.

— E sua mulher? Por que se chama Mima?

— De Miriam. Todos se chamam assim. Todos os meus clientes se chamam Popó, Pulí, Pení, Chochó, Fifí. O cansaço é uma coisa chique e nada cansa tanto quanto pronunciar um nome completo. Mima era uma incógnita. Parecia um apêndice de Stuart Pedrell, conformada com sua condição de esposa riquinha e culta de um homem rico e culto. Não perdia o jeito nos acontecimentos sociais nem quando se sentava aí onde você está. Mas sempre silenciosa. A partir do desaparecimento do marido, ela se tornou outra pessoa. Desenvolveu uma energia impressionante, que preocupa até os sócios. Com Stuart Pedrell era mais fácil.

— E Viladecans?

— Eu o encontrei apenas quando me pagou. O clássico advogado que sabe de tudo e possibilita que o chefe mantenha as mãos limpas.

— Amantes.

— Isso já é mais delicado. O que você deseja: passado, presente ou vinho?

— Vinho e o presente.

Artimbau trouxe outra garrafa.

— É a última que me resta desse tipo — e derramou parte do líquido quando encheu a taça de Carvalho. — O presente se chama Adela Vilardell. Era a mais estável. Mas há algumas dispersas, ocasionais, ultimamente mais jovens que o convencional. Stuart Pedrell havia chegado aos cinqüenta e praticava o clássico vampirismo erótico. Posso pôr você na pista de Adela Vilardell mas não na pista das garotas ocasionais.

— Você a conhecia bem?

— Não e sim. Um pintor pode conhecer muito bem esses tipos, principalmente quando são clientes. Expõem a alma e o bolso. É um exercício duplo muito revelador.

— Os mares do Sul.

— Sua obsessão. Creio que foi lendo um poema sobre Gauguin. A partir daquele momento perseguiu o mito de Gauguin. Comprou inclusive uma cópia do filme interpretado por George Sanders, *Soberba*, acho que era o título, e o projetava em sua casa.

Carvalho lhe passou a anotação com os versos, encontrada entre os papéis de Stuart Pedrell. Traduziu os versos de *A terra desolada*.

— Você tem idéia de onde podem ser esses versos italianos? Percebe algum sentido adicional? Algo que Stuart Pedrell lhe tenha dito?

— Isso de "ler até a noite chegar e no inverno viajar para o Sul" eu ouvi ele dizer muitas vezes. Era seu estribilho etílico. A parte em italiano não me diz nada.

Stuart Pedrell tinha morado em uma casa do Putxet, uma das colinas que em outra época dominavam Barcelona, como as colinas romanas dominam Roma, e apareciam cobertas por um tapete de residências para a média burguesia, além de uma ou outra cobertura dúplex para a alta burguesia, por vezes vinculada aos antigos moradores das mansões do Putxet. O dúplex para o garotão ou para a garotona representara um bom e generalizado presente ao alcance dos proprietários das mansões sobreviventes, tão bom e generalizado quanto o instituído nas zonas limítrofes de Pedralbes e Sarriá, últimos sopés onde a altíssima burguesia resistia em suas velhas mansões dignas e tentava fazer com que seus pimpolhos continuassem morando nas imediações. A casa de Stuart Pedrell havia sido herança de uma tia-avó sem filhos que lhe deixara a casa fim-de-século, obra de um arquiteto influenciado pelas estruturas férreas da arquitetura inglesa. As vergas já eram uma declaração de princípios, e uma crista de ferros decorados, que lembrava a crina esmaltada de um dragão, percorria a espinha dorsal do telhado de cerâmica. Janelas góticas, fachadas ocultas pela hera, móveis de madeira branca com tapeçarias azuis em um jardim austero onde a elegância das elevadas fileiras de ciprestes demarca a controlada liberdade de um pequeno bosque de pinheiros e a geometria exata de um pequeno labirinto de fileiras de azaléias. No chão, cascalho e grama. Cascalho educado para cantar apenas sob as rodas ou os pés. Grama quase centenária, bem cevada, alisada, recortada, um velho manto fofo no qual a casa parece flutuar em um tapete mágico. Empregados vestidos em seda e piquê, preto e branco. Um jardineiro rigorosamente disfarçado de camponês, um mordomo com suíças simétricas e um jaleco com listras de colchão de luxo. Carvalho lamentou as polainas no chofer que entrava no Alfa Romeo para ir buscar a senhora Stuart Pedrell, mas valorizou a contenção estilizada de seu traje cinza com lapelas de veludo e a perícia percebida entre os dedos vazios de suas luvas de tecido fino cinza, parecendo brancas em contraste com o volante negro.

Carvalho pediu que lhe abrissem todas as portas da casa, e o mordomo o atendeu com uma mesura que também podia ser um pedido para dançar. E como se entrasse em um baile do final do século, Carvalho percorreu a casa em ritmo de valsa lenta e cantarolando mentalmente a *Valsa do imperador,* para cima e para baixo de uma escada de mármore grená com balaústre de ferro forjado, até o delírio do encaixe sobre o qual se enfiava um corrimão de madeira de pau-santo. A escada estava banhada pelas luzes coloridas de um vitral que reproduzia a cena da morte do dragão pela lança de são Jorge.

— O senhor procura algo em particular?

— Os aposentos do senhor Stuart Pedrell.

— Se o senhor fizer a gentileza de me acompanhar...

Seguiu o mordomo escada acima e chegaram a um patamar dotado de balcão, ideal para que a protagonista se mostre quando chega o convidado predileto, exclame Richard!, entre fogosos cabelos cacheados, erga as enormes franjas do vestido com a ponta dos dedos e desça na ponta dos pés a escada que a leva até o abraço-valsa. Como se estivesse alheio a qualquer imagem cinematográfica possível, o mordomo o convidou a seguir por um corredor atapetado e por fim empurrou decidido uma altíssima porta de madeira de teca lavrada.

— Porta valiosa!

— Foi instalada pelo tio-avô do senhor Stuart Pedrell. Ele explorava copra na Indonésia — recitou o mordomo, como se fosse um guia de museu.

Carvalho entrou num salão-biblioteca com uma mesa de escritório que parecia um trono isabelino para os cotovelos de um intelectual que escrevesse com pena de ave. À direita se adivinhava a entrada para o quarto, mas Carvalho ficou no salão, girando nos calcanhares para captar as dimensões do cômodo, os elaboradíssimos estuques do teto, a substância quase nutritiva das madeiras que cobriam todas as paredes, ora respaldando estantes maciças cheias de edições encadernadas, ora como revestimentos murais em que estavam pendurados quadros dos séculos XVIII e XIX assinados por discípulos de Bayeu ou de Goya, quando não um quadro histórico romântico de Martí Alsina. Impossível que alguém pudesse trabalhar ali em outra coisa que não um dicionário comparativo de aramaico e aragonês.

— O senhor Stuart Pedrell costumava usar este escritório?

— Quase nunca. No inverno acendia a lareira e algumas vezes lia ao lado do fogo. Conservava isto assim pelo valor de cada uma das coisas aqui guardadas. Na biblioteca só há volumes antigos. O mais moderno é de 1912.

— Você é muito bem informado.

— Muito obrigado. O senhor é muito gentil.

— Você exerce alguma função nesta casa além da de mordomo?

— A de mordomo é a que menos conta. Na verdade sou um gerente-geral da mansão e administro a economia da casa.

— Você é contador?

— Não. Sou professor de práticas comerciais e à noite estudo filosofia e letras. História medieval.

O olhar de Carvalho resistiu ao olhar do mordomo. Era um olhar de triunfo, feliz pelo desconcerto que adivinhava no cérebro de Carvalho.

— Já estava na casa quando aconteceu o casamento precoce de Stuart Pedrell. Meus pais estiveram a serviço das senhoritas Stuart durante quarenta anos. Eu nasci nesta casa e de certa forma fui afilhado das senhoritas.

O cômodo privativo nada tinha de muito significativo além de uma excelente reprodução pintada do *O que somos? Para onde vamos? De onde viemos?*, de Gauguin.

— Este quadro é novo.

— Sim. Este quadro é novo.

Havia ausência total de entusiasmo na voz do mordomo.

— O senhor Stuart Pedrell o pendurou sobre a cabeceira de sua cama quando decidiu passar a morar sozinho nesta ala da casa.

— Quando foi isso?

— Faz três anos.

O mordomo procurou fazer vista grossa quando Carvalho abriu as caixas menores, arrastou a cama para olhar atrás da cabeceira, revistou os armários, roupa por roupa, vão por vão.

— Você era muito chegado ao senhor Stuart Pedrell?

— O normal.

— Conversavam sobre assuntos pessoais, além da rotina do trabalho diário?

— Às vezes.

— Que assuntos?

— Comuns.

— O que você entende por assunto comum?

— Política... um filme...

— Em quem o senhor Stuart Pedrell votou nas eleições de junho de 1977?

— Isso ele não me disse.

— Na UCD?*

— Não. Não acredito. Um pouco mais radical.

— E você?

— Não vejo que interesse possa ter o meu voto.

— Desculpe.

— Votei na *Esquerra Republicana da Catalunya,*** já que quer saber.

Haviam deixado a cripta de Stuart Pedrell e a realidade da casa trouxe a eles os acordes distantes de um piano bem tocado, com disciplina manual, mas sem muita emoção.

— Quem está tocando?

— A senhorita Yes — respondeu o mordomo, sem tempo de acompanhar as rápidas passadas com que Carvalho começou a ir no encalço da música.

— Yes? Ela se chama "sim"?

— O nome dela é Yéssica.

— Jéssica.

Carvalho abriu a porta. Uma cintura fina acentuada por um cinturão vermelho dividia o dorso da mulher. As nádegas forradas pelo jeans repousavam sua juventude redonda e tensa sobre o tamborete. As costas cresciam a partir do vértice da cintura com uma delicadeza construída até chegar aos cabelos louros com mechas que caíam do alto de uma cabeça lançada para trás para seguir mais longe a viagem das notas. O mordomo pigarreou. A garota perguntou sem se virar e sem parar de tocar:

— O que você quer, Joanet?

(*) *Unión de Centro Democrático.* (N. T.)

(**) Esquerda Republicana da Catalunha. (N. T.)

— Desculpe, senhorita Yes, mas este senhor deseja lhe falar.

Virou-se rapidamente, auxiliada pelo giro do tamborete. Tinha os olhos cinza, pele de esquiadora, uma boca grande e terna, bochechas de garota de folhinha, braços de mulher feita sem pressa e sem pausa; as sobrancelhas talvez fossem exageradas, povoadas demais, mas acentuavam seu caráter fundamental de menina para anúncio norte-americano da centelha da vida. Carvalho também se sentiu estudado, porém não parte por parte como ele havia feito, e sim globalmente. Ponha um Gary Cooper em sua vida, menina, pensou Carvalho e apertou a mão que ela lhe estendeu meio sem querer.

— Pepe Carvalho. Sou detetive particular.

— Ah! É por causa de papai. Não podem deixá-lo descansar em paz?

Toda a impressão de anúncio publicitário se destruiu. Sua voz estremeceu e os olhos brilharam, lacrimosos.

— Isso é coisa da mamãe e desse horrível Viladecans.

O ruído da porta ao fechar indicou que o mordomo não queria ouvir mais do que havia ouvido.

— Os mortos não se cansam nem descansam.

— Quem é você para saber?

— Você tem certeza do contrário?

— Meu pai está vivo, aqui, nesta casa. Sinto sua presença. Falo com ele. Venha. Olhe o que encontrei.

Tomou Carvalho pela mão e o levou até um atril postado em um canto da sala. Sobre ele havia um volumoso álbum de fotografias aberto. A garota virou as páginas lentamente, uma após outra, como se fossem coisas frágeis prestes a se romper, e deixou aberta diante de Carvalho uma lâmina cinza-escuro na qual estava afixada a foto de um Stuart Pedrell jovem, moreno, em mangas de camisa, simulando um bíceps de Mister Universo.

— Ele não é lindo?

A sala cheirava a maconha e ela também. Fechara os olhos, sorria como se estivesse em êxtase diante do espetáculo interior a que seus olhos assistiam.

— Tinha muito contato com seu pai?

— Antes de morrer, nenhum. Quando ele saiu de casa, fazia dois anos que eu estava estudando na Inglaterra. Antes, a gente se encontrava no verão. Muito pouco. Descobri meu pai depois de morto. Foi uma fuga maravilhosa. Os mares do Sul.

— Ele nunca chegou aos mares do Sul.

— Quem é você para saber? Onde estão os mares do Sul?

Havia disposição de luta em seus olhos ferozes, em seus lábios apertados, em todo o corpo recolhido sobre si mesmo.

— Enquanto esteve nos mares do Sul, para que possamos nos entender, ele não tentou entrar em contato com você ou com um de seus irmãos?

— Comigo, não. Com os outros, não sei. Não acredito. Nenê está em Bali há meses. Os gêmeos eram quase dois desconhecidos para ele. O caçula tem oito anos.

— E vão tirá-lo dos jesuítas.

— Pior para os jesuítas. É imbecil fazer alguém estudar com os jesuítas nesta altura do século. Tito é um menino criativo demais para esse sistema de ensino.

— Quando seu pai aparece para você, ele conta onde esteve durante todo esse tempo?

— Não é necessário. Eu sei onde esteve. Nos mares do Sul. Em um lugar maravilhoso onde pôde começar de novo. Voltar a ser aquele rapaz que foi para o Uruguai fazer fortuna.

Não era muito exata a versão da garota, mas Carvalho tinha uma certa fraqueza pelos afetos míticos.

— Jéssica...

— Jéssica... Ninguém nunca me chamou assim. Quase todos me chamam Yes. Alguns, de Yéssica. Mas de Jéssica, ninguém. Soa muito bem. Veja, meu pai esquiando em Saint-Moritz. Aqui, está entregando um prêmio a alguém. Escute, sabe que ele se parece com você?

Com um gesto, Carvalho afastou qualquer possibilidade de semelhança. Cansado da peregrinação sentimental pelo álbum, deixou-se cair em um sofá acolchoado de couro negro, onde ficou semifundido, em um relaxamento forçado que lhe permitiu contemplar tranqüilamente a garota ocupada com o álbum. Os jeans não conseguiam ocultar as pernas retas e fortes de atleta, tal como o suéter de flanela de manga curta não impedia a evidência de dois seios pequenos com mamilos inacabados. O pescoço lhe servia de ampla coluna flexível para os constantes movimentos da cabeça para a direita e para a esquerda, como se quisesse agitar continuamente a bandeira de seu cabelo louro e farto como uma geléia lentamente despejada de um pote maravilhoso. Ela segurou a mecha do cabelo com uma das mãos e virou o rosto para Carvalho, adivinhando a contemplação. Ele não desviou o olhar. Olhos nos olhos, observaram-se até que ela avançou correndo para o sofá, sentou-se sobre os joelhos de Carvalho, abraçou-o e abrigou a cabeça contra seu peito, enchendo-lhe o rosto de serpentinas de cabelos louros. O detetive reagiu lentamente, consolidando a entrega filial e insinuando depois um abraço que era alguma coisa mais que proteção contra os terrores secretos da garota.

— Deixe-o dormir. Está dormindo. Viajou para a purificação e agora dorme. Eles o perseguem porque o invejam.

Modelo Ofélia, pensou Carvalho, e oscilou entre repeli-la ou confortá-la. Confortava-a passando uma mão sobre sua cabeça, contendo a vontade de transformar a carícia em uma provocante sondagem da nuca. Sua própria indecisão o irritou e a afastou com uma rispidez comedida.

— Quando a maconha desaparecer da sua cabeça, gostaria de voltar a falar com você.

Ela sorria, os olhos fechados, as mãos unidas em um esforço suavemente crispado entre suas pernas.

— Agora estou bem. Se você visse o que eu vejo!

Carvalho se dirigiu para a porta. Virou-se para se despedir. Ela continuava na mesma atitude extasiada. Uma vez em sua vida ele havia se deitado com uma garota assim, em São Francisco, vinte anos antes. Era uma puericultora que ele estava vigiando em função da infiltração de agentes soviéticos nos primeiros movimentos contraculturais norte-americanos. Faltava alguma coisa à matéria-prima da senhorita Stuart; um não-sei-quê de consistência imperial que apenas pode emanar de um corpo norte-americano. Possuía essa dose de fragilidade, por pequena que seja, correspondente a todo sulista do mundo, seja qual for sua classe social. Sem refletir, rabiscou seu nome, referências e telefone em um papel e retornou para entregá-lo à garota.

— Tome.

— Para quê? Para quê? Por quê?

— Para o caso de se lembrar de algo novo quando seu juízo não estiver alterado.

E quase saiu correndo do aposento em passadas que fingiam ganhar terreno.

Planas havia marcado com ele na Central Cervejeira, um de seus negócios, onde devia presidir uma reunião do Conselho de Administração. À saída poderia dispor de um quarto de hora para ele, vinte minutos no máximo. Precisava retirar-se em seguida a fim de preparar o discurso como vice-presidente estreante da Confederação dos Empresários.

— As eleições são esta tarde e vou ganhar. É certeza.

Carvalho não precisava da expressão telefônica de tamanha autoconfiança, mas agradecia o detalhe e se preparou para a entrevista com um dos sócios de Stuart Pedrell como quem vai disputar uma partida de tênis com um tenista que quer ganhar em dois sets, por seis a zero nos dois. A chegada de Carvalho frustrou o projeto de Planas de denunciar com o relógio o previsível atraso de Carvalho.

— Você é pontual. Um milagre.

E anotou algo em uma agenda que tirou do bolso traseiro da calça.

— Toda vez que me encontro com um homem pontual, anoto na agenda. Está vendo? Coloco seu nome e a data. É muito prático. Assim, se alguma vez eu precisar de um detetive particular, a primeira coisa que levarei em conta é se o conheço; a segunda, se chegou na hora; o resto é acessório. Você se importa se conversarmos enquanto caminhamos? Assim faço um pouco de exercício de uma reunião para outra. Estão me esperando para uns anúncios publicitários para minha Cidade Jardim Colinas de Melmató.

Não havia nem um grama de gordura a mais naquele corpo de romano com o crânio quase raspado para ganhar a disputa contra uma calvície inevitável. Planas caminhou ao lado de Carvalho com as mãos juntas para trás e olhando fixamente para o chão enquanto pensava nas respostas. Nenhuma decepção econômica na vida de Stuart Pedrell. Os negócios iam de vento em popa. Nunca haviam realizado operações especulativas de vulto, insistiu; estavam perfeitamente cobertas e muito bem avalizadas. A maior parte do capital inicial não era nem de Stuart Pedrell nem dele, mas do marquês de Munt.

— Não falou ainda com ele? É um tipo singular, um grande homem, o Alfredo.

De fato, a obra de maior envergadura era o bairro de San Magín, um bairro novo, de cima a baixo, até o último poste de luz. Eram anos em que se concediam facilidades, não como agora. Parecia que o capitalismo era pecado e o capitalista, um inimigo público. Por que Stuart Pedrell havia partido?

— Não soube superar o trauma dos cinqüenta. E teve dificuldade para passar pelo dos quarenta e pelo dos quarenta e cinco. Mas ao chegar aos cinqüenta se arrebentou. Tinha literaturizado demais a data. Também transformara seu trabalho em uma paródia. Distanciou-se demais de si mesmo. Parecia duas pessoas. A que trabalhava e a que pensava. Um pouco de distanciamento é bom, mas não ao ponto de se desligar do conjunto. Acaba-se no niilismo, e um empresário niilista não pode ser empresário. Um bom empresário tem de ser um pouco besta, tem de saber segurar as pontas, senão, não chega a lugar algum nem leva os demais a lugar nenhum.

— Mas Stuart Pedrell era rico.

— Muito rico. Era rico de berço. Não tanto quanto Alfredo Munt, mas era rico. Um caso muito diferente do meu. Minha família não estava economicamente mal, mas meu pai afundou nos anos 40. Foi uma quebra ruidosa. Quis montar um banco com os Busquets e naufragaram. Meu pai pagou setenta milhões de pesetas aos credores; repito: setenta milhões dos anos 40, imagine, e ficou sem um centavo. Na época eu estava na universidade. Tive total consciência da ruína. Como foi sua infância, senhor Carvalho?

O detetive deu de ombros.

— A minha foi triste. Muito triste — confessou Planas contemplando o asfalto desigual do pátio da fábrica de cerveja por onde caminhava com Carvalho. — Stuart se apoiava em nós: na segurança do respaldo econômico de Munt e em minha capacidade de trabalho. Ele dava a "perspectiva"; eu nunca soube o que ele queria dizer com essa história de "perspectiva", mas ele estava convencido de que trazia algo fundamental. Tinha tempo demais para contemplar o umbigo e ficar andando pra lá e pra cá atrás das mulheres. Eu não tiro férias desde 1948. É assim como lhe digo. Alguma viagem de vez em quando para contentar minha esposa. Ah, isso sim! Todo ano, quando chega o mês de maio, vou a uma clínica alemã de Marbella. Um tratamento de desintoxicação. Para começar, um dia em regime de frutas, em seguida, um litro de purgante horroroso e a partir daí começa o suplício: um jejum quase total de quinze dias! E dia sim, dia não, aplicam-me uma lavagem que não acaba nunca. Mas, amigo, quando a gente acredita que vai acabar virando pó, pimba! Começam a brotar energias de todos os lados. A gente joga tênis. Sobe montanhas. Acredita que é o Super-homem. Faz cinco anos que vou e sempre saio leve, como se pudesse flutuar no ar.

Aproximou-se de Carvalho e lhe tocou as olheiras com os dedos.

— Essas olheiras, inchadas. Seu fígado está cansado.

Adiantou-se até um escritório situado em um ático do armazém. Pediu a uma secretária o endereço da clínica Buchinger e o entregou a Carvalho. Consultando decidido o relógio, convidou Carvalho para que o seguisse até o pátio.

— É preciso tentar envelhecer com dignidade. Você é mais jovem que eu, mas não muito. Você não se conserva nada bem. Eu achava que os detetives particulares faziam ginástica, jiu-jítsu... Eu faço *footing* toda manhã perto de minha casa, em Pedralbes. Pego uma trilha para cima e um-dois, um-dois, montanha acima, até Vallvidrera.

— A que horas?

— Às sete da manhã.

— A essa hora eu me levanto e como dois ovos fritos com salame.

— Nem me diga. Então, como eu ia lhe dizendo, um-dois montanha acima e depois um-dois montanha abaixo. Duas vezes por semana: massagem subaquática. Já experimentou? Sensacional! É como uma trituradora de água que vai golpeando o corpo todo. Um jato frontal, na pressão máxima. Depois, uma boa ducha escocesa. Você fica assim na frente do massagista, como se fossem fuzilá-lo. Fique assim, como eu estava agora.

Planas se afastou uns três metros e apontou uma mangueira imaginária para Carvalho.

— Desta distância mandam um jato de água morna, principalmente para aquelas partes do corpo que convém reduzir, e em seguida o mesmo jato de água fria. Você fica com uma circulação sangüínea estupenda. E a boa circulação ajuda a derreter a gordura. Você tem uma forma esplêndida, mas dá para ver depósitos de gordura que deveria eliminar. Sobre os rins e o estômago. Aí. Aí dói. Um bom jato chiiiiiiiissss. Constância. A chave da questão. Depois, não abusar das bebidas. Cacete! Duas horas... Os publicitários estão me esperando... Alguma coisa mais?

— Durante seu estranho desaparecimento, Stuart Pedrell nunca tentou entrar em contato com você?

— Nunca. Do ponto de vista comercial não era necessário. Deixou tudo muito bem claro com Viladecans. Em seguida, Mima começou a trabalhar e se saiu otimamente, muito melhor do que o marido.

— E do ponto de vista humano?

— Nunca tivemos muito o que conversar. Talvez a única conversa demorada que tivemos tenha sido a primeira, há vinte e cinco anos, quando decidimos ser sócios. Depois nos vimos milhares de vezes, mas falar, falar, conversar, nunca. Com Munt era uma relação diferente. Pergunte a ele.

Deu-lhe a mão como se lhe fulminasse o braço e ao mesmo tempo lhe desse os pêsames.

— Não se esqueça da clínica. Não há nada mais saudável que umas boas lavagens.

"Adeus, Planas", pensou Carvalho. "Tenha uma morte saudável."

— Dessa marca eu não tenho.

— Que branco frio você tem?

— Viña Paceta.

— Pode trazer.

Pediu uns moluscos marinhos de tira-gosto. O proprietário lhe ofereceu a alternativa de uma entrada de peixe e mariscos na qual incluiria os moluscos. Depois, sugeriu um dourado ao forno, e Carvalho aceitou porque assim poderia continuar com o vinho branco e porque o peixe contribuiria para lhe diminuir as olheiras e melhorar o estado do seu fígado. De vez em quando gostava de comer na Casa Leopoldo, um restaurante resgatado da mitologia de sua adolescência. Naquele verão, sua mãe estava na Galícia e seu pai o convidou para ir a um restaurante, fato insólito em um homem que dizia que nos restaurantes só roubam e servem porcarias. Alguém lhe havia falado de um restaurante do bairro chinês no qual serviam pratos fantásticos e que não era caro. Ali entraram Carvalho e seu pai. Fartou-se de lulas à romana, o prato mais sofisticado que conhecia, enquanto seu pai recorria a um repertório convencional porém seguro.

— Bom está claro que é. E em quantidade. Vamos ver se é barato.

Demorou a pisar de novo num restaurante, mas sempre conservou o nome da Casa Leopoldo como o da iniciação a um ritual apaixonante. Muitos anos depois, voltou ali quando o restaurante já não podia manter o mesmo homem reflexivo e atento que lhes havia perguntado o que desejavam comer, dispensando-lhes o tratamento de clientes habituais e conhecedores. Agora era um bom restaurante especializado em peixes, no qual uma clientela de pequenos burgueses do bairro se misturava com gente que chegava do norte da cidade atraída por algum comentário favorável. Carvalho havia entrado em regime de peixe e vinho branco frio. Os estados de ansiedade que antes combatia entrando em tabernas e restaurantes e pedindo ao sabor de uma gula não isenta de bom gosto agora eram superados consumindo as reservas vinícolas do país em vinho branco.

Surpreendeu o proprietário por sua sobriedade na sobremesa e por sua abstenção de tomar um licor depois do café. Tenho pressa, justificou. Mas já na porta decidiu que havia atuado contra a natureza, contra a sua natureza. Voltou a sentar-se, pediu a presença do proprietário e lhe pediu um cálice duplo de Marc de Champagne gelado. Enquanto o saboreava tinha a sensação de que voltava a ser ele mesmo. O fígado. À puta que o pariu. O fígado é meu. Fará o que eu quiser. Pediu outro cálice duplo de Marc e decidiu que por fim havia conseguido a transfusão de sangue que havia dias estava precisando.

Saiu e enveredou pela rua Aurora em busca de paisagens perdidas de sua infância. Ao passar diante de um edifício milagrosamente moderno no contexto de uma rua ancorada nos tempos do assassinato do Noi del Sucre,* Carvalho viu certo movimento de gente diante da porta. Um cartaz discreto anunciava uma série de eventos sobre o romance policial. Com um aprumo etílico, Carvalho se misturou com os que esperavam o começo de um dos eventos. Conhecia-os de vista. Tinham aquele aspecto de ovos cozidos que têm os intelectuais em todos os lugares, só que nesse caso adaptados à moda espanhola: pareciam ovos duros com menos densidade que os ovos duros de outras latitudes. Suportavam o peso dos ovos sobre os ombros com o conseqüente exibicionismo, mas também com essa inquietude subdesenvolvida de que o ovo estava em perigo. Estavam divididos por tribos de infância ou de afinidade, além de alguma tribo de estado intelectual mais elevado, previsível porque todos a olhavam de soslaio e, embora com certa má vontade, cada qual queria topar com ela e se ver na obrigação de saudar e ser reconhecido.

O evento finalmente começou, e Carvalho se viu em um anfiteatro azul em companhia de umas cem pessoas dispostas a demonstrar que sabiam mais sobre romance policial que os sete ou oito que compunham a mesa.

Teve início a intervenção da mesa com a operação "conquista de prumo", que consistia em um exercício de desentorpecimento cerebral baseado em distanciar a função, o lugar e o tema, para depois começar a discussão segundo o rito pós-conciliar. Dois membros da mesa haviam atribuído a si mesmos a função decana e começaram a jogar uma partida particular de pingue-pongue intelectual sobre se Dostoievski escrevera romance policial ou não. Logo passaram para Henry James, sem esquecer a necessária menção a Poe,

(*) Salvador Seguí, apelidado de *Noi del Sucre* (Garoto do Açúcar), anarco-sindicalista morto em 1923. (N. T.)

e acabaram descobrindo que o romance policial em outros países se chamava também romance *noir* devido a um capista francês que dera essa cor à série de romances policiais da Gallimard. Alguém da mesa tentava romper o monopólio discursivo do barbudo e do latino-americano míope, mas era contido por cotoveladas invisíveis que lhe eram lançadas pelos *seniors*.

— É que...

— Eu creio que...

— Se me permitem...

Não lhe permitiam nada. Tentou ainda emendar por um resquício de tempo a frase: O romance policial nasce com a Grande Depressão... mas apenas foi ouvido pela primeira fila da platéia e por alguns da segunda, na qual se encontrava Carvalho. Pelos movimentos dos pomos-de-adão dos dois solistas podia-se antever que estavam a ponto de chegar a alguma conclusão ou fórmula inapelável.

— Poderíamos dizer...

Silêncio. Expectativa.

— Não sei se meu querido Juan Carlos irá concordar.

— Como não concordaria com você, Carlos?

Carvalho deduziu que o predomínio das duas vedetes se devia a uma cumplicidade onomástica.

— O romance policial é um subgênero a que excepcionalmente se dedicaram grandes romancistas como Chandler, Hammett ou Macdonald.

— E Chester Hymes?

Por ter sido contida, a voz do que tentava entrar no assunto saíra em tom de flauta. O que foi defeito inicial se converteu em virtude, porque a raridade sonora provocou certo sobressalto nos palestrantes monopolizadores, que se voltaram para descobrir a causa daquele ruído.

— O que você disse? — perguntou o míope, com amabilidade cansada.

— Disse que é preciso acrescentar a esses três autores o nome de Chester Hymes, o grande retratista do mundo do Harlem. Hymes fez um esforço equivalente ao de Balzac.

Agora estava dito. Os dois protagonistas estavam um tanto cansados de sua evidência e deixaram que o intruso se explicasse. Dali saiu de tudo. Desde o romance da *matière de Bretagne*, de Chrétien de Troyes, até a morte do romance depois dos excessos epistemológicos de Proust e Joyce, sem esquecer o macarthismo, a crise da sociedade capitalista, as condições de marginalidade social fatalmente geradas pelo capitalismo e que constituem o caldo de cultura propício ao romance policial. O público estava impaciente por intervir. Quando conseguiu, um dos participantes da platéia se levantou e disse que Ross Macdonald era fascista. Outro acrescentou que os autores do romance policial sempre estão beirando posições fascistas. Hammett foi desculpado porque militou no partido comunista americano na época em que os comunistas estavam acima de qualquer suspeita e não haviam recebido tratamento descafeinante. Não existe romance policial sem herói singular, e isso é perigoso. Isso é simples neo-romantismo, interveio outro participante disposto a salvar o romance policial do inferno da história.

— Eu falaria antes de um certo neo-romantismo que potencializa o romance policial, que o torna necessário nos dias de hoje.

Ambigüidade moral. Ambigüidade moral. Eis a chave do romance policial. É nessa ambigüidade que nadam heróis como Marlowe ou Archer ou o agente da Continental. As duas vedetes iniciais estavam arrependidas por terem perdido evidência e tentaram intervir na enxurrada verbal que havia se desencadeado: universo fechado... desmotivação...

convenções lingüísticas... a nova retórica... é a antítese do *telquelismo* na medida em que ressuscita a singularidade do autor e do herói central... o ponto de vista no *Assassinato de Roger Ackroyd...*

Carvalho saiu neste ponto, com a língua e a cabeça densas. Aproximou-se do balcão para pedir uma cerveja e se viu ao lado de uma mulher morena, com imensos olhos verdes e o corpo coberto por um poncho estreado em alguma travessia dos Andes.

— Olá!

— Olá. Você é...

— Dashiell Hammett.

Ela riu e logo pediu, séria, que ele lhe dissesse seu nome.

— Horácio nos apresentou no lançamento do livro de Juan, não é verdade? Eu saí irritada porque estava cansada de ouvir besteira. Não acho a menor graça em toda essa história de romance policial. Penso o mesmo que Varese: quando a burguesia não consegue manter o controle do romance, começa a colorizá-lo. Leio o que você escreve. Gosto muito.

Carvalho, desconcertado, ficou a pensar se Biscuter ou Charo teriam publicado algo com o seu nome. Pensou em pedir explicações quando chegasse em casa.

— Pois ultimamente escrevo com certa má vontade.

— Dá pra notar, dá pra notar. Mas isso acontece com todos nós. Penso como Cañedo Marras: os grandes cansaços prenunciam grandes entusiasmos.

Carvalho estava com vontade de dizer-lhe: tire o poncho, meu amor, e vamos para uma cama negra, branca, redonda, quadrada, pra mim dá no mesmo, porque quando a burguesia não pode manter o controle da cama, começa a adjetivá-la.

— Você vai continuar aqui, ou quer vir beber seis garrafas de vinho branco absolutamente sensacional?

— Você é rápido, forasteiro. O que está insinuando?

— Que a gente vá pra cama.

— Não há dúvida. Você conhece Juanito Marsé. A técnica é dele. Diz que lhe deram muitas bofetadas, mas que também conseguiu muitos programas.

— O que eu consigo? A bofetada?

— Não. Mas o programa também não. Estou esperando minha filha. Eu a deixei plantada lá dentro. Agora você me entende. Nosso amor é impossível.

— Mal havia acabado de nascer.

— São os melhores.

Carvalho se despediu com uma ligeira reverência. Na rua concentrou-se no tema dos amores que acabam de nascer. Viu-se adolescente, impressionado por garotas que passavam, seguindo-as, pegando o trólebus ou o ônibus que elas pegavam, sem lhes dizer nada, na expectativa do milagre de um encontro cheio de estética. De repente ela se viraria, pegaria sua mão e o levaria mais além do mistério, onde se pode viver eternamente na contemplação do ser amado. E outras vezes, quando se apaixonava concretamente por alguém, tinha a sensação imediata de que ela o estava esperando em um ponto exato da cidade, geralmente no porto, e para lá se dirigia com o relógio impaciente, convencido de que o encontro telúrico se realizaria. Talvez precise me apaixonar, uma certa dose de auto-engano, não se pode sobreviver desolado, sem possibilidade de entrar em nenhuma igreja, sem rezar não se pode viver. Hoje já não se pode crer na liturgia do vinho, uma vez que alguns *gourmets* se pronunciaram contra o tinto *chambré* e defendem o tinto frio. Onde já se viu? A raça degenera. As civilizações desmoronam no dia em que começam a questionar o inquestionável. O franquismo começou a desabar no dia em que Franco começou a dizer "... Não é que eu..."; um ditador não pode começar jamais a falar com uma negação que lhe diga respeito. A gente não pode parecer diariamente embriagado. Nem se surpreender imediatamente com os maxilares apertados, como se estivesse fazendo um esforço interior sobre-humano. Que esforço interior sobre-humano você está fazendo? Você acha pouco? Amanhecer. Um dia depois do outro. Com os restaurantes caros e medíocres que são, em regra geral, os restaurantes nesta cidade. Duas semanas antes, havia pegado o carro e se deixara deslizar para as estradas do Sul em busca de um restaurante murciano, El Rincón de Pepe. Dormir pelo caminho foi um pretexto para comer em Denia um *arroz a banda*,* e nem bem chegou a Murcia saltou do banco do carro para o banco do restaurante para pedir ao *maître* um menu que o deixou perplexo: um prato de frios da região, berinjelas com lagostins ao creme, perdizes à tia Josefa, nata frita. Bebeu quatro jarras do Jumilla da casa, pediu a receita das berinjelas para mais uma vez se dar conta de que, se a guerra dos Trinta Anos não tivesse determinado a hegemonia da França na Europa, a cozinha francesa sofreria atualmente a hegemonia das cozinhas da Espanha. Seu único patriotismo era gastronômico.

Sem perceber, havia chegado às Rondas.** Repassou sua geografia destruída. Sentiu a dor de cada violação de sua paisagem infantil e quando estava a ponto de tocar o fundo do poço da autopiedade aproximou-se de uma cabine tele-

(*) Espécie de paelha com peixe. (N. T.)
(**) Cordilheira do Sul da Espanha. (N. T.)

fônica para chamar seu amigo, gestor e vizinho de Vallvidrera, Enric Fuster.

— Você que conhece o pessoal da universidade, de literatura etc., localize alguém que possa decifrar para mim o sentido de uns versos italianos. Não. Se eu soubesse o autor não estaria telefonando.

Fuster aproveitou a chamada para marcar um jantar.

— Vou procurar meu conterrâneo, Sérgio, ele é de Morella. De quebra ele nos prepara um jantar do outro mundo. Não que ele cozinhe bem, mas sempre tem matéria-prima da terra.

Se os caldeus acreditavam que o mundo terminava nas montanhas, Enric Fuster, como todos os que eram do Maestrazgo, acreditava que o que estava mais além de seus horizontes era a Via Láctea. Carvalho se sentou, retomando o pique da tarde. Dissipava-se a embriaguez branca e ácida. Tinha sede. Contemplava a passagem das raparigas em flor e as imaginava vinte anos depois, quando, como ele, tivessem ultrapassado a linha do equador dos quarenta. Contemplava a passagem das quarentonas ou cinqüentonas e as imaginava meninas, brincando de serem rainhas. Lembrou-se de um poema de Gabriela Mistral. Enquanto isso devo reconstruir um ano na vida de um morto. Parece grotesco. O que importa ao morto esse ano? O morto também não tem importância para ninguém. Cada assassinato revelava a inexistência do humanismo. A sociedade se interessa pelo morto em função da possibilidade de encontrar o assassino e dar um castigo "exemplar". Mas se não há possibilidade de encontrar o assassino, o morto perde tanto o interesse quanto o próprio assassino. Alguém que o pranteie seriamente. Como choram as crianças quando perderam seus pais na multidão. Acelerou o passo para retomar o carro, aí lhe pareceu muito difícil tirá-lo de onde estacionara, procurar a rua onde morava o marquês de Munt, estacionar novamente, sair de novo. Entrou em um táxi e iniciou a investigação sobre a ideologia do taxista. Havia uma Virgem de Montserrat. As fotos de uma família bem feia. Não corra, papai. Um lacinho com os cores do Barça. Cacete. O taxista falava andaluz e depois de dois minutos de conversa já lhe contava que nas últimas eleições gerais tinha votado nos comunistas do PSUC.

— E a Virgem, o que diz de seu voto?

— São coisas de minha mulher.

— Ela é religiosa?

— Que nada! Religiosa, minha mulher? Não me faça rir. Mas ela gosta de Montserrat, como você já está vendo. Todo ano tenho de alugar umas celas do mosteiro, bom, celas é modo de dizer, são quartos de hotel, simples, mas muito limpas. Não falta nada. Pois todo ano tenho de alugá-las em maio e passar três dias com ela e os meninos. Você vai dizer que é uma idéia maluca, porque nem ela nem eu urinamos água benta. Ela gosta é da montanha.

Esses lêem Marx até chegar a noite e na primavera viajam para a montanha sagrada.

— E vou lhe dizer uma coisa: agora quem mais desfruta sou eu. Porque há uma paz lá em cima, uma paz. Me dá vontade de virar frade. E como é bela a montanha. Parece coisa de magia. Como aquelas pedras se equilibram. E durante séculos, tá ouvindo, durante séculos. Antes que meu avô e o avô de meu avô nascessem.

— E o avô do avô de seu avô.

— A natureza nos ensina cada coisa. Em compensação, olhe, olhe em volta. Merda. Pura merda. Se soubéssemos o que respiramos! Às vezes pego alguma corrida até o Tibidabo e de Vallvidrera, minha nossa, a merda flutuante que se vê nesta cidade.

— Eu moro em Vallvidrera.

— Toque aqui.

Estendeu-lhe uma das mãos enquanto controlava o volante com a outra.

— Isso é inteligência. Você também se dá bem nas alturas. Como eu.

O taxista o deixou em uma das ruas do antigo bairro de Três Torres, distrito residencial de moradias unifamiliares hoje arrasadas e substituídas por lustrosos edifícios públicos de pouca altura, amavelmente retirados das calçadas para dar lugar a uma área ajardinada em que cresciam ciprestes anões, mirtos, uma ou outra bananeira muito bem protegida, coqueiros anões e espirradeiras. Um hall de proporções adequadas para o Hotel Praça de Nova York se convertia no imenso cenário para as evoluções de um porteiro de comédia musical. Recebeu o nome do marquês de Munt com muito mais respeito do que Carvalho empregou para pronunciá-lo. Em seguida, abriu a porta do elevador, entrou com Carvalho e enquanto subiam limitou-se a balbuciar: O senhor marquês o está esperando. O elevador passava porta a porta dos quatro inquilinos daquele edifício de quatro andares. Deixou-o em um vestíbulo de trinta metros quadrados decorado em estilo japonês, japonês anterior ao desespero de Madame Butterfly. No vestíbulo ficou a cargo de um criado mulato vestido de branco e rosa, que o introduziu numa cenografia de pesadelo branco. Um imenso espaço de oitenta metros quadrados atapetados em branco, sem outros móveis além de um piano de cauda rosa-claro, e na extremidade do salão uma arquitetura completa de assentos construídos sobre o assoalho e apoiados nas divisórias, um assoalho forrado pelo gramado do tapete branco e sem nenhuma criatura estranha além de um cone metálico que terminava em uma ponta afiada mortífera que crescia do chão e tentava inutilmente chegar ao teto. Sobre os sofás repousava, com uma gravidade totalmente estudada, o marquês de Munt, setenta anos de vida esnobe reduzidos a um ancião esquelético, branco, formoso, com os olhos convertidos em duas ranhuras brilhantes onde se insinuava a dança contínua de pupilas malignas. As vênulas lilases no rosto suavemente maquiado eram arranhões do vinho que conservava seu frescor dentro de uma cuba com gelo. Na mão direita um cálice, na esquerda um livro, *La grande cuisine minceur*, de Michel Guérard, obra que serviu para sugerir a Carvalho que tomasse assento em qualquer das protuberâncias que emergiam daquela paisagem láctea quase uniforme.

— Lanchará comigo, senhor Carvalho? Meu sócio, o senhor Planas, me disse que você come ovos fritos com salame.

— Eu disse isso a ele para me contrapor aos seus ataques dietéticos.

— Planas não descobriu o prazer de comer. É um prazer que é preciso descobrir aos trinta anos. É a idade em que o ser humano deixa de ser um imbecil e, em troca, paga o preço de começar a envelhecer. Esta tarde decidi lanchar *morteruelo* e beber Chablis. Você sabe o que é o *morteruelo*?

— Uma espécie de patê castelhano.

— De Cuenca, para ser mais exato. Um impressionante patê feito à base de lebre, joelho de porco, galinha, fígado de porco, nozes, cravo, canela, alcaravia... alcaravia!... que palavra perfeita para um excelente lanche!

O mulato cheirava a perfume de semental homossexual, um perfume de madeira aromática sólida. Colocou diante de Carvalho uma bandejinha com um magnífico cálice alto de cristal branco de rocha.

— Você há de convir comigo que beber vinho branco em cálice verde é de um mau gosto inqualificável. Não sou partidário da pena de morte exceto em casos de náusea, e esse costume do cálice verde é um caso de náusea. Como se pode negar ao vinho o direito de ser visto? O vinho deve ser visto e cheirado antes de passar a ser degustado. Necessita de cristal transparente, o mais transparente dos cristais. O costume do cálice verde teve início com algum *maître* francês afetado, e a aristocracia mais afetada se apropriou dele e daí foi baixando até chegar às vitrinas a prazo e às cristaleiras das listas de casamento da burguesia presunçosa. Não há nada mais revoltante que a incultura quando existem meios para que ela não se produza.

Carvalho diria que as vênulas haviam acentuado sua cor lilás sob a camada leve da maquiagem. A voz do marquês de Munt era perfeita, como a de um ator radiofônico catalão que não pára de tentar dissimular seu sotaque e consegue uma pronúncia castelhana extraordinária. O mulato trouxe duas terrinas cheias de *morteruelo*, dois talheres e duas pequenas canastras com pãezinhos.

— Beba. Beba, senhor Carvalho, antes que o vinho acabe. Antes que o mundo acabe. Lembre-se da frase de Stendhal: Ninguém soube o que é viver se não viveu antes da revolução.

— Vivemos antes da revolução?

— Sem dúvida. Logo virá uma revolução. Ainda não se sabe qual será o signo. Mas virá. Sei disso graças a uma extensa dedicação à ciência política, e, além disso, tenho Richard, meu criado jamaicano. É um grande especialista na elaboração de mapas astrológicos. Uma grande revolução se aproxima. Alguma coisa o incomoda? A escultura de Corberó?

A agulha ameaçadora era uma escultura. Carvalho se sentiu mais seguro.

— Há anos e anos tento educar minha classe pregando através do exemplo. Defendem-se de mim acusando-me de exibicionista. Quando me dediquei às corridas de automóveis com bólidos de verdade, meus colegas de classe se dedicavam a mendigar em Madri autorizações para importação de Opels ou Buicks. Quando me separei de minha esposa e fui viver no Sacromonte com alguns ciganos, correu a história de que nunca fui bem recebido em nenhuma casa desta cidade.

— Onde morava no Sacromonte?

Uma sombra de aborrecimento perpassou os olhos do marquês, como se Carvalho tentasse salpicar obscuras dúvidas na branca evidência das coisas.

— Em minha caverna.

Bebeu vinho e contemplou satisfeito o modo como Carvalho o acompanhava.

— A aristocracia e a alta burguesia desta cidade buscam empregados em Almuñécar ou em Dos Hermanas. Vou buscá-los na Jamaica. Os ricos precisam demonstrar que são ricos. Aqui todo mundo tem medo de demonstrar. Durante a guerra, elementos da FAI* vieram me buscar e os recebi com minha melhor túnica de seda. Não tem vergonha de viver dessa forma diante do que se passa no país?, perguntou-me o chefe. Eu sentiria vergonha de viver disfarçado de operário sem sê-lo. Ele ficou tão impressionado que me deu vinte e quatro horas para partir. Passei para os *nacionales* e caí na desgraça de me vincular ao grupo catalão de Burgos. Um grupelho de novos-ricos que haviam virado casaca para conseguir ser embaixadores. Já não dava a mínima para

(*) Federação Anarquista Ibérica. (N. T.)

entrar com os *nacionales* em Barcelona e aproveitei a eclosão da Guerra Mundial para fazer espionagem a favor dos aliados. Tenho a legião de honra e todo ano, no dia 14 de julho, vou a Paris e desfilo nos Campos Elísios. Um estilo de vida como o meu mereceria alguma atenção por parte dessa classe dominante catalã cevada e acuada. Mas qual nada. Agora descobriram o ganso com peras e o vinho engarrafado. Não querem saber de nada com seus avós. Os que fizeram a Barcelona modernista. Os grandes atuns em um país de sardinhas. Também eram incultos, mas seu sangue corria em ritmo wagneriano. O sangue desses de agora corre em ritmo de música de filme enlatado. Você é um plebeu que bebe muito bem o Chablis; estive observando-o.

— Você pagava um aluguel justo por sua caverna do Sacromonte?

— Foi a maior que encontrei vaga. Fui a uma loja de luxo de Granada e comprei uma cama metálica inglesa fim-de-século por um preço três vezes superior ao preço pago pela caverna. Pus a cama lá dentro e vivi muito feliz por alguns anos promovendo cantores e dançarinos ciganos. Certa ocasião montei um grupo folclórico e o levei para Londres, todos vestidos de uniforme em trajes de trabalho. Imagine: aventais, botas de usar no campo, chapéus cordoveses, pintas postiças, cravos enormes no cabelo. Quando chegamos em Londres não queriam nos deixar passar na alfândega. Com essa pinta vocês não entram no país. Pedi que me mostrassem as leis que proibiam entrar no país de uniforme. As leis não existiam, mas não queriam nos deixar passar. Finalmente, liguei para Miguel Primo de Rivera, então embaixador em Londres, e expliquei o problema. Enviaram vários carros da embaixada e dessa forma entramos na Inglaterra, sob a proteção da bandeirinha do corpo diplomático.

— Foi criativo também nos negócios?

— Não tive necessidade. Enquanto meu pai viveu, tudo foi de vento em popa. Meu pai me respeitava. Sabia que eu era criativo e que precisava mudar minha vida e a dos demais. Quando morreu, eu tinha quase cinqüenta anos e recebi uma herança absolutamente desconcertante. Coloquei uma parcela importante a juros fixos para viver extremamente bem até minha morte. Usei outra parte para indenizar minha esposa por ter feito cinco filhos com ela, e a meus cinco filhos por tê-los tornado herdeiros. Com o resto me dediquei aos negócios, mas sempre utilizando garotos como Planas ou Stuart Pedrell. Meninos com vontade, com raiva, com ambição de poder e sem possibilidades de chegar a outro poder que não fosse o econômico. Planas é impressionante e perigoso, pode triplicar qualquer fortuna em quatro anos. Beba e coma, senhor Carvalho. Antes que chegue a revolução.

Não permitia que a conversa tomasse outros rumos. Estava interessado nos rumos de sua própria vida e passou a falar de suas viagens.

— Sim, senhor Carvalho, cometi a idiotice de dar a volta ao mundo por três vezes, sistematicamente, de navio, de avião e por terra. Conheço todos os mundos que há neste mundo. Outro dia, com mais tempo (hoje tenho Liceu: haverá uma apresentação da *Norma* da Caballé que não quero perder), vou lhe mostrar meu museu particular. Eu o mantenho em minha casa senhorial de Munt de Montornés. Tenho muito medo de que desapareça a possibilidade de gozar a vida. Não é só questão de dinheiro, ainda que isso seja importante. Quando eu era menino descobri o que é felicidade, o que é prazer, graças a um pedaço de queijo calabaza e uma rodela de salsichão. Você leu *Cuore*, de D'Amicis?

Hoje é um livro pedagogicamente incorreto, mas faz parte da educação sentimental de minha geração e provavelmente da sua. Lembro-me de uma cena, uma excursão campestre de Enrico, o menino que é o personagem central, com outros companheiros de classe, entre os quais Procusa, o filho de um pedreiro. É precisamente o pai de Procusa quem os leva em excursão e, a certa altura, começam a comer e ele dá aos meninos uma rodela de queijo calabaza com salame por cima. O que você acha? É uma maravilha. É a alegria da natureza e da refeição espontânea. Em termos literários não há outro ato de comer tão belo até Hemingway. Em *Na outra margem entre as árvores*, ele simplesmente descreve a refeição de um pescador composta de uma lata de vagens com toucinho que ele cozinha em uma fogueira ao lado do rio. A refeição de *Cuore* e a de Hemingway não podem ser comparadas a nenhum dos grandes banquetes descritos pela literatura barroca. Pois bem. Essas possibilidades de prazer desaparecerão. Os astros não mentem. Tudo nos leva para a morte e a extinção.

— Mas você continua enriquecendo.

— É minha obrigação.

— Estaria disposto a defender seu patrimônio utilizando todos os meios disponíveis. Inclusive a guerra.

— Não sei. Depende. Se for uma guerra muito grosseira, não. Mas toda guerra pode ser embelezada, é verdade. Não. Não creio que chegasse a apoiar a violência. Não tenho mais filhos. Tenho, mas não os tenho. Isso afasta a agressividade.

— Então, o que você receia?

— Que uma época em que a necessidade domine a imaginação me prive desta casa, deste criado, deste Chablis, deste *morteruelo*... embora seja possível que o *morteruelo* sobreviva, porque ultimamente a esquerda está empenhada em recuperar as famosas "marcas da identidade popular", e a cozinha popular é uma delas.

— Stuart Pedrell queria fugir de sua condição. Você a assume graças à estética. Planas é o único que trabalha.

— É o único alienado, embora isso também não o garanta. Tentei desalienálo. Mas tem o equilíbrio do desequilibrado. No dia em que se olhar no espelho e disser "estou louco", ele vai desmoronar.

— Seu pessimismo nasce do temor de que as forças do mal, os comunistas, por exemplo, se apropriem do que você ama ou possui.

— Não só os comunistas. A horda marxista se tornou mais complexa. Contém até bispos e bailarinos de dança flamenca. Lutam para mudar o mundo, lutam para mudar o homem. Se a luta entre comunismo e capitalismo continua pela via da competição, pacífica, o comunismo vencerá. A única possibilidade que resta ao capitalismo é a guerra, sempre e quando se decidir que seja uma guerra convencional, sem armamento nuclear. Esse pacto é muito difícil de estabelecer. Portanto, não há saída. Mais cedo ou mais tarde haverá uma guerra. Os sobreviventes serão muito felizes. Habitarão um mundo pouco povoado e disporão de um acervo tecnológico de milênios. Automatismo e pouca população. Abundância. Bastará controlar a pressão demográfica para que a felicidade seja coisa deste mundo. Que regime político predominará nesse futuro paradisíaco?, você me perguntaria. E eu lhe respondo. Uma social-democracia muito liberal. No caso de não haver guerra e continuarmos a viver em coexistência, chegaremos a um grave bloqueio do crescimento dentro do sistema capitalista e é possível que também dentro do sistema socialista. Você já leu *Comunismo sem crescimento* de Wolfgang Harich? Acaba de ser publicado na Espanha, mas eu já o havia lido em alemão. Harich é um comunista alemão que faz a seguinte previsão: "Se o ritmo atual de desenvolvimento mundial prosseguir sem alterações, a humanidade desaparecerá em duas ou três gerações". Propõe um comunismo austero, ou seja, um modelo de sobrevivência econômica diante da tese capitalista de crescimento contínuo e da tese eurocomunista de desenvolvimento alternativo controlado, fiscalizado pela classe operária e voltado a alcançar sua hegemonia como classe. Eu já sou velho e não viverei para ver isso. Não sofro por minha estirpe. Não me importa o que possa ocorrer. O que pode me entristecer é o desaparecimento desta cidade ou das paisagens que amo. Você já viu um pôr-do-sol em Mikonos? Tenho uma casa em Mikonos, precisamente sobre rochas que dão para o poente e para ilha de Delos. Amo as paisagens; em compensação, poucas pessoas me interessam, afetivamente, entenda-se. Tanto Stuart Pedrell como Planas eram como filhos para mim. Quase poderia ser pai deles. Mas eles têm vínculos demais com seu século e com o que virá. Acreditam na linha ascendente da História, acreditam no progresso humano, sob uma ótica capitalista, mas acreditam. Planas se candidata às eleições da CEOE, a Patronal, como é chamada na imprensa. Nunca fez isso antes.

— Das alternativas que apresentou para o futuro, em qual você apostaria?

— Não tenho idade para apostar. Tudo isso ocorrerá depois que eu tiver morrido. Já não me resta muito.

Serviu vinho de novo para Carvalho e encheu seu cálice.

— Aprendi a beber vinho branco entre as refeições graças a um romance de Goytisolo, *Señas de identidad*. Depois o vinho branco foi brilhantemente utilizado em um filme de Resnais, *Providence*. Até então eu havia me mantido fiel aos do Porto e aos xerez encorpados. Isto é uma bênção. Além disso, é a bebida alcoólica com menos calorias, se excetuarmos a cerveja. Que vinho branco você bebe?

— Blanc de blancs, Marquês de Monistrol.

— Não conheço. Sou fanático pelo Chablis, este Chablis. E se não pode ser Chablis, um Albariño Fefiñanes. É um vinho bastardo impressionante. Raízes na Alsácia e terras galegas. Foi uma das melhores coisas que chegaram até nós pelo caminho de Santiago.

— Você tinha muita coisa em comum com Stuart Pedrell?

— Nada. Foi um homem que nunca soube aproveitar a vida. Era um sofredor narcisista. Sofria para si mesmo. Tinha uma inquietude judaica. Mas no terreno dos negócios era um rapaz esperto, eu o conhecia desde adolescente, quase menino. Fui muito amigo de seu pai. Os Stuart estão estabelecidos na Catalunha desde o início do século XIX, ligados ao tráfico de avelã entre Reus e Londres.

— Onde esse homem pode ter andado durante um ano inteiro sem dar sinal de vida?

— Talvez tenha se matriculado em alguma universidade estrangeira. Ultimamente estava muito interessado em ecologia. Interessava-se pelo que estivesse mais em moda. Certa ocasião eu lhe disse: Sua grande vantagem sobre noventa e nove por cento das pessoas deste país é que você lê o *New York Times* todo dia. Se Planas tivesse tido a mesma curiosidade, a estas horas já estaria planejando um negócio de importação de equipamentos de purificação. O que acha do *morteruelo*? Excelente. Mandei minha cozinheira passar um mês em Cuenca para que aprendesse a fazê-lo. É o patê mais saboroso que existe e tem as mesmas raízes da cozinha espanhola, na qual predominam os pratos engrossados. Veja bem, a Espanha não criou nenhuma sopa quente importante, abrindo mão dos cozidos. Em compensação, tem a cozinha mais importante do mundo no terreno das sopas frias. Há tantas variedades de gaspachos como de arroz. O *morteruelo* é excelente nessas horas e com este pão que mandei trazer de Palafrugell. Imagine. É a hora do chá. Pode-se comparar o chá com este vinho branco frio e este *morteruelo*? É uma pena que não estejamos na época da uva, porque encerrar este lanche com umas uvas moscatel seria o máximo.

— Você tem algum motivo para suspeitar que Stuart se matriculou em alguma universidade estrangeira?

— Nenhum.

— Então?

— Talvez fizesse uma viagem, mas não aos mares do Sul. O controle de fronteiras não é perfeito. Muito pelo contrário. Um homem com vontade de desaparecer desaparece. Sabe o que se chegou a dizer quando parti para as cavernas do Sacromonte? Que eu havia partido para a Antártida com uma expedição por mim financiada. Saiu uma reportagem na *Prensa del Movimiento* comentando a coragem da raça hispânica que não se atemorizava diante dos penúltimos segredos do mundo. Lembro-me de uma frase: "Nossos santos exploraram os céus com seu ascetismo, nossos heróis podem explorar até o inferno". Isso saiu na imprensa, senhor Carvalho, com todas as letras.

Ligou para Biscuter para saber se havia alguma novidade no escritório. "Ligou uma garota chamada Yes." "O que ela queria?" "Falar com você." "Amanhã vai ser outro dia." Carvalho apanhou o carro e subiu pelas ladeiras do Tibidado a caminho de sua casa em Vallvidrera. Atirou no lixo toda a correspondência comercial que encontrou na caixa do correio, acendeu a lareira com *La filosofía y su sombra*, de Eugenio Trías, calculando que devia dosar um pouco a progressiva queima de sua biblioteca. Restavam-lhe uns dois mil volumes: a um livro por dia daria para uns seis anos. Era preciso estabelecer alguma pausa entre livro e livro, ou comprar mais livros, cuja mera possibilidade lhe repugnava. Se dividisse em duas partes cada um dos tomos da Filosofia de Brehier e fizesse o mesmo com a coleção de clássicos da Pléyade, talvez pudesse resistir mais tempo. Tinha pena de queimar os clássicos da Pléyade pela textura maravilhosa dos livros. Às vezes os tirava para acariciá-los e depois os guardava outra vez no inferno paralítico das estantes, afastando a lembrança de leituras passadas que na época julgara enriquecedoras. Arrumou a desordem cuidando para que a faxineira não resmungasse mais que o normal diante do aspecto de covil da casa. Tomou uma ducha lenta e abundante. Fatiou e preparou meio quilômetro de pão com tomate e comeu o presunto de Jabugo em um abrir e fechar de boca. Vacilava entre desarrolhar ou não uma garrafa de vinho quando soou a campainha de sino da porta do jardim. Olhou pela janela e viu uma garota noturna do outro lado do gradil. À medida que descia as escadas rumo à porta foi se concretizando a imagem de Jéssica.

Girou o trinco. Ela passou direto no rumo da casa e, já ao pé da escada, se virou.

— Posso entrar?

Com o braço, Carvalho a convidou para entrar. Banana saiu ao encontro de Jéssica e limpou-lhe um dos sapatos com duas linguadas totais e certeiras.

— Não morde?

— Ainda não sabe o que é morder.

— Adoro cachorros — disse com uma careta de incredulidade. — Mas fui mordida por um quando era pequena e agora me dão medo. Sua casa é muito confortável! Oh, que lareira bonita!

Admirava-se com tudo o que via com uma insinceridade protocolar, a mesma utilizada por gente bem para demonstrar que ainda dispõe de capacidade de inveja e surpresa. O continente de uma fugitiva de classe e o conteúdo de classe, pensou Carvalho enquanto ajustava o roupão para não ficar com as vergonhas de fora.

— Você já tinha trocado de roupa? Já estava deitado?

— Não. Tinha acabado de jantar. Quer comer alguma coisa?

— Não. Comida me dá enjôo.

Espalhou sobre um sofá suas ancas perfeitas e seu cabelo caiu como uma camada de mel sobre as feições sombreadas.

— Esta manhã me comportei como uma idiota e não o ajudei nem um pouco. Queria me desculpar e ajudar no que for possível.

— A esta hora eu descanso. Não trabalho sem descanso.

— Perdão.

— Tomamos um copo?

— Não bebo. Sou macrobiótica.

Era preciso fazer alguma coisa com as mãos. Carvalho procurou a cigarreira e tirou um cigarro filipino La Flor de Isabela. Era suave e fraco.

— Tenho remorsos. Desde que o cadáver de meu pai apareceu. Eu poderia ter evitado. Se estivesse aqui, não teria acontecido. Meu pai se foi porque estava sozinho. Meu irmão mais velho é um egoísta. Minha mãe também é uma egoísta. Meus outros irmãos são pedaços de carne batizada. Ele só podia se entender comigo. Eu já tinha maturidade suficiente para falar com ele, para cuidar dele. Sempre admirei sua distância. Tão decidido, tão inteligente, tão seguro de si, tão elegante. Era um homem elegante, não no vestir, elegante em suas maneiras. Acolhedor.

— E sua mãe?

— Uma anta.

— Quando você estava na Inglaterra, seu pai lhe escreveu alguma coisa reveladora?

— Não. Ele me escrevia pequenos cartões. Uma frase, um pensamento. Algo que havia lido e que achava curioso. Viajou duas vezes a Londres a negócios e foi maravilhoso. Agora eu acho que foi maravilhoso. Em compensação, quando chegou, ele me incomodou, era como se me roubasse tempo. Se tudo pudesse voltar atrás. Olhe, leia.

Tirou de uma sacola de palha uma folha dobrada:

Voltarás do mundo das sombras
em um cavalo de cinzas,
me tomarás pela cintura
para me levar ao outro lado do horizonte,
te pedirei perdão por não ter sabido
impedir que morresses de desejo.

— Não está mal.

— Não estou pedindo uma opinião literária. Sei que é muito ruim. Estou lhe dando para que você veja minha obsessão. Não posso continuar assim.

— Sou um detetive particular e não um psiquiatra.

— Quer que eu vá embora?

Ficaram a se olhar. Apesar da distância, Carvalho sentia o cheiro da vida contida no interior daquele corpo esparramado. Não tinha sido uma pergunta direta, mas uma queixa. Carvalho relaxou. Deixou-se cair em um sofá defronte ao de Jéssica e recebeu imediatamente o assédio de Banana, empenhada em se apoderar de sua sapatilha.

— Põe música — pediu ela.

Carvalho se levantou. Escolheu a quarta sinfonia de Mahler e de soslaio viu como Yes se dispunha a um relaxamento completo. Abria as pernas, apoiava a nuca sobre o canto do espaldar, desentorpecia os braços.

— Que bom ficar aqui e deste jeito! Se você morasse naquele mausoléu.

— Não é ruim o mausoléu.

— As aparências enganam. Tudo é frio, rígido. O estilo de mamãe se impôs. Garanto que ela não dá a mínima para o rito, o protocolo. Mas como teve de se incomodar e entrar nele, incomoda todo mundo.

Abriu os olhos e encarou Carvalho, disposta a dizer algo transcendental.

— Quero sair da minha casa.

— Eu achava que já não se diziam essas coisas. Que essas coisas se faziam e não se diziam. O que você disse tem certo sabor *démodé*.

— Eu sou muito *démodée*. Não tenho o menor interesse em deixar de ser assim.

— Continuo sem perceber onde eu entro nessa história. Sou um empregado de sua mãe, um empregado conjuntural, mas empregado. Investigo a morte de seu pai. Isso é tudo.

— Você tem olhos humanos como ele. Não vai deixar que eu afunde.

— Você tem bons flutuadores.

Corrigiu o que parecia uma impertinência anatômica.

— O que eu quero dizer é que você tem todo tipo de recursos para agüentar. E em todo caso não é da minha competência. O que posso fazer por você?

A garota saltou de seu assento e caiu de joelhos diante de Carvalho apoiando a cabeça em seu colo, cortando-lhe o peito com uma chicotada da cabeleira.

— Deixa eu ficar aqui.

— Não.

— Esta noite.

Os dedos de Carvalho começaram lentamente a beliscar a farta cabeleira. Acabaram buscando as sendas secretas que levavam à nuca.

Ficou nua como se emergisse do mar da noite. Indecisa e lenta, ajustava nervosamente o cabelo de um e do outro lado das orelhas e logo decidiu revirar seu bolso, tirar um minúsculo envoltório de Kleenex e um espelhinho. Estendeu uma das mãos como se lhe desse ou pedisse algo, mas nem o olhava. Saiu da sala na ponta dos pés como se temesse pisar em cacos ou brasas e voltou com uma gilete. Carvalho cobriu as partes com o lençol e a garota se sentou diante da mesa-de-cabeceira, cheia de papéis e objetos esquecidos. Abriu espaço, depositou o espelho de um modo sagrado e em seguida abriu lentamente o envoltório de Kleenex, do qual tirou algo que parecia um minúsculo pedaço de giz. Cortou a cocaína com a gilete até convertê-la em pó sobre o espelho.

— Tem um canudinho?

— Não.

— Uma esferográfica?

Sem esperar resposta, tornou a revistar sua bolsa e tirou uma esferográfica barata de plástico transparente. Retirou-lhe a carga e depositou o chassi cristalino junto ao espelho. Foi correndo até a cama, pegou Carvalho pela mão e o atraiu para si sorridente, obrigando-o a sair de sob o lençol. Carvalho se viu sentado, nu, ao lado dela, também nua, sob a luz de um spot que enquadrava o espelho em que se amontoava a breve carreira de cocaína. Yes apertou uma das narinas com um dedo e encaixou no outro o canudinho da esferográfica para aspirar a cocaína. Em seguida ofereceu o dispositivo a Carvalho. Recebeu com um sorriso calmo a recusa do homem e voltou a aspirar a cocaína. Carvalho foi buscar a garrafa de vinho e uma taça. Bebeu enquanto ela terminava a ração de pó branco com a grave concentração de um especialista na matéria.

— Você usa isso com freqüência?

— Não. É muito caro. Quer? Ainda tenho mais um pouquinho.

— Tenho minhas próprias drogas.

— Me dê um pouco de vinho.

— Vai lhe fazer mal.

Fechava os olhos e sorria como se vivesse um sonho maravilhoso, tomou as mãos de Carvalho, puxou-o até erguê-lo, colou as extremidades de seu corpo à pele surpresa do homem, roçou a face contra um ombro, contra o peito, e então a cabeça, o corpo inteiro, enquanto suas mãos traçavam pelas costas de Carvalho um percurso de pombos incertos. Carvalho teve de exigir-se o desejo e ela respondia com uma obediência drogada às propostas eróticas de seu *partenaire.* Beijou-o com vontade reflexa ante a proximidade da boca, seguiu com os lábios a trilha do peito, o ventre e o pênis logo que Carvalho lhe inclinou levemente a cabeça para baixo. Mudava de posição ao menor gesto de Carvalho, com a resistência e as paixões vencidas, a pele e a vontade instrumentais. Fizeram amor a uma distância de órbitas, e só quando recuperaram a visão do teto ela pareceu sair de seu sonho para tomar freneticamente a mão de Carvalho e dizer-lhe que o amava, que não queria ir embora. Carvalho pensava estar em débito e não se sentia bem consigo mesmo.

— Toda vez que você se deita com alguém tem que se drogar?

— Estou muito bem com você. Você não me dá medo. Eu sempre fico com medo. Com você não me deu medo.

Carvalho virou-a, fez com que ficasse de quatro e se dispôs a sodomizá-la. Nenhum protesto brotava da cabeça oculta por cabelos macios e entregues. Com os braços enlaçados em sua cintura estreita como a de um tronco jovem, Carvalho relaxou a cabeça sobre as costas de Yes e sentiu o obscuro furor abandoná-lo.

— Faça, se quiser. Não me incomodo.

Carvalho saltou da cama, procurou na mesinha-de-cabeceira a caixa de Condal número 6, acendeu o cigarro, sentou na beirada da cama e contemplou, como se estivesse num camarote, o espetáculo de seu pênis em lenta retirada. *Adiós, muchacho, compañero de mi vida...* O silêncio da garota o fez voltar-se. Dormia. Cobriu-a com o lençol e a manta. Localizou o pijama, vestiu-o, saiu do quarto, tornou a colocar o disco de Mahler, atiçou o fogo na lareira e tombou no sofá com o cigarro em uma das mãos e o vinho ao alcance da outra. Banana dormia junto ao fogo como se fosse o animal mais confiante deste mundo e Yes dormia no quarto arrumado sob medida para uma solidão taciturna de homem que queima os dias, os anos, como vícios imprescindíveis e desagradáveis. Saltou do sofá e Banana despertou perturbada em seu sono, movendo as orelhas e os olhos, rasgados e inquisitivos, na direção de Carvalho, que se dirigia para a cozinha como se tivesse um tantã irresistível. Multiplicou as mãos para portas e caixas multiplicadas, até dispor sobre o mármore um arsenal de ingredientes planejados. Cortou três berinjelas em rodelas de um centímetro, salgou-as. Derramou óleo numa frigideira e um dente de alho que fritou até ficar quase tostado. Passou no mesmo óleo algumas cabeças de camarões enquanto lhes limpava as caudas e cortava o presunto em cubos. Retirou as cabeças de camarões e as pôs para ferver em um *court bouillon* enquanto dessalgava as berinjelas com água e as secava em um pano, fatia por fatia. No óleo em que fritou o alho e as cabeças dos camarões foi fritando as berinjelas e arrumando-as em um escorredor para soltarem o óleo. Uma vez fritas as berinjelas, no mesmo óleo dourou cebola picada, uma colher de farinha e ao bechamel adicionou leite e o caldo das cabeças de camarões cozidas. Dispôs as berinjelas em camadas em uma fôrma de assar, despejou sobre elas uma chuva de camarões descascados e cubos de presunto e regou tudo com o bechamel. De seus dedos caiu a neve do queijo ralado cobrindo a brancura tostada do bechamel e enfiou a fôrma no forno para gratinar. Com os cotovelos afastou tudo o que ocupava a mesa da cozinha e sobre o tampo branco colocou dois pratos e dois talheres e uma garrafa de clarete Jumilla que tirou da despensa anexa a cozinha. Voltou para o quarto. Yes dormia voltada para a parede, com as costas descobertas. Carvalho sacudiu-a até despertá-la, fez com que se levantasse, levou-a quase nos braços até a cozinha e sentou-a diante de um prato no qual despejou uma boa porção de berinjelas gratinadas com camarões e presunto.

— Admito que é muito pouco ortodoxo. O normal é fazer com bechamel quimicamente puro e com menos sabor de camarão. Mas eu tenho um paladar primário.

Yes olhava para o prato e para Carvalho sem decidir o que comentar, ou talvez sem acordar inteiramente. Mergulhou o garfo no magma dourado e o retirou cheio de algodão sujo e fumegante. Levou-o à boca. Mastigou pensativa.

— Está muito bom. É de lata?

Carvalho estava com sorte. Teresa Marsé havia madrugado e foi surpreendida em pleno catacric-catacrac de sua caixa registradora. A butique cheirava a morango. A cliente, vestida de Irma Vila e seus *mariachi*, apanhou o troco e saiu, deixando Carvalho e Teresa rodeados de fantasmagóricos trajes terceiro-mundistas para fugitivos do *prêt-à-porter.*

— Você madrugou. Meio-dia.

— Cheguei há uns quinze minutos. Quem é vivo sempre aparece.

— Você conhecia este sujeito?

Teresa ficou com a foto de Stuart Pedrell na mão sem deixar de olhar para Carvalho.

— Eu conheço você, forasteiro, mas não sei de onde. Faz dois anos, talvez três, você veio me perguntar sobre um cadáver. Sempre volta e me pergunta sobre cadáveres. Me convida para jantar e sai para procurar o cadáver. Agora, a mesma história. Outro cadáver?

— Outro.

— Stuart Pedrell, pelo que vejo. Era mais bonito ao natural.

— Recorro a você porque era um dos seus.

— Talvez, mas com muito mais dinheiro. Quando eu era uma mulher casada, freqüentava a casa dos Stuart Pedrell. Meu marido também se dedicava à construção. Onde você vai me convidar para comer hoje?

— Hoje não posso.

— De graça eu não trabalho, muito menos para um cara como você.

Enlaçou os braços no pescoço de Carvalho e introduziu sua língua até a campainha.

— Teresa, para falar a verdade, ainda não tomei o café da manhã.

A mulher passou a mão pelo penteado afro louro e se afastou de Carvalho.

— Da próxima vez venha depois do café.

Ela o fez passar para o outro lado do balcão. Carvalho sentou-se em um banquinho de piano e ela se entronizou em uma poltrona filipina de junco.

— O que você quer saber?

— Tudo o que sabe sobre a vida sexual do senhor Stuart Pedrell.

— Ao que parece, nos seus casos eu sempre figuro como puta distinta. Apesar de ultimamente você não ter me esbofeteado. Da primeira vez você me esbofeteou. E me fez coisas piores. Sexualmente o senhor Stuart Pedrell era discreto. Quando o conheci eu era a esposa virtuosa de um industrial honrado, que participava de encontros de casais católicos dirigidos por um tal Jordi Pujol. Conhece?

— O político?

— O político. Uma vez por semana, nós, jovens casados da distinta sociedade barcelonesa, nos reuníamos em torno de Jordi Pujol para falar de moral. De vez em quando, os Stuart Pedrell participavam. Eram mais velhos que nós, da idade de Jordi, mas escutavam atentamente nossas conversas sobre a vida cristã.

— Os Stuart Pedrell eram muito carolas?

— Não. Não acho. Mas as reuniões davam um certo tom. Éramos jovens burgueses com inquietudes controladas, nem poucas nem muitas. Também se falava de marxismo e da guerra civil. Contra, claro. Contra o marxismo e a guerra civil. Eu me lembro muito bem. Às terças nos encontrávamos no Liceu. Às quartas em minha casa ou na casa à qual coubesse a vez, para falar de moral.

— Isso é tudo o que você sabe de Stuart Pedrell?

— Não. Em certa ocasião ele me assediou sentado em uma cadeira. Eu também estava sentada em uma cadeira.

— Uma brincadeira de salão.

— Não. Ele aproximava sua cadeira, sua mão, suas palavras. Eu afastava minha cadeira e ele tornava a aproximar a dele.

— Diante de Jordi Pujol?

— Não. Estávamos a sós.

— E...?

— Meu marido chegou. Não quis ver o que era evidente. Não aconteceu novamente. Stuart Pedrell levava uma vida dupla ou quíntupla. Nem sempre se limitava a levá-la perseguindo jovens casadas em cadeiras. Pela sua cara, vejo que o caso começa a lhe interessar.

— Alguma história interessante?

— Nada do outro mundo. Um repertório de mulheres casadas e problemas com maridos sem o dom da palavra. Stuart Pedrell sabia falar. O caso mais clamoroso talvez tenha sido o de Cuca Muixons, mas nada: quatro bofetadas.

— Do marido?

— Não. Foi a mulher de Stuart Pedrell quem as deu em Cuca Muixons no Clube de Pólo. Depois, ambos se civilizaram. Cada um para o seu lado. Principalmente depois que Stuart Pedrell se ligou a Lita Vilardell. Isso durou até nossos dias. Uma paixão intensa e muito literária. De início, Stuart marcava encontro em Londres, em um certo parque, e ali aparecia vestido de inglês, de chapéu e tudo. Esmerava-se no vestuário. Outra vez, marcou encontro na Cidade do Cabo. Não sei do que ele se disfarçou, mas chegou pontualmente.

— Não viajavam juntos?

— Não. Assim a coisa tinha mais emoção.

— Ela não podia custear as viagens?

— Os Vilardell têm tanto ou mais dinheiro que os Stuart Pedrell. Lita se casou muito jovem com um armador também riquíssimo. Teve duas ou três filhas com ele. Mas um dia o marido a encontrou na cama com o beque lateral esquerdo do Sabadell. Bem, na época ele jogava no Sabadell, mas vinha de clubes de maior prestígio. O armador lhe tirou as meninas e Lita partiu para Córdoba com um violonista de música flamenca. Sabe-se também de um programa maluco que fez com um gângster de Marselha que a marcou com um canivete e ela, quando se embriaga, jura que foi para a cama com Giscard d'Estaing. Só que ninguém liga muito pra ela. É muito mitômana. O caso com Stuart Pedrell durou anos. Era uma relação estável. Como se Stuart estivesse casado com ela. Um casamento duplo. Vocês homens são um nojo, sempre querem casar-se com as caras com quem se deitam. É para adquirir propriedade vitalícia. Não. Não vou cair nessa.

— O que se diz por aí sobre a morte dele?

— Estou fora do exercício. Apenas quando me encontro com gente do *milieu*. Alguma cliente. Dizem que tudo foi coisa de rabo-de-saia. Ultimamente estava muito acabado. A idade não perdoa, e menos ainda esses caras que descobrem a própria braguilha aos quarenta anos. A geração do meu pai, por exemplo, era muito diferente. Casavam-se e montavam o apartamento legal e, ao mesmo tempo, o ilegal para a cabeleireira ou a manicure de sua mulher. Meu pai montou um para a Paquita, a costureira de minha mãe. Uma mulher simpaticíssima. Às vezes vou vê-la na Pamplona. Graças à influência de conhecidos consegui colocá-la numa residência para velhos. Teve uma hemiplegia. Mas, voltando a Stuart Pedrell, foi uma vítima do puritanismo franquista. Como Jordi Pujol.

— Como estavam suas relações com Vilardell antes do desaparecimento?

— Regulares. Jantavam uma vez por semana e se matriculavam em cursos sobre arte tântrica. Eu sei disso com certeza porque nos encontramos em um.

— Ela guardou luto?

— Quem? A Vilardell?

Teresa Marsé ria tanto que a poltrona de junco gemia temendo pelo seu destino.

— Sem dúvida. Deve ter hasteado o diafragma a meio pau.

— A senhorita está na aula de música, mas pediu para o senhor esperar. Ela não vai demorar muito.

A empregada continuou passando o aspirador no tapete. Carvalho caminhou sobre o gramado de lã verde até chegar ao terraço, de onde se avistava o bairro de Sarriá e, mais além da Vía Augusta, o cenário enfumaçado de uma cidade afogada em mares de dióxido de carbono. Plantas subtropicais em jardineiras azulejadas, duas preguiçosas Giardino em madeira laqueada em branco e lona azul-marinho, uma, gasta, a outra, propriedade exclusiva de uma cadela salsicha que levantou a cabeça para observar Carvalho com certa prevenção, e depois latiu, saltou agitando as tetas caídas e se pôs a farejar-lhe a calça. Franziu o focinho estranhando o cheiro da outra cadela e arremeteu contra Carvalho, latindo. O detetive tentou acariciá-la, valendo-se do melhor de seu recém-adquirido *glamour* canino, mas o ruidoso elemento saiu correndo e se refugiu debaixo de sua preguiçosa, de onde manifestou seu conflito radical com o intruso.

— Ela é muito mimada — a empregada gritava para vencer o ronco do aspirador. — Mas não morde.

Carvalho alisou a bananeira maltratada pela poluição, uma planta condenada à condição de orangotango botânico no zoológico vegetal de uma cobertura de dois pavimentos de um bairro nobre. Debruçou-se na pequena varanda sobre o desfiladeiro estreito da esmerada viela de Sarriá, onde ainda sobreviviam algumas mansões ajardinadas.

— A senhorita!

O mensageiro anunciou e imediatamente surgiu diante de Carvalho Adela Vilardell com o *Microcosmos* de Béla Bartók e um caderno de música debaixo do braço.

— Que manhã! Não parei nem um minuto.

Trinta anos de olhos azuis acinzentados observavam Carvalho, uns olhos que todos os Vilardell haviam herdado do fundador da dinastia, um traficante de escravos quando quase ninguém mais traficava escravos e que voltou a sua cidade com dinheiro suficiente para fazer conde a si e a seus filhos. Olhos azuis acinzentados do avô, corpo de ginasta romena de peito empinado, feições de esposa sensível de violinista sensível, mãos que deviam manejar o pênis como se fosse a flauta mágica de Mozart.

— Gosta do que vê?

— Sou muito exigente.

Sem tirar o casaco, Adela Vilardell sentou-se na preguiçosa e imediatamente acolheu a cadela como uma rosquinha em seu colo. Carvalho tentava não olhá-la para evitar outro comentário na defensiva. Voltou à pequena varanda e dali enfrentou a mulher que o estudava como se calculasse seu peso e o esforço necessário para atirá-lo no vazio.

— Como vão os estudos?

— Que estudos?

— Os de música. Sua empregada me disse que você estava na aula de música.

— Me deu na telha. Cheguei ao quarto ano de piano, mas abandonei. Para mim, na época, era um martírio imposto por minha mãe. Agora, em compensação, é uma delícia. As melhores horas da semana. Não sou a única. Freqüento o

Centro de Estudos Musicais, uma coisa nova que está cheia de pessoas como eu.

— Como são as pessoas como você?

— Adultos que querem aprender o que nunca aprenderam por falta de tempo, dinheiro ou vontade.

— Você foi por falta de vontade.

Adela Vilardell assentiu e ficou à espera do interrogatório.

— Quando viu Stuart Pedrell pela última vez?

— Não me lembro da data precisa. Foi em fins de 1977. Estava preparando sua viagem e tivemos uma pequena discussão.

— Você não ia com ele?

— Não.

— Ele não queria, você não queria?

— A questão não se colocou. Ultimamente nossas relações haviam esfriado.

— Por que ou por quem?

— O tempo. Nosso caso já durava quase dez anos e havia passado por fases de grande intensidade. Havíamos convivido meses inteiros durante os verões, aproveitando que sua família saía de férias. Já formávamos um casal veterano. Éramos muito vistos.

— Além disso, o senhor Stuart Pedrell se dedicava também a outras mulheres.

— A todas. Fui a primeira a me dar conta. Bem, a segunda, porque imagino que Mima, sua mulher, me anteceda. Eu não me importava. Só me incomodava que se interessasse por meninas do jardim-de-infância.

— Do jardim-de-infância?

— Até os vinte anos, tanto os homens como as mulheres deveriam ficar em jardins-de-infância.

— Você tinha alguma vantagem econômica na relação com Stuart Pedrell?

— Não. Ele não me sustentava. Bem, às vezes sim: por exemplo, quando jantávamos juntos ele pagava as contas dos restaurantes. Talvez isso lhe pareça demais.

— Você nem sequer fazia menção de pagar?

— Sou ou fui uma senhorita, e fui educada de acordo com o princípio de que as mulheres não pagam conta em restaurantes.

— Ao que parece, você vive de renda. De muita renda.

— De muita renda. Isso eu devo agradecer ao meu tataravô, um pastor de ovelhas do Ampurdán que juntou dinheiro suficiente para enviar meu avô ao que nos restava das colônias americanas.

— Conheço a história de sua família. Li-a em um *Correo Catalán* não faz muito tempo. Um tanto adocicada.

— Papai era acionista do *Correo.*

— Durante o tempo em que durou a escapulida de Stuart Pedrell, ele não entrou em contato com você?

Os olhos azuis acinzentados abriram-se, tentando demonstrar a mais absoluta transparência do corpo e da alma de Adela Vilardell no momento em que respondera.

— Não.

Um não que havia se embargado um pouco na subida do ar pelo peito empinado.

— Você vê como são as coisas. Anos e anos de relação e, de repente, nada.

Aguardou algum comentário de Carvalho, e como este não veio, acrescentou:

— Nada de nada. Às vezes eu pensava: o que esse homem estará fazendo?... Por que não entra em contato comigo?

— Por que você pensava assim? Não acreditava que ele estivesse nos mares do Sul?

— Certa ocasião estive por lá, ou muito próximo de lá, e havia correio. Ora, eu mesma enfiei dezenas de postais na caixa do correio do hotel.

— Você substituiu Stuart Pedrell bem rápido.

— Está perguntando ou afirmando?

Carvalho deu de ombros.

— E o que lhe importa minha vida particular?

— Normalmente nada, absolutamente nada, menos que nada. Mas agora pode ter a ver com meu trabalho. Você foi vista recentemente disfarçada de motociclista negro sobre uma poderosa Harley Davidson e em companhia de outro motociclista negro sobre outra poderosa Harley Davidson.

— Adoro galopar de moto pelas estradas.

— Quem é o cavaleiro negro que a acompanha?

— E como você ficou sabendo de tudo isso?

— Por incrível que pareça, vocês não têm vida privada. Sabe-se tudo sobre vocês.

— Vocês quem?

— Você me entende. Bato à porta de qualquer pessoa que você conheça ligeiramente e ela sabe tudo sobre você. Por exemplo, é verdade a história do chapéu?

— O que acontece com o chapéu?

— É verdade que Stuart Pedrell marcou encontro com você há alguns anos em um parque de Londres e apareceu disfarçado de inglês da City, inclusive de chapéu?

Uma risada liberadora repicou na garganta larga e anelada da mulher.

— Absolutamente verdade.

— Vai me dizer o nome do cavaleiro negro?

— Você já deve estar sabendo.

— Sim.

— Então?

* * *

Biscuter permanecia sentadinho no canto de uma cadeira esquecida, e quando viu Carvalho entrar deu um salto e exclamou:

— Esta garota o está esperando, chefe.

— Já vi.

Carvalho resvalou o olhar sobre Yes sem esperar que ela viesse ao seu encontro. Missão cumprida, Biscuter desapareceu atrás da cortina. Carvalho sentou-se na poltrona giratória e observou Yes parada e hesitante no centro da sala.

— Você se incomoda que eu tenha vindo?

— Incomodar não é o termo.

— Quando você saiu eu me pus a pensar. Não quero voltar para casa.

— O problema é seu.

— Posso ficar na sua?

— Não.

— Dois ou três dias.

— Não.

— Por quê?

— Minhas obrigações como empregado de sua mãe e como seu companheiro de cama têm um limite.

— Por que você sempre tem que falar como um detetive particular? Não pode dizer coisas normais, desculpas normais: estou esperando parentes, não tenho lugar.

— Pense o que quiser. Sinto muito. Por outro lado, a gente se ver com tanta freqüência me parece demais. Agora vou comer aqui tranqüilamente e não pretendo convidar você.

— Estou sozinha.

— Eu também. Jéssica, por favor. Não me gaste tão depressa. Use-me só quando for estritamente necessário. Eu tenho trabalho. Vá embora.

Ela não sabia como sair. Suas mãos divagavam como se buscasse onde apoiá-las, mas suas pernas retrocediam em busca da porta.

— Eu vou me matar.

— Será uma lástima. Não evito suicídios. Apenas investigo-os.

Carvalho abriu e fechou caixas, reordenou os papéis da mesa e começou a dar um telefonema. Yes fechou a porta suavemente atrás de si. Sua saída coincidiu com a volta de Biscuter com uma espumadeira na mão.

— Foi muito duro, chefe. Ela parece uma boa garota. Uma boa garota um pouco perturbada. Sabe o que ela me perguntou? Se alguma vez eu havia matado alguém. Também me perguntou se você havia matado.

— O que respondeu?

— *I ara!** E ela continuava perguntando. Não parou de perguntar. Eu não dei nem um pio, chefe. É perigosa?

— Para si mesma.

Carvalho apanhou o telefone bruscamente, ficou em pé e se dirigiu precipitadamente para a porta.

— Vai embora? Não fica para comer?

— Não sei.

— Fiz umas batatas com *chistorra* à la riojana.

Carvalho se deteve com um pé para além da porta. Batatas com *chistorra* à la riojana.

— Estão quentinhas — insistiu Biscuter ao ver que ele vacilava.

— Depois.

Desceu as escadas de dois em dois degraus e saltou para as Ramblas com o pescoço tenso e os olhos vasculhando as cabeças distantes em busca dos cabelos de mel de Yes. Achou

(*) Em catalão no original: "Ora essa!". (N. T.)

que os viu perto das arcadas da praça Real e correu para lá. Não era ela. Talvez tivesse ido para o norte em busca de sua cidade ou talvez para o sul, rumo ao porto, para ensimesmar-se nas águas e no vaivém das *golondrinas** no quebra-mar. Carvalho foi para o sul com passadas largas, os braços sublinhando o esforço do corpo e os olhos atentos, repetindo mentalmente que era um imbecil. Subiu na calçada em torno do monumento a Colombo entre olhares hostis e certos insultos de motoristas. La Puerta de la Paz estava deserta pela primavera fria, embora o sol aquecesse alguns velhos nos bancos, e os fotógrafos ambulantes perseguiam com sua ladainha uns poucos turistas desanimados. Junto ao guichê onde vendiam os bilhetes para as *golondrinas*, havia uma garota infeliz e suja com um bebê semi-adormecido. Um cartaz a seu lado contava a história de um marido canceroso e de uma situação de extrema necessidade que exigia a caridade dos que passavam. Mendigos, desocupados, adeptos do menino Jesus e da santíssima mãe que o pariu. A cidade parecia inundada de fugitivos de tudo e de todos. Uma barca passou lentamente, abrindo rastros pesados nas águas gordurosas. Carvalho se deteve a contemplar admirado a dignidade de um velho aposentado com uma jaqueta muito grande, calça muito curta e um chapéu de feltro tão alto quanto o da polícia montada do Canadá. Um desses velhos alinhados que avançam terrivelmente decididos rumo a uma sepultura paga durante quarenta anos, de primeiro domingo do mês a primeiro domingo do mês. Quem chama? Diga, nesta casa enforcam um inocente? Aqui simplesmente se enforca. Onde havia lido isso? Quem é? O seguro do enterro. Quem é? Os mortos. Ah, bom! Para que procurar Jéssica? Que responsabilidade tenho sobre ela? Ela

(*) Pequenos barcos de Barcelona. (N. T.)

vai se jogar em cima de quinze caras em um mês e depois voltará à razão. Desandou o andado de volta a seu escritório, mas ainda buscava com os olhos a possibilidade de encontrar Yes subindo a Rambla. Entrou em uma taberna junto ao restaurante Amaya, onde só se podia tomar vinho do Sul. Bebeu com sede três *manzanillas* frios. Deu um mango a uma das cinco ciganinhas que entraram arrogantes estendendo a mão à altura dos olhos dos que bebiam e falavam de futebol, touros, bichas, mulheres, política e negócios menores, de estranhos lotes de chumbo velho ou de peças de tecido em liquidação a preço de saldo em armazéns em falência na rua Trafalgar. Sempre lhe pareceram ser armazéns passíveis de falir ou agonizantes em poder de patrões, balconistas e moços velhos que mediam velhas peças de tecidos com velhos metros de madeira, produto de uma primeira edição comemorativa da instalação do sistema métrico decimal. E, sem embargo, haviam sobrevivido, década após década, desde a memória infantil de Carvalho até agora, no momento real da velhice e da morte. Aqueles metros de cor marrom. Estão vendendo os metros também? Animais flexíveis em telas impermeáveis amarelas, serpentes rígidas trabalhadas em madeira, chicotes estalantes de metal enrolados, metros dobráveis conscientes de seu poder concentrado de medir o mundo. Os meninos brincam com os metros até matá-los. Os metros nas mãos dos meninos são animais de medição aprisionados que se debatem manipulados por seus carrascos e pouco a pouco vão se dando conta de que nunca mais medirão nada. Com um metro dobrável era possível fazer um pentágono ou a cara da lua. Saiu para a rua. A garota vestia uma frágil jaquetinha azul, saia que poderia ser chamada de culotes, embora não tivesse tido tempo de se certificar, e saltos que a elevavam vinte centímetros acima do nível do mar. Tinha beleza e feiúra ao mesmo tempo e, quando lhe disse:

"Perdão, gostaria de ir para a cama comigo? São mil pesetas e a cama", Carvalho viu que trazia um olho arroxeado e um pequeno arranhão na pele transparente e venada da têmpora. Seguiu calçada abaixo e repetiu seu pedido a outro transeunte que se esquivou dela fazendo um semicírculo, como se quisesse cercá-la com a quarentena da suspeita. Pratica a prostituição como se perguntasse as horas. Talvez seja uma nova técnica de marketing putesco. Tenho de perguntar a Bromato ou a Charo. Hesitou entre regressar à pátria de batatas à navarra, ou ir ver Charo, recém-acordada, mal-humorada por seus esquecimentos e desdéns, preparando o corpo para a clientela do entardecer, acertada por telefone, clientes fixos em sua maioria, que a consultavam sobre problemas familiares e por vezes até sobre a rota do aborto para suas filhas precoces ou suas próprias mulheres, emprenhadas depois de cinco ou seis taças de champanhe L'Aixartell, o que é anunciado por Marsillach e Núria Espert. Preparando o corpo ou preparando repreensões para um Carvalho cada vez mais distante.

— Em um instante eu as esquento, chefe. Parecem purê. É bom que elas se desfaçam, mas nem tanto. O salame está se desfazendo; e está delicioso. Procurei não exagerar no *bitxo** como das outras vezes.

Carvalho começou a jogar batatas com salame para uma boca passiva. Mas pouco a pouco o paladar lhe foi indicando que devia prestar mais atenção ao que comia.

— Delicioso, Biscuter.

— A gente faz o que pode, chefe. Há dias em que as coisas saem direito mas, em compensação, há outros... Para não ir mais longe...

(*) Em catalão no original: pequeno pimentão picante. (N. T.)

As explicações autocomplacentes de Biscuter lhe soavam como chuva na vidraça, e foi ali que procurou os respingos das palavras. Chovia. Chovia pesado sobre a Rambla de Santa Mónica e sentiu na espinha um calafrio nostálgico de lençóis e cobertas, nostálgico de gripes suaves e trabalhos domésticos em surdina. Pepe, Pepe, faço uma limonada? Nas mãos, *A ilha misteriosa* e, no rádio, *As aventuras do inspetor Nichols,* na voz de Fernando Forga.

— Podemos jantar esta noite com Beser, meu amigo, em seu apartamento de San Cugat. Eu passo na sua casa para apanhar você. Prepare-se. Este ano você não quis vir à minha terra para a matança do porco. Se Maomé não vai ao Maestrazgo, o Maestrazgo vai a Maomé.

A chamada de Fuster o deixou de bom humor. Consultou as anotações que havia feito durante sua conversa com Teresa Marsé. Tinha desenhado um círculo em torno do nome de Nisa Pascual, a última *teenager* na vida que se conhecia de Stuart Pedrell. Assistia aulas à tarde em uma escola de arte situada a meio caminho de Vallvidrera. Às vezes os caminhos eram propícios. A escola ocupava um prédio modernista que se erguia em plena vegetação exuberante de leito úmido de vale, uma aparição artificial entre verdes alinhados e controlados de velhas árvores partidárias da primavera, apesar da idade. Alguns alunos passeavam discutindo entre silêncios, ensopando-se na umidade aromática que a chuva havia arrancado do paraíso podado. As primeiras luzes haviam sido acesas em algumas salas instaladas em antigos cômodos da mansão construída por um modernista perverso. Cores de retina de pintor primitivo haviam se apoderado de marcos, portas e janelas, destacando o aspecto de residência lúdica para uma vida e uma cultura imaginárias.

Nisa estava na aula de meditação artística. Os alunos pareciam guardar um minuto de silêncio por alguma coisa ou por alguém. Mas o minuto se prolongou. Quatro. Cinco. Dez. De trás dos vidros, Carvalho assistia a tamanha meditação e silêncio que ficou em dúvida sobre a orientação que lhes haviam dado. Por fim, os corpos se reanimaram. Uma professora semidisfarçada de marani movia os lábios e os braços como se insistisse monotonamente nas últimas recomendações. Houve uma rodada de perguntas, e por fim os corpos se dirigiram para a saída. Nisa saiu com outras duas garotas tão altas e loiras quanto ela. Era magra e sardenta, com uma trança enorme que quase lhe batia na bunda e uma candura de virgem nos olhos grandes e azuis tão cercados de pintas que pareciam mera mancha. Carvalho acenou e ela se aproximou curiosa.

— Poderia falar com você?

— Claro!

— Sou detetive particular.

— Foi contratado aqui? É só o que faltava.

Ria, muito contente com a descoberta. Riu tanto que suas duas colegas se aproximaram, à espera de que lhes fosse revelado o motivo de sua risada.

— Já vou, já vou. Já vou contar para vocês. Hoje é o meu dia.

Carvalho reagiu com um olhar de impertinência crítica aos olhares curiosos que as garotas lhe dirigiam.

— Foi roubado um colar muito valioso e você o está procurando?

— Mataram Carlos Stuart Pedrell e eu estou meditando sobre o caso. A propósito, sobre o que vocês meditavam agora mesmo? Na aula.

— É um método novo. Pensar sobre a pintura é tão importante como pintar. Passamos meia hora de cada aula pensando sobre pintura. Você sabe pensar?

— Ninguém me ensinou.

— Cada um deve aprender por si mesmo. O que me dizia de Carlos?

O sorriso louro continuava em seus lábios, feitos sob medida para a mamadeira.

— Que ele está morto.

— Eu já sabia.

— Disseram-me que você era muito amiga dele.

— Fomos. Mas já faz muito tempo. Partiu em viagem e depois apareceu morto. Isso já é velho.

— Ele não entrou em contato com você durante seu desaparecimento?

— Não. A verdade é que estava com muita raiva de mim. Propôs que eu fosse com ele e eu me recusei. Se fosse uma viagem de dois meses, eu teria ido. Mas era uma viagem por tempo indeterminado. Eu gostava muito dele. Era terno, desamparado. Mas não estava nos meus planos procurar o paraíso perdido.

— Quando você não quis acompanhá-lo, o projeto mudou?

— Ele chegou a dizer que não iria. Mas de repente desapareceu e imaginei que finalmente havia decidido. Ele necessitava daquela viagem. Era uma obsessão. Tinha alguns dias em que ele ficava insuportável. Foi um companheiro maravilhoso. Uma das pessoas que mais influenciaram minha vida. Ensinou-me muitas coisas, era um homem cheio de inquietude e curiosidade.

— Até que enfim alguém me fala bem de Stuart Pedrell.

— Todos falaram mal?

— Quase. Digamos que não o levavam a sério.

— Ele tinha muita consciência disso e sofria.

— Durante sua prolongada ausência nunca entrou em contato com você?

— Teria sido difícil para ele. Fiquei muito transtornada com o que havia ocorrido. Custei a crer que tudo havia terminado. Que havia deixado para trás uma etapa de minha vida. Pedi uma bolsa para estudar arte na Itália e fiquei quase um ano lá: Siena, Perúgia, Veneza...

— Sozinha?

— Não.

— Rei morto, rei posto.

— Nunca tive rei. Você é um moralista?

— É meu papel. Tenho de desconfiar sempre da moralidade das pessoas.

— Ah, se é assim... É fascinante. Nunca havia falado com um detetive particular. Uma vez vi um falando na televisão e não era como você. Passou o tempo todo falando do que não podiam fazer segundo a legislação em vigor.

— Segundo a legislação, não poderíamos fazer nada.

— Tenho de ir para a aula de projetos.

— Projetam alguma coisa ou pensam no que podem projetar?

— Eu me divirto muito aqui. Por que não se matricula? Poderia introduzir um pouco de mistério neste casarão. Que tal se a gente projetar um crime e você o investigar?

— Quem você gostaria de assassinar?

— Ninguém. Mas poderíamos convencer a vítima. O pessoal aqui é cheio de imaginação.

— Você deixou Stuart Pedrell muito frustrado com sua recusa.

— Muito frustrado. Quase desesperado.

— E, no entanto...

— No entanto, o quê?

— Você o deixou.

— Já era uma relação morta. Se ele precisava partir é porque no fundo já não precisava de nada de nenhum de nós: nem de sua família, nem de ninguém. Minha viagem com ele teria durado semanas e no final eu teria descoberto meu engano, nosso engano.

— A aula já começou — avisou uma das amigas ao passar a seu lado.

Carvalho distraiu os olhos em sua cintura fina, no cabelo louro encaracolado que lhe caía sobre as costas esguias.

— Ligue para mim algum dia e me conte coisas do ofício. Se quiser, convido minha amiga. Você não tira os olhos dela.

— É meu tipo.

— Quer que eu a chame e diga isso a ela?

— Sou esperado em uma reunião de ex-combatentes.

— Ex-combatentes de quê?

— De uma guerra secreta. Não saiu nos livros. Se voltar a falar com você, virei procurá-la aqui.

Minutos depois comprovava que de sua casa não dava para ver a escola dos meditadores de arte, mas certamente poderia ser vista da estação do funicular de Vallvidrera. Com um binóculo poderia procurar toda dia a garota de cintura fina e cabelos encaracolados. Pelo menos até que terminasse os estudos e montasse uma loja de molduras e cornucópias.

— O que está fazendo com esse binóculo? — gritou Fuster, passando a cabeça pela janela do carro.

— Quero ver uma mulher.

Fuster olhou para Barcelona na distância.

— Em que rua? Na Praça del Pino?

— Não. Aos pés do funicular.

— *Cherchez la femme.* Quem ela matou?

— Era muito gostosa.

Ladeira acima, uma mulher samoieda levava seu peso e o de uma cesta. Parou a escutar enquanto recuperava o fôlego.

— Meu conterrâneo está nos esperando. Traz o sal de frutas.

Quando Carvalho entrou no carro, Banana se pôs a latir por trás das grades do portão.

— O que é isso? Você comprou um cachorro? Está em crise?

— Minha crise nem se compara com a sua. Onde foi parar sua barba de cabrito?

Fuster acariciou o queixo libidinosamente pelado.

— Como diz Baudelaire, o dândi deve sempre almejar ser sublime. Deve viver e dormir diante do espelho.

Beser morava em um apartamento de San Cugat, no qual só havia livros e uma cozinha. Parecia um Mefistófeles louro com sotaque valenciano. Ralhou com Fuster por um atraso que punha em perigo a paelha.

— Hoje você vai comer uma paelha valenciana de verdade — informou-lhe Fuster.

— Você fez o que eu disse?

Beser jurou que havia seguido todas as instruções do gerente. Fuster iniciou a marcha até a cozinha através de um corredor cheio de livros. Carvalho pensava que com a metade daquelas provisões teria garantido o fogo de sua lareira até o fim de sua vida. Como se adivinhasse seus pensamentos, Fuster exclamou sem se virar:

— Cuidado, Sérgio, este aqui é um queima-livros. Ele os usa para acender a lareira.

Beser encarou Carvalho com os olhos iluminados.

— É verdade?

— Totalmente verdade.

— Deve dar um prazer extraordinário.

— Incomparável.

— Amanhã vou começar a queimar aquela estante. Nem vou olhar que livros são.

— É muito mais prazeroso escolhê-los.

— Sou sentimental e acabaria lhes concedendo indulto.

Na cozinha, Fuster inspecionou como um sargento da intendência o trabalho de Beser. Havia cortado pouco os ingredientes para refogar. Rugiu como se atingido por uma flecha invisível.

— O que é isso?

— Cebola.

— Cebola na paelha? De onde você tirou isso? A cebola amolece o arroz.

— Isso é besteira. Na minha região sempre se põe cebola.

— Na sua região vocês fazem qualquer coisa para aparecer. Pode-se pôr cebola num risoto de peixe ou de bacalhau quando feito na caçarola, na caçarola, entende?

Beser saiu como um raio e voltou com três livros debaixo do braço: *Diccionario gastrosófico valenciano*, *Gastronomía de la provincia de Valencia* e *Cien recetas de arroz típicas de la región valenciana*.

— Não me venha com livros de gente que não é de Villores. Moreliano de merda. Eu me pauto apenas pela memória popular.

Fuster ergueu os olhos para o teto da cozinha e declamou:

Ó insigne sinfonia de todas as cores!
Ó ilustre paelha
por fora com sua blusa de cores,
por dentro queimadinha por anseios de donzela!

Ó policromo prato colorista
que se come antes com a vista que com o paladar!
Concentração de glórias onde nada se deixa.
Compromisso de Caspe entre o frango e o marisco.
Ó prato decisivo:
sindical e coletivo!
Ó prato delicioso
onde tudo é precioso
e tudo se distingue, mas nada está estragado!
Ó prato liberal onde cada grão é um grão
como cada homem é um voto!

Beser folheava os livros sem ligar para o repente poético de Fuster. Por fim, fechou os livros.

— E então?

— Você tinha razão. Na paelha das aldeias de Castellón não se põe cebola. Foi um lapso. Um catalanismo. Tenho de voltar urgentemente para Morella para uma reciclagem.

— Muito bem! — exclamou Fuster enquanto jogava a cebola na lata do lixo.

— Eu deixei bem claro. Meio quilo de arroz, meio coelho, meio frango, um quarto de quilo de costeletas de porco, um quarto de quilo de *bajocons*,* dois pimentões, dois tomates, salsa, alho, açafrão, sal e nada mais. Todo o resto é estrangeirismo.

Fuster se pôs ao trabalho enquanto Beser picava miolos de pão fritos com salame e chouriço de Morella. Pegou uma garrafa de vinho de Aragón, e os copos pareciam uma cadeia de baldes de água no afã de apagar um incêndio. Fuster havia trazido do carro uma caixa de papelão toda oleosa a qual tratava como se contivesse um tesouro. Beser xeretou o conteúdo e gritou entusiasmado:

(*) Vagem, em catalão. (N. T.)

— *Flaons!** Você fez isso por mim, Enric?

Abraçaram-se como dois patrícios que se encontrassem na Antártida e explicaram a um Carvalho ébrio de vinho que os *flaons* são o escalão superior do *pastisset*, de todos os *pastissets dels Països Catalans*. Em todo o Maestrazgo são feitos com massa de farinha em óleo, anis e açúcar e recheados com ricota, amêndoa moída, ovo, canela e raspas de limão.

— Minha irmã os trouxe ontem. A ricota é uma coisa muito delicada e se estraga rapidamente.

Beser e Fuster apanhavam pedaços imaginários do aroma que saía da paelha e os levavam ao nariz.

— Pimentão demais — opinou Beser.

— Espere até comê-la, cacete! — rebatia Fuster concentrado nas vasilhas como um alquimista.

— Por último, alguns escargots para dar o toque final. É isso que está faltando. Pepe, hoje você vai provar uma verdadeira paelha, a regional autêntica, a que era feita antes de os pescadores a corromperem refogando peixes na salsa.

— Entretanto, bem que você come.

— É que eu faço antropologia, cacete.

Colocaram a paelha na mesa da cozinha e Carvalho estava disposto a comê-la à moda rural, ou seja, sem pratos, selecionando uma parcela de território dentro do próprio recipiente. Teoricamente era uma paelha para cinco pessoas que comessem sem outro esforço além do de embebê-la continuamente em vinho para que chegasse bem recozida ao estômago. Terminaram o garrafão de seis litros e abriram outro. Depois, Beser pegou uma garrafa de mistela de Alcalá de Chisvert para os *flaons*.

— Antes que você não consiga distinguir um soneto de um fragmento da lista telefônica, solucione o problema

(*) Flã; pudim de leite e ovos. (N. T.)

sobre o qual o meu amigo detetive quer consultá-lo. A propósito, não os apresentei. À minha direita, Sérgio Beser, setenta e oito quilos de louro mau humor, e à minha esquerda, Pepe Carvalho. Quanto você pesa? Este é o homem que mais sabe sobre Clarín: sabe tanto que, se ressuscitasse, Clarín o mataria. Não há nada na literatura que ele não saiba. O que ele não souber, eu sei. "Robustos escravos, suados devido ao fogo das cozinhas, deixavam sobre a mesa os quitutes da primeira refeição em grandes pratos de argila vermelha de Sagunta". De quem é isto?

—De *Sónnica la cortesana,* de Blasco Ibáñez—adivinhou Beser, displicente.

— Como sabe?

— Porque quando você vai se embriagar recita a ode à paelha, de Pemán, e quando está bêbado declama a cena do banquete que Sónnica organiza em Sagunto em homenagem a Acteão de Atenas.

— "Cada comensal tinha atrás de si um escravo a seu serviço e todos eles encheram na cratera os copos para a primeira libação"—continuou Fuster a recitar, enquanto Carvalho pegava o papel em que havia escrito à máquina o hieróglifo literário de Stuart Pedrell. Beser imediatamente assumiu uma gravidade de perito em diamantes, e suas diabólicas sobrancelhas ruivas se eriçaram diante do desafio. Fuster parou de declamar para encher a boca com o último *flaon* que restava. Beser levantou e deu duas voltas ao redor dos dois amigos que conversavam. Bebeu outra taça de mistela e Fuster reabasteceu a taça para que não houvesse falta de combustível mental. O professor recitou em voz baixa como se tentasse reter os versos na memória. Retomou seu assento e deixou o papel sobre a mesa. Sua voz saiu fria como se não tivesse bebido outra coisa a noite inteira além de água gelada e, enquanto falava, enrolava um "mata-rato".

* * *

— Os primeiros versos não têm problema. Pertencem ao primeiro poema de *A terra desolada*, de Eliot. Um poeta da primeira metade deste século. *I will show you fear in a handful of dust*. É o verso de que mais gosto no poema inteiro: *Eu lhe mostrarei a angústia em um punhado de cinzas*. Mas isso não ajuda muito, vejamos a parte que fala do Sul. Sem querer ser muito tedioso, o mito do Sul como símbolo do calor e da luz, da vida, do renascer do tempo, aparece constantemente na literatura, sobretudo a partir do momento em que os norte-americanos descobriram como era barato veranear com dólares. O segundo fragmento também é fácil de matar. Pertence a *Os mares do Sul,* o primeiro poema publicado por Pavese, um poeta italiano muito influenciado pela literatura norte-americana. Nunca esteve nos mares do Sul e ele certamente escreveu esse poema sob influência das leituras de Melville. Você já leu Melville? Não faça essa cara de incendiário. Ler é um vício solitário e inocente. Pavese, no poema, fala do fascínio exercido sobre um adolescente pela lembrança de um parente marinheiro que percorreu meio mundo. Quando o parente volta, o rapaz o interroga sobre suas viagens pelos mares do Sul e ele responde desencantado. Para o rapaz os mares do Sul são o paraíso; para o marinheiro, uma paisagem marcada pelo trabalho cotidiano e rotineiro. Esses poetas são um cagões. São como as mulheres: excitam a gente e depois nos deixam a ver navios. São uns *escalfabraguetes*.* Quanto ao terceiro fragmento, é difícil saber de onde foi tirado. É um hendecassílabo perfeito e pode ser de qualquer poeta italiano a partir do século XVI,

(*) Literalmente, "escalda-braguilhas". Em catalão, algo como "pentelho". (N. T.)

mas a nostalgia do Sul é moderna. Ou se trata de um poeta meridional e ao falar do sul fala do Sul, ou seja, da Sicília ou de Nápoles. *Piú nessuno mi porterà nel sud.* E algo me diz que eu sei. *Più nessuno mi porterà nel sud.* Em todo caso, os três fragmentos marcam todo um ciclo de desencanto: a esperança intelectualizada de ler até chegar a noite e, no inverno, ir para o Sul, enganando o frio e a morte. O temor de que esse Sul mítico talvez seja outra proposta de rotina e desencanto. E finalmente a desilusão total... Ninguém agora o levará ao Sul...

— Mas reúne os três fragmentos quando está partindo para o Sul. Quando já comprou até as passagens e os hotéis reservados.

— Para qual sul? Talvez tivesse descoberto que ainda que fosse ao sul nunca chegaria ao Sul. *Aunque sepa los caminos, nunca llegaré a Córdoba,* escreve García Lorca. Compreende? Os poetas gostam de se foder e de nos foder. Ouviu, Enric? O veado sabe os caminhos e não vai a Córdoba. São um saco. Como o outro conterrâneo, o Alberti. Diz que nunca entrará em Granada. Uma punição para a cidade. Eu tenho outra concepção da poesia. Ela deve ser didática e histórica. Conhece meu poema dramático sobre a campanha do Cid pelo reino de Valência? Enric e eu vamos encená-lo para você quando bebermos mais um par de garrafas e Enric estiver disposto a fazer o cavalo. *Più nessuno mi porterà nel sud.* Vou ler as lombadas de todos os livros de poesia que tenho e garanto que a coisa sai.

Subiu numa escadinha de três degraus e foi olhando estante por estante. Às vezes tirava um livro, folheava e ficava lendo entre exclamações de surpresa. *Nem sabia que tinha este livro aqui!* Fuster escutava melancólico um disco de canto gregoriano que havia dedicado a si mesmo. *Está quente! Está quente!*, gritava Sérgio Beser encarapitado diretamente nas estantes como um pirata em plena abordagem. *Não sen-*

tis o cheiro dos mares do Sul? Estou ouvindo as ondas. Retirou um livro fino muito carcomido. Primeiro farejou mais que leu para mergulhar diretamente sobre uma de suas páginas.

— Está aqui! Está aqui!

Fuster e Carvalho haviam se levantado excitados diante da proximidade da revelação. Todo o calor da comida e do álcool subiu com eles e, entre nuvens de emoção, viam Sérgio envolto desde o mastro, com o missal nas mãos e o gesto grave de quem vai comunicar o desfecho.

— "Lamento per il sud" de Salvatore Quasimodo. *La luna rossa, il vento, il tuo colore di donna del Nord, la distessa di neve...* É como *L'emigrant* de Vendrell ou *O emigrante* de Juanito Valderrama, mas com prêmio Nobel. E aqui está seu verso: *Ma l'uomo grida dovunque la sorte d'uma patria. Più nessuno mi porterà nel sud.*

Saltou da estante e após um ruído de joelhos maltratados parou diante de Carvalho estendendo-lhe o livrinho: *La vita non è sogno,* de Salvatore Quasimodo. Carvalho leu o poema. O lamento de um meridional que reconhece sua impotência para voltar ao Sul. Seu coração já ficou nos prados e nas águas escuras da Lombardia.

— É quase um poema social. Muito pouco ambíguo. Pouco polissêmico, como diria qualquer pedante com meia hora de leitura da *Tel Quel.* São poemas publicados no pós-guerra, em pleno neo-realismo crítico. Preste atenção: "O Sul está cansado de transportar cadáveres... cansado de solidão, de correntes, com a sua boca cansada das blasfêmias de todas as raças, que gritaram morte com o eco de seus poços, que beberam o sangue de seu coração". Há um contraponto amoroso, ou seja, exprime sua tristeza de desarraigado à mulher que ama... É útil para você?

Carvalho relia o bilhete de Stuart Pedrell.

— Literatura.

Escapou-lhe um pouco de saliva de desdém:

— Parece que sim, parece-me que é só literatura. Que diabo as pessoas viram nessa coisa do Sul. Talvez tivesse sentido antes dos vôos *charter* e dos *tour operators*, mas agora deixou de existir. O Sul não existe. Os americanos construíram uma mitologia literária do nada e o Sul se deve exclusivamente a eles. A palavra sul tem um sentido prévio para todo norte-americano, é seu lugar maldito, seu lugar derrotado em um país de vencedores, a única civilização branca morta que há nos Estados Unidos, a do "profundo Sul". Daí vem todo o resto. Tenho certeza. Não conhece nosso ciclo teatral valenciano? Em um segundo Enric e eu vamos encená-lo para você. Compare a autêntica literatura popular com toda essa literatura lamuriante. Eu serei o Cid e você, Enric, o rei mouro.

— Você sempre abusa.

— Sem protestos. Vou apresentar a situação. Aqui está o Cid, ainda que haja quem duvide que seja o Cid. Enfim, aqui está o senhor de Morella nas portas da pequena cidade e vê chegar a tropa moura. Dirige-se ao comandante mouro e diz:

CID: Quem sois vós que de cima do cavalo me olhais?

MOURO: O rei dos mouros e venho conquistar esta praça.

CID: Pois não o conseguireis.

MOURO: *Pos vos futarem les dones!*

CID: *Pos hi hauria guerra!*

MOURO: *Pos que n'hi hasgue!*

CID: *Corneta, porta la trompeta!**

Em coro, Beser e Fuster começaram a cantar enquanto cada um bailava por seu lado:

Caguera de bou
que quan plou

(*) Em catalão: Agora foderemos vossas mulheres! / Agora será a guerra! / Agora que assim seja! / Trombeteiro, traz a trombeta!

s'escampa.
La de vaca sí
*la de burro no.**

Pararam satisfeitos diante de Carvalho, e o detetive aplaudiu até lhe doerem as mãos. Professor e gerente se inclinaram.

— Esta primeira peça poderia se intitular: Defesa de Morella. Agora outra peça que transcorre diante dos muros de Valência.

Fuster se pôs de quatro e Beser sentou-se sobre ele.

— Eu sou o Cid montado em Babieca, e um mouro, que você deve imaginar, exclama:

MOURO: Olhe, cacete, o Cid!

OUTRO MOURO: Olhe, a puta!

PRIMEIRO MOURO: A puta, não, a Ximena.

— É isso — disse Beser desmontando.

— O teatro popular sempre é breve. Conhece *Davi e a harpa*?

Carvalho produziu o não ao mesmo tempo que um arroto ardente lhe subia do fígado. Beser voltava a enrolar um "mata-rato". Fuster dormitava com o rosto apoiado sobre o tampo da mesa da cozinha.

— Você precisa imaginar o palácio de Jerusalém. Davi está zangado com Salomão por motivos que não vêm ao caso, mas é evidente que está zangado. Imagine todo o luxo asiático que você quiser e a harpa que você quiser. Você já viu alguma vez uma harpa?

— Já vi, já vi. É assim.

Com as mãos, Carvalho desenhou uma harpa no ar. Beser examinou-a com olhar crítico.

(*) Bosta de boi/ que quando chove/ se esparrama./ A de vaca sim,/ a de burro não.

— Mais ou menos. Pois Davi está zangado com Salomão por motivos que não interessam agora. Salomão lhe diz: *Davi, toca a harpa.* Davi olha para ele e franze o cenho. Apanha a harpa e a lança no rio. Aí está. O que você acha?

Carvalho se levantou para aplaudir. Beser meio que sorria como um toureiro triunfante que quer fingir modéstia. Fuster se recompôs e tentou aplaudir, apesar de nem sempre conseguir que as palmas das mãos se encontrassem.

Em seguida, apagou-se a pequena luz que ainda restava na cabeça de Carvalho e ele se sentiu arrastado, transportado para um carro e, entre falsas imagens e lembranças, viu-se amontoado com Enric Fuster no assento traseiro de um carro que não era o seu nem o do gerente. O perfil avermelhado do professor se prolongava em um “mata-rato” aceso que o ajudava a ver a estrada pela qual o carro descobria que a linha reta é a distância mais curta entre dois pontos.

Imaginou seu próprio fígado como um animal corroído pelo ácido sulfúrico. Como um purê de merda e sangue que em sua agonia lhe cravaria toda sua dor nos flancos. Mas ainda não lhe doíam. Tinha a cabeça e as pernas pesadas e uma sede do deserto, uma sede de água transbordando a boca e se precipitando pelo peito. Enquanto avançava às tontas para a geladeira, dava tapinhas no fígado para aplacar suas fúrias ou agradecer sua paciência. Nunca mais. Nunca mais. Para quê? A gente bebe esperando o clique que abra a porta sempre fechada. Ergueu a garrafa de água mineral gelada, encheu a boca, esperou que as águas de agulha lhe empapassem a frente do pijama. Depois apanhou um copo de cristal *modern style* que só utilizava para garrafas de champanhe de mais de quinhentas pesetas, e o encheu da mesma água mineral com a qual havia mais se banhado que bebido.

Decidiu transformar aquela água picante e gelada no champanhe especial de uma alta madrugada.

— Você parece um duque aposentado e com hemorróidas. Amanhã mesmo procure uma passagem para os mares do Sul. Garçom, ordene a meu conterrâneo, o valenciano, que me faça um cisne de gelo e que o encha de lechias da estação. Que cazzo faz um garçom valenciano nesta história?

Tinha lido isso em algum lugar. Ou talvez fazer um veleiro sob medida para seus companheiros de naufrágio. Ler até chegar a noite e no inverno viajarem todos para o Sul. O que vocês sabem sobre onde está o Sul? Mas quando lhes digo que ele está entre os afortunados que viram o amanhecer nas ilhas mais belas do mundo, sorri diante da lembrança e responde que, quando o sol se levantava, o dia já era velho para eles.

— O Sul é a outra face da Lua.

Mais gritou que falou para a Lua, enquanto agradecia o orvalho frio que lhe aliviava o calor interno do álcool e o desgosto contra si mesmo. A outra face da Lua. A ducha, primeiro quente, depois fria, mudou-lhe a pele do cérebro. Seis da madrugada. Começava a clarear. As árvores já eram vultos que se projetavam sobre a tela do horizonte.

— A outra face da Lua.

Estava dizendo algo a si mesmo. Surpreendeu-se procurando um mapa da cidade que guardava para perseguições sórdidas. Sua esposa entrou no *meublé* da avenida do Hospital Militar às quatro e meia da tarde. Uma hora surpreendente, porque, em geral, as mulheres adúlteras preferem entrar nos *meublés* quando já anoiteceu. Na verdade, é uma idiotice você me perguntar se estava acompanhada. O destroçado mapa despregava-se diante dele como a pele muito gasta de um animal, com as juntas cansadas, quase rompidas. Marcou com um dedo a zona onde haviam encontrado o cadáver de Stuart Pedrell. O olhar viajou para o outro extremo da cidade. O bairro de San Magín. Um homem morre apunhalado e ocorre a seus assassinos descontextualizá-lo. É preciso levá-lo ao outro extremo da cidade, mas também a um local onde sua morte tenha um sentido, tenha uma paisagem humana e urbana adequada.

— Você fugiu para os mares do Sul de metrô?

Como Stuart Pedrell não respondesse, Carvalho concentrou seu interesse no subúrbio de San Magín. Abriu o livro que o moreliano lhe havia emprestado. Uma boa dose de especulações era atribuída a Stuart Pedrell, mas principalmente sobre *San Magín, bairro de.* "No final dos anos 50, e como parte da política de expansão especulativa do prefeito Porcioles, a Sociedad Construcciones Iberisa (ver Munt, marquês de, Planas Ruberola, Stuart Pedrell) compra, a preço baixo, descampados, terrenos onde havia alguma indústria decadente e hortas familiares do chamado *camp de Sant Magí*, área pertencente ao município de Hospitalet. Entre o *camp de Sant Magí* e os limites urbanos de Hospitalet havia uma ampla área de terreno livre com a qual se demonstra uma vez mais a tendência circular da especulação territorial. Compra-se terreno urbanizável situado bem além do perímetro urbano para revalorizar a zona que fica entre as novas urbanizações e o perímetro urbano anterior. A Construcciones Iberisa construiu um bairro inteiro em Sant Magí e ao mesmo tempo adquiriu também a baixo preço os terrenos que ficavam entre o novo bairro e a cidade de Hospitalet. Em um segundo plano de construções, essa terra de ninguém também foi urbanizada e multiplicou por mil a inversão inicial da construtora..." San Magín foi povoado em sua maior parte pelo proletariado imigrante. O abastecimento de água foi totalmente instalado apenas cinco anos depois do funcionamento do bairro. Falta total de serviços assistenciais. Reivindicação de um ambulatório do seguro-saúde. De dez a doze mil habitantes. Um belo patife você era, Stuart Pedrell. Igreja? Sim. Construiu uma igreja moderna ao lado da antiga ermida de San Magín. Todo o bairro sofre inundações quando as canalizações do Llobregat transbordam. O criminoso volta ao local do crime, Stuart Pedrell. Você foi a San Magín para ver de perto sua obra, ver como viviam seus aborígines nas cabanas que havia preparado para eles. Uma viagem de exploração? Talvez de busca da autenticidade popular? Investigava usos e costumes dos imigrantes do Sul? A queda do dê na posição intervocálica? Stuart Pedrell, que diabo você foi buscar em San Magín? De táxi. Ou de ônibus. Não. De metrô. Sem dúvida foi de metrô para uma identidade maior entre forma e conteúdo da grande viagem para os mares do Sul. E depois dizem que a poesia é impossível no século XX. E a aventura. Basta pegar o metrô e pode-se fazer um safári emocional por um preço módico. Alguém o matou, fez você cruzar novamente a fronteira e o deixou abandonado onde para ele era a outra face da Lua. O álcool se transformou numa ramagem de chumbo que ocupou todas as suas veias e Carvalho caiu adormecido no sofá, com o mapa da cidade definitivamente torcido sob o peso do corpo. Foi despertado pelo frio e por Banana lambendo seu rosto. Lentamente refez a viagem lógica que havia empreendido em plena madrugada. Tentou devolver à vida o mapa despedaçado e finalmente terminou de rasgá-lo ficando apenas com o pedaço que delimitava San Magín. Tinha uma vaga lembrança de casas de campo e cisternas de cimento. Sua mãe caminhava diante dele com a cesta cheia de arroz e óleo comprados no câmbio negro em alguma daquelas casas. Cruzavam a linha do trem. Na distância aproximava-se deles a cidade ferida do pós-guerra, uma cidade magra cheia de estacas cinzentas e buracos. Por que havia tantas estacas cinzentas sobre os telhados? Retiraram o óleo de um odre rançoso. Caiu no interior da garrafa como um mercúrio verde e lento. Este sim é óleo de verdade e não o do racionamento. Ele caminhava mais atrás. Em sua bolsa de tecido impermeável havia cinco filões, cinco de pão branco, branquíssimo, como de gesso. Campos e campos, caminhos pedregosos por onde passavam ciclistas tingidos de lilás do crepúsculo ou carros puxados por cavalos percherões, lentos e pesados como sua merda redonda. Depois a cidade começava a se insinuar em um bairro de barracos que coexistiam com antigas vilas e casas tomadas pelo pós-guerra, cumprindo pena de perdedoras da guerra civil. Ruas de terra, depois pavimentadas, finalmente feridas pela espinha dos trilhos do trem, no qual subiam cansados pela caminhada, com a aventura na cesta e, nos olhos, a promessa da fome saciada.

— Encherei um prato de óleo, pimentão vermelho e sal, e untaremos o pão.

— Prefiro o pão com óleo e açúcar.

— Isso é muito bom é para os vermes.

Mas sua mãe não deixou que a desilusão entristecesse seus olhos.

— Bem, se você ficar com vermes eu lhe darei uma colherinha de açúcar do doutor Sastre y Marquês.

O metrô, qualquer metrô, é um animal resignado à sua escravidão de subsolo. Parte dessa resignação impregna os rostos expectantes dos viajantes, tingidos por uma luz utilitarista, levemente abalados pelo vaivém circular da máquina aborrecida. Resgatar o metrô foi resgatar a sensação de jovem fugitivo que contempla com desdém o gado explorado, enquanto ele utiliza o metrô como um instrumento para chegar ao esplendor na relva e ao sucesso. Lembrava sua jovem surpresa cotidiana diante de tanta derrota recém-amanhecida. Lembrava a consciência de sua própria singularidade e excelência afastando a náusea que parecia envolver a vida medíocre dos passageiros. Via-os como incômodos companheiros de uma viagem que era para ele de ida, e de volta para eles. Vinte ou vinte e cinco anos depois só era capaz de sentir solidariedade e medo. Solidariedade com o velho da barba de três dias e vestido com traje bicolor, com uma mão enganchada ao curvim encardido de uma carteira cheia de títulos protestados. Solidariedade com as cúbicas mulheres samoiedas que davam um sotaque murciano a uma conversa incoerente sobre o aniversário de tia Encarnación. Solidariedade com tanto menino pobre e asseado que chegava tarde ao obsoleto trem emancipador da cultura. *Ejercicios del lenguaje. Diccionario Anaya.* Garotas disfarçadas de Olivia Newton-John, se é que Olivia se vestia aproveitando as liquidações de fim de estação dos grandes magazines da periferia. Rapazes com máscaras de galãs de discoteca e músculos de condenados ao desemprego. E às vezes a reconfortante carcaça de um subexecutivo de imobiliária com o carro avariado e o propósito de utilizar o transporte público para emagrecer e economizar para meia dose de uísque de qualidade mediana, servida por um garçom incompetente com caspa e unhas pretas sem outro atrativo que o de saber chamá-lo, na hora certa, de dom Roberto ou senhor Ventura. O medo de todos de serem vítimas de uma viagem medíocre e fatal da pobreza para o nada. O mundo era uma paisagem de estações semelhantes a banheiros sujos revestidos com azulejos encardidos pela fuligem invisível da eletricidade subterrânea e dos hálitos azedos das massas. As pessoas que subiam e desciam pareciam cumprir o ritual de um revezamento previamente combinado para justificar a rotineira agitação da máquina. Carvalho subiu de dois em dois os degraus de metal lascado e cariado para sair numa encruzilhada de ruas largas onde se enfileiravam caminhões prepotentes e ônibus desengonçados. *Demonstre sua força. Vote no comunismo. Vote no PSUC. O socialismo tem as soluções. Abaixo o reformismo. Vote no Partido do Trabalho.* Os cartazes não eram suficientes para ocultar muros de ladrilhos prematuramente envelhecidos e remendados com argamassa. Nos tapumes publicitários o rico asseio da propaganda governamental: *O Centro mantém a promessa,* como uma proposta de férias remuneradas. E por cima da propaganda militante artesanal, da sofisticada propaganda de um governo de jovens leões com o cabelo cortado a navalha por um barbeiro de renome, já perto do céu cor de metal fundido barato, placas triunfais anunciavam: *Você está entrando em San Magín.*

E não era totalmente verdade. San Magín crescia ao fundo de uma rua desfiladeiro entre escarpas de edifícios exclusivos, onde o desgastado funcionalismo da arquitetura dos anos 50 voltada para os pobres coexistia com a colméia pré-fabricada dos últimos anos. San Magín, ao contrário, era um horizonte uniforme de conjuntos iguais que avançavam para Carvalho como uma promessa de labirinto. *Você está entrando em San Magín.* Proclamavam os céus e acrescentavam: *Uma cidade nova para uma nova vida. A cidade-satélite de San Magín foi inaugurada por Sua Excelência o Chefe de Estado em 24 de junho de 1966.* Constava em uma placa no meio do obelisco que obstruía o acesso ao centro urbano de doze quadras iguais, como que instaladas pelo prodígio de um guindaste onipotente. As arestas agudas de concreto doíam nos olhos, apesar da tentativa de humanização das mulheres vestidas com robes de náilon acolchoados e do surdo rumor de humanidade que saía de cada nicho, um rumor que cheirava a fritura e a umidade acumulada em armários embutidos. Entregadores de gás, mulheres percorrendo uma trilha cotidiana de supermercados, peixarias cheias de peixes com olhos cinzentos e tristes, Bar el Zamorano, El Cachelo, Tinturaria Turolense, Ofertas: vinhos brancos da Murcia, Liberdade para Carrillo, Vocês, fascistas, são os terroristas, Aulas particulares para crianças atrasadas, Asilo Hamelín. Cada uma dessas palavras era um milagre de sobrevivência, uma espécie de vegetação crescida no cimento. Cada fachada era um rosto cheio de olhos quadrados sem pupilas condenados ao escurecimento sobre uma lepra granulada.

— Já viu este homem alguma vez?

A mulher havia recuado, olhava para Carvalho, mas não para a fotografia que este lhe apresentava.

— Como disse?

— Já viu este homem alguma vez?

— Não tenho tempo.

Não lhe deu tempo para se explicar, retomou sua marcha com a disposição e a facilidade de um helicóptero e Carvalho ficou parado com a foto de Stuart Pedrell na mão, recriminando-se por haver começado tão mal uma busca na qual estava disposto a entrar nicho por nicho atrás do aroma Paco Rabanne de Stuart Pedrell. Como se contemplasse outrem, Carvalho assistiu ao espetáculo de si mesmo apresentando mil vezes a foto, loja por loja. Apenas em duas ocasiões olharam a foto como se recebessem o anúncio de uma lembrança. Nas demais nem a olhavam, ao contrário, examinavam Carvalho atentamente enquanto protegiam seus narizes do cheiro de polícia.

— É um parente que estou procurando. Não ouviu o apelo na Rádio Nacional?

Não. Não tinham ouvido o apelo na Rádio Nacional. Carvalho percorreu várias vezes as ruas com nomes regionais que tentavam veicular a ilusão de uma micro-Espanha imigrada, reunida graças ao impulso criador dos planejadores da cidade-satélite de San Magín. Seguiu a trilha aberta por uns pedreiros de capacete procurando algo para comer e entrou em um bar-restaurante onde quase uma centena de trabalhadores se acotovelava diante da refeição, um prato de lentilhas cozidas e vitela à jardineira. Carvalho comeu a refeição com fome e aproveitou o impacto de suas cinqüenta pesetas de gorjeta para estabelecer certa cumplicidade com o jovem garçom tímido que lhe respondia sem olhá-lo no rosto. Era um adolescente galego com as bochechas rosadas e as mãos cheias de frieiras abertas e supuradas. Fazia dois anos que morava no bairro. Era sobrinho da senhora que fazia limpeza no bar. Ela o havia mandado buscar em sua aldeia. Comia e dormia no bar. Dormia nos fundos, no quarto onde guardam as caixas vazias de bebida.

— Não. Nunca vi este senhor.

— Há outro restaurante mais fino no bairro?

— Mais fino tem, mas não acredito que vá comer melhor. Aqui a comida é simples, porém sadia. É uma comida sadia.

— Não duvido. É que talvez meu parente freqüentasse o outro restaurante. As pessoas gostam de variar.

O ar cheirava a café com conhaque Fundador. Os jovens trabalhadores riam, falavam em voz alta, se empurravam, faziam gestos de amassar os colhões ou se dispunham a demonstrar quem era o melhor ponta no futebol: Carrasco ou Juanito. Os clientes mais antigos retiravam o açúcar do café com a lentidão de *connaisseurs*. A velocidade dos jovens parecia ficar aprisionada nas pupilas lentas dos velhos. Pegavam a foto, afastavam-na para contemplá-la com olhos carregados de cimento, manuseavam-na um pouco como se o tato pudesse lhes servir de ajuda. Era um constante não, emitido por um rosto coletivo. O dono do bar-restaurante não quis perder o tempo que precisava para guardar na caixa registradora mais duzentos e cinqüenta pesetas relativas a duas refeições. Por cima do ombro, seus olhos passearam pela foto e também disse não. Sua mulher descascava batatas com uma das mãos e com a outra preparava o café com conhaque e com a língua chamava sua filha de asquerosa, uma garotinha com furúnculos e manchas de suor nos sovacos, relutando em limpar as mesas com a velocidade que sua mãe lhe pedia. A uma curta distância, o herdeiro do negócio, um Travolta com nariz de batata, aparava cuidadosamente as unhas, pernas jeans cruzadas, rabinho apoiado de leve na geladeira e olhos concentrados na eliminação de uma cutícula do dedo mínimo esquerdo.

Vinhos de Jumilla.

Carvalho entrou no botequim, estruturalmente igual a qualquer restaurante, farmácia ou tinturaria do bairro, e pediu uma garrafa de Jumilla branco. O taberneiro tinha cento e cinqüenta quilos de humanidade branquíssima só adornada pelas marcas de olheiras que eram puras rugas. Carvalho e ele estavam a sós no estabelecimento, onde reinava uma imensa câmara frigorífica de madeira e ferragens cromadas cujo ruído ao abrir e fechar trazia a Carvalho a lembrança das velhas geladeiras dos bares e tabernas de seu bairro. Aquela era uma gigantesca reprodução feita na escala do dono, forrada internamente com azulejos verdes. O homem quis invadir o território de silêncio que cercava Carvalho.

— Um desastre. Tudo um desastre. Eu os mandaria para o trabalho forçado. E os outros para o paredão. Sobramos dezesseis milhões. Nem um a mais ou a menos. Isto só uma guerra pode dar jeito.

Carvalho bebeu outro copo e concordou sem muita vontade, mas com a vontade suficiente para que os cento e cinqüenta quilos rolassem até ele e se esparramassem na cadeira em frente.

— Você acredita que existe direito? Claro que não. Para mim, tenho de estudar. Tenho de saber lidar. Encontrar o fundo. Mas, à força? Nada. Repito. Somos dezesseis milhões de espanhóis a mais. Não temos saída. Ele sim, sabia nos manter comportados e aquele que se mexesse, zás!, guilhotina. Não me canso de dizer: prefiro que me contem as coisas. Prefiro ficar sabendo. É arroz à Catarina que você quer? E então me trazem um cozido demais e não é assim, não é assim. Por mim, o mundo pode vir abaixo. Eu já disse com todas as letras, as mesmas com que agora digo a você. Mas isso realmente não aceito. Você me entende?

Carvalho concordou.

— Outro dia, só para dar um exemplo. Já havíamos falado tudo que havia para falar. Você isto, eu aquilo. Bem. Nada mais a acrescentar. Pois você acredita que uma hora depois tudo começou de novo? E depois ainda fica rindo. Ri até me encher o saco e eu lhe acerto um chute bem onde é preciso acertar. Você está entendendo?

Terminada a garrafa, Carvalho deixou as cem pesetas que lhe foram cobradas ao lado de dez quilos de antebraço.

— Vai firme, amigo. Senão vão lhe tratar como um zéninguém.

— Não sabem com quem estão brincando.

O homem falou sem tirar os olhos do círculo de vinho deixado pela taça de Carvalho sobre a mesa de fórmica. Carvalho saiu para a rua e entrou na barbearia mais sofisticada que encontrou. Havia fotos de cabeças com diversos penteados e um cartaz envelhecido *corte a navalha*. Pediu que lhe fizessem barba e cabelo. Por prevenção observou as mãos do barbeiro, costume adquirido na cadeia, onde o máximo que se podia exigir era um grau de sujeira que não fosse escandaloso e onde o posto de barbeiro era sempre ocupado por algum assassino hipocondríaco. Carvalho contou a história do parente desaparecido, apresentou a foto. O barbeiro mal a olhou, como se fosse um horizonte que amputara com a navalha que segurava com a outra mão. A fotografia correu de mão em mão entre os clientes da barbearia e voltou ao barbeiro, que a examinou com mais atenção.

— Esta cara me lembra alguma coisa... Mas não sei o quê — acrescentou segundos depois quando a devolveu a Carvalho.

— Fique com ela e vá olhando de vez em quando, por favor. Eu volto amanhã.

— Esta cara não me é estranha. Você vai ver.

Carvalho passou diante da taberna de vinhos de Jumilla. O proprietário estava na porta, escorado por pernas curtas e cônicas, dizendo para si mesmo alguma coisa em voz baixa.

— Continua tudo na mesma?

— Pior.

— Não desista.

— Melhor morrer.

Carvalho seguiu seu caminho e o homem suas ruminações. O único dentista de San Magín também nunca havia visto a cara ou os dentes de Stuart Pedrell. Nem os dois médicos com o consultório cheio de velhos desdentados, mastigadores de palavras brandas. Desde a butique, onde a gravata de seda coexistia com as ceroulas de flanela, até as tinturarias, sem deixar de lado farmácias e bancas de jornal. Em alguns lugares a fotografia pareceu remexer o poço da memória. Mas só isso. Nas duas escolas noturnas, dirigidas respectivamente por dois irmãos, professores de Cartagena, também não se conhecia Stuart Pedrell. O ímpeto ia se enfraquecendo no seu peito, e apenas o investimento em palavras e caminhadas o obrigava a continuar uma investigação suicida.

— Esta noite, grande encontro de Socialistas da Catalunha! Trabalhador, por um San Magín feito para as suas necessidades e não para a dos especuladores, assista ao encontro socialista no Centro Poliesportivo de La Creueta! Pronunciamentos de Martín Toval, José Ignacio Urenda, Joan Reventós, Francisco Ramos. Os socialistas têm as soluções!

A voz saía dos alto-falantes de um furgão que circulava em baixa velocidade. As pessoas recebiam o anúncio sem muito entusiasmo, conscientes de que deviam votar nos comunistas ou socialistas, como uma conseqüência biourbanística, mas sem fervor. Só alguns meninos chegavam até a janela do veículo para pedir "papéis" e voltavam decepcionados para suas brincadeiras comentando: os da ucedê são mais bonitos. Um atacadista de presuntos depositou a foto debaixo da ponta gordurosa de um presunto pendurado e uma gota densa de óleo de presunto de Trevélez caiu sobre o rosto de Stuart Pedrell. O vendedor reparou a ofensa passando a manga sobre a fotografia e a deixou envernizada e escurecida, como se de repente tivessem caído sobre ela vinte anos de um álbum de fotos. Saiu do armazém e começou a perguntar nas portarias dos prédios que ainda não dispunham do sistema de porteiro eletrônico. Velhos porteiros embranquecidos pela penumbra saíam do fundo de poços iluminados pelas telas de televisores para lhe dizer que não, que nunca haviam visto aquele homem. Um quarteirão. Dois. Ainda que me custe duas semanas de busca, dizia a si mesmo, mas pensava que quando viesse a noite fugiria de San Magín e retomaria o fio da meada em busca de outra saída. Achou que voltava sempre para a mesma portaria, o mesmo porteiro, como se continuamente entrasse e saísse pela mesma porta. De repente se deu conta de que as calçadas estavam cheias de meninos, e a tarde já escura parecia pronta a receber suas risadas, gritos e correrias. Além disso, alguém havia dado a ordem de saída para as mulheres grávidas e estas palmilhavam as calçadas como patinhos inseguros. Subiu até a igreja situada no cume suave que encimava a ladeira sobre a qual haviam construído San Magín. Era uma igreja funcional feita com materiais deteriorados que haviam sofrido ataques do vento, da chuva, dos sóis inclementes naquela colina desmatada, bem como da peste sólida das fumaças industriais que chegavam de mais além dos canaviais que insistiam em apontar a antiga existência de um córrego hoje morto. O padre mantinha a sacristia cheia de cartazes de pedidos de anistia já inúteis e superados. E até um cartaz em italiano anunciando *Cristo parou em Éboli.* Usava barba e um suéter Marcelino Camacho modelo 1975.

— Já vi esta cara antes. Mas não agora. Faz algum tempo. Mas não sei. Não sei dizer de quem ou de quando é. Parente seu?

Toda sua desconfiança revolucionária brilhava no olho que abria mais que o outro. Carvalho saiu acompanhado por aquele olho perspicaz e teve que escolher entre voltar a enveredar pelo labirinto da cidade-satélite ou ir até umas barracas iluminadas onde havia música. Sobre o batente da porta, uma placa dizia: *Comissões Operárias de San Magín*, e do interior emanava uma canção sentimental de Víctor Manuel dedicada ao amor entre dois deficientes. Estendeu a foto a um recepcionista que tentava acender uma estufa de cavacos situada no meio de um salão onde obscureciam duas dúzias de cadeiras de diferentes padrões, uma pequena geladeira, uma lousa, uma estante de livros, murais cheios de convocatórias e cartazes políticos.

— Claro que o conheço. Há meses vinha aqui com freqüência, logo que este local foi inaugurado.

— Como se chamava?

— Não era parente seu? Você deve saber melhor que eu. Aqui todo mundo o chamava de O Contador. Não. Não chegou a se filiar. Mas vinha com freqüência. Depois, de repente, deixou de vir.

— Era muito atuante? Trabalhava muito?

— Sei lá. Não sei no que ele trabalhava.

— Aqui. Estou perguntando se ele trabalhava aqui.

— Não. Vinha às reuniões. Discutia pouco. Às vezes fazia alguma intervenção.

— Era fanático?

— Não. Não. Moderado. Por aqui existem alguns elementos que querem fazer a revolução em um dia. Ele era dos moderados. Até em seu modo de ser. Não? Assim, um homem muito educado. Muito prudente. Não falava para não ofender.

— Vocês não sabiam seu nome, ou seu sobrenome?

— Antônio. Chamava-se Antônio, embora todos o chamassem de O Contador, porque trabalhava como contador.

— Onde?

— Não sei.

— Não fez amizades? Não vinha com acompanhantes habituais?

— Isto sim.

Deixou escapar um sorriso.

— Com garotas?

— Com uma garota. Uma metalúrgica que trabalha na SEAT: Ana Briongos.

— Ela continua vindo?

— Não. Às vezes. Mas é muito, muito radical. Estava entre os que ficaram furiosos com o Pacto de Moncloa e ainda não se acalmaram. Há quem acredite que as coisas mudam da noite para o dia porque deseja que mudem. Carecem de idade e de uma experiência como a da guerra. Precisam passar por uma guerra civil. O homem é o único animal que tropeça duas e até três vezes na mesma pedra. Uma garota muito valente, a Briongos. Com muito colhão. Corajosa. Mas impaciente. Aqui onde você me vê, estou na trincheira desde 1934 e já passei por tudo, sabe?, por tudo. Porrada que se deu, porrada que se recebeu. E agora? Vou sair por aí queimando caixas do correio? Você acredita que é preciso queimar caixas do correio? Já ouviu Solé Tura falar alguma vez? Pois uma vez escutei ele dizer uma coisa que me fez refletir. Deixe ver se me lembro. A burguesia levou quatro séculos para chegar ao poder e a classe operária tem apenas cem anos de existência histórica como movimento organizado. Palavras textuais. Eu cito de memória. É muito brilhante, não? Pois há quem acredite que basta levar a carteirinha da sindical ao palácio do governo e dizer: Dá o fora que agora quem manda sou eu. Você me entende? Tem gente assim aos montes. É preciso ter paciência. Com paciência não há quem nos vença. Pois bem, se começamos a dar pauladas às cegas, nós é que vamos virar um saco de pancadas, porque de cego eles não têm nada. Enxergam mais que um sapo.

— Onde posso encontrar a Briongos?

— Isso não é comigo, e aqui não lhe darão o endereço. Se quiser, fale com o responsável, mas aqui nunca damos endereços. É uma responsabilidade, espero que me entenda.

— Também não sabe onde trabalhava o Contador?

— Ao certo não. Parece que trabalhava por hora fazendo a contabilidade de alguns armazéns de vidro, garrafas e frascos de laboratório. Lá na quadra nove ou por ali, porque às vezes eu o via passando por ali. Sempre muito tenso. Andava assim. Tenso. Tenso. A princípio não confiávamos nele. Parecia um estranho e ninguém sabia de onde ele havia saído. Mas andar em companhia da Briongos foi uma garantia. Essa já estava em cana quando ainda usava calça curta. Seu pai não cansa de apagar o fogo, e ela continua a acender. Uma batalhadora. É uma pena que gente assim se canse e jogue pela janela o esforço de tantos anos. Agora dizem por aí que não adianta fazer nada porque a burguesia controla tudo. Tudo isso. Imagine. Então, eu, eu sou controlado pela burguesia? E a gente escuta, escuta, agüenta e agüenta, até que um dia não consegue mais. Que cazzo me deu a burguesia? Diga-me.

— Fique calmo, Cifuentes! — gritou um rapaz e se pôs a rir como seus companheiros.

— Menos gozação e um pouco mais de educação. Vocês não passam de uns festivos.

— Você quer um baseado, Cifuentes?

— Prefere meio quilo de explosivos plásticos?

— Está vendo? Muita gozação, mas se isso for ouvido por um inimigo de classe, está armada a confusão. É a inconsciência da juventude. É preciso caminhar pelo mundo com prudência e esperar que haja melhores condições.

"Melhores condições...", um eco de ideologia na memória de Carvalho. As condições. Podiam ser as melhores, objetivas ou subjetivas. As condições.

— E de repente o Contador desapareceu e ninguém achou estranho?

— Não. Tal como havia vindo se foi e não é o momento de nos preocuparmos com essas coisas. Se fôssemos nos preocupar com gente que entra e sai do movimento operário, estaríamos todos no manicômio. Ainda mais agora. No começo tudo era lucro e euforia. Hoje se mantém certa disciplina nos locais de trabalho, mas aqui, quatro gatos-pingados. Isto só fica animado quando chegam os advogados trabalhistas para as consultas. O franquismo deseducou todos nós. Quando leio essa coisa de que o povo espanhol está maduro para a democracia, subo pelas paredes. Que porra de maturidade que nada!

— Não fique nervoso, Cifuentes!

— Fico nervoso se você me enche o saco, filho da puta! Vá encher o saco do seu pai! Eu estou falando com este senhor e não com você.

Acompanhou-o até a porta.

— São bons meninos, mas gostam de me irritar. Depois fazem tudo por mim, mas se divertem pegando no meu pé, e assim as coisas vão caminhando. E eu agüento porque estou aposentado, venho aqui e economizo um salário para as Comissões. Já estive seis vezes na prisão. A primeira em 34, depois na queda de Núñez, em 58. Outra vez quando organizamos as Comissões, e toda vez que havia desordem nas Artes Gráficas, lá ia Cifuentes para a delegacia de Vía Layetana. Um dia eu disse ao comissário Creix: se quiser, venho morar aqui, e o cínico dava risada. Que gente mais estúpida. Me disseram que se aposentou.

— Quem?

— Creix. Pode ser verdade. Deve ter a minha idade. E você não sabe o melhor. — Tomou-lhe o braço, levou-o até a rua e lhe disse em voz baixa: — Creix e eu somos colegas.

Afastou-se um pouco para captar a enorme surpresa que o rosto de Carvalho certamente refletiria.

— Não está entendendo? Pois agora vai entender. Eu freqüentei os cursos para dirigentes na escola do partido em Pins del Vallés, durante a guerra. Uns saíam comissários políticos para o front e outros saíam para a polícia. Sugeriram que eu fosse para a polícia da República. Foi o próprio

Comorera que me aconselhou isso; assim como você está escutando. "Olha, Cifuentes, comissários políticos já temos todos de que precisamos, mas temos falta de policiais fiéis à causa, porque a polícia está cheia de quintas-colunas." Muito bem, entro para a polícia. Depois deu no que deu. Porque eu estava em uma delegacia de Hospitalet e meu chefe era um tal Gil Llamas. Conhece? Ele já devia ser então da quinta-coluna porque depois da guerra continuou com o mesmo corpo elegante de antes.

E tem mais. Quando saí da prisão, em 46, deparei com ele na Ronda, não sei como se chama aquela parte da Ronda, onde estava o Olímpia, e ele fez como se não me conhecesse. Tudo bem. Depois, passei por toda espécie de dificuldades, e há alguns meses me chega uma carta de um procurador que me diz que posso reclamar meus direitos como policial da República. Fui procurá-lo, um senhor muito atencioso, muito profissional. Fica com uma comissão, e pronto. Tudo bem. Vá em frente. Não custa tentar. E ele vai em frente. Minha mãe! Olha só!

Tirou de uma carteira de plástico uma circular muito dobrada e manuseada: "... vimos reconhecer direitos como funcionário de polícia aposentado com o grau de subcomissário".

— Subcomissário. Eu. E uma pensão de trinta mil pesetas por mês. O que me diz? Minha aposentaria anterior como comerciário era de quinze mil pesetas e agora, trinta mil. Eu me sinto rico, como se fosse rico, e além disso, veja você, subcomissário. Já era hora de algo de bom me acontecer. Minha mulher nem consegue acreditar. Está com a saúde um pouco abalada por tantos dissabores. Eu mostro a carta para ela, todo mês mostro as trinta mil pesetas, e ela teimosa como uma mula: "Evaristo — eu me chamo Evaristo —, isso não vai acabar bem". E você, o que acha?

Era uma consulta feita a um homem do mundo que chegava do além, da cidade da qual havia sido expulso.

— Cifuentes, quando se reconhece a categoria de funcionário de alguém já não há quem possa revertê-la. Fique tranqüilo.

— Para mim o importante não é o dinheiro. É pelo orgulho. Um dia vou procurar o endereço de Creix e de tantos como ele que me esfolaram vivo, e vou esfregar este papel no nariz deles.

Fundos de farmácia para gigantes, garrafões para cinqüenta litros de sabe-se-lá que inconfessáveis poções, frascos, alambiques, provetas, cristal turvo pela poeira amarelada de serragem, estantes de madeira branca curtida pela umidade e a penumbra, tapetes, alfombras de serragem, gatos irrequietos como se estivessem sobre metal quente, lâmpadas sem anteparos, um velho atleta com bigode grisalho faz malabarismos com caixas de papelão, um cão pastor triste fareja o recém-chegado, ao fundo de um corredor entre cristaleiras gigantescas mortas, um homem robusto e sério opera uma calculadora na ponta de uma grande mesa, a seu lado um rapaz verifica o esmerilhamento de seringas, por um alto-falante pendurado da penumbra do teto Alfredo Kraus canta *Os pescadores de pérolas*; sobre as cabeças ressoam saltos femininos no assoalho do ático. O homem da calculadora diz: Sim? sem voltar a cabeça e apenas o faz quando Carvalho põe a foto de Stuart Pedrell diante dos olhos agitados e de um nariz que se move com uma inquietude eqüina. Termina a operação com a calculadora, dá um par de ordens sobre coisas que devem ser feitas antes do final do expediente e começa a caminhar com os ombros erguidos e os braços afastados do corpo. Sobe a escada de madeira que leva ao ático e, atrás dele, Carvalho descobre um pequeno escritório onde uma garota datilografa, e uma mulher imponente, com os olhos apertados e tristes por trás das dioptrias, interrompe seu trabalho para telefonar.

— *Tieta, m'ha preguntat la mare se pujaràs aquest diumenge que ve a la Garriga.**

Pára quando vê Carvalho e continua falando em voz mais baixa. O dono afasta a garota com uma solicitação e senta-se sobre uma escrivaninha, encostando-se a um arquivo de metal cinza. Um gato come um pedacinho de fígado junto ao cesto de papel. Um cocker inglês contempla o recém-chegado com a fleuma de Buster Keaton.

Outro cocker inglês mais novo, que se parece com Lauren Bacall, cheira-o impertinente e tenta deixar-lhe a marca dos dentes no tornozelo até que um estalido de língua do dono o expulsa para baixo de uma das mesas. Em uma gaiola, dois canários loucos se agitam na dança da escravidão. O patrão aperta um botão e a voz de Kraus se esvanece, recuperando o ambiente o semi-silêncio de loja submersa em uma das quadras de cento e setenta e dois apartamentos do bairro de San Magín.

— *La mare farà verdureta i carn a la planxa...***

— Este homem trabalhou aqui?

— Sim. Durante quase um ano. Como eventual. Organizava nossa contabilidade durante algumas horas por dia.

— Chamava-se Antônio de quê?

— Porqueres, eu acho.

— Apenas acha?

(*) Em catalão no original: "Tieta, mamãe me perguntou se domingo próximo você vai subir para La Garriga". (N. T.)

(**) Em catalão no original: "Mamãe vai fazer um pouco de verdura e carne na chapa". (N. T.)

— Chamava-se Porqueres, porque sempre o chamei de senhor Porqueres. Ele fazia seu trabalho, eu pagava e pronto.

— Trabalhava bem?

— Muito bem.

— Como chegou aqui?

— Coloquei um anúncio na porta e ele se apresentou.

— E assim, sem mais, você contratou um contador para o seu negócio?

— Ele trazia uma carta. Não me lembro bem de quem. Josefina, *t'en recordes de qui era la carta de recomanació del senyor Porqueres?**

A mulher encolheu os ombros, sem soltar o telefone.

— Parece-me que era do senhor Vila, o empreiteiro ou encarregado das obras de todo o bairro.

O patrão confirmou.

— Porqueres partiu sem se despedir? À francesa?

— Sim.

— E vocês não estranharam?

— Um pouco. Verificamos e tudo estava em ordem. Tal como veio partiu. Um dia ou outro tinha de acontecer. Não era homem para este trabalho nem para este bairro.

— Por quê?

— O que você acharia de um homem que conhece de memória os discos gravados por Plácido Domingo e que descreve tão bem a cena final da *Salomé* de Strauss, cantada por Caballé? Eu sou muito aficionado à ópera e poucas vezes tenho o prazer de deparar com um autêntico entendido. E ele era.

— Só falaram de ópera?

(*) Em catalão no original: "Você se lembra de quem era a carta de recomendação do senhor Porqueres?". (N. T.)

— De ópera e da firma. De fato, pouco nos víamos. Eu dirijo o negócio lá de baixo e minha esposa é quem dirige o escritório aqui em cima.

— *Vindrá també el noviet de la Miriam. Escolta, Inès. No has rebut pas carta de l'oncle de l'Argentina?**

— Onde morava?

— No bairro. Bem perto daqui, mas não sei dizer com certeza. Aconteceu alguma coisa com ele?

— É um parente e o estou procurando. Desapareceu.

— Eu já havia achado tudo muito misterioso. Mas não gosto de me meter na vida das pessoas. Para mim basta que realizem seu trabalho. Olá, bom dia. Até logo, até amanhã. Essa é a relação ideal.

— Em geral?

— Em geral com todo mundo e, em particular, principalmente com os empregados.

— O endereço do senhor Vila, o que o recomendou?

— Não sei. Mora na divisa da cidade-satélite. Em uma antiga vila. É inconfundível porque tem uma horta atrás. Pode haver complicação? Repito que ele era um trabalhador eventual, horista, que aqui foi muito útil e isso é tudo.

Lauren Bacall havia saído de seu esconderijo e contemplava o desconhecido com impertinentes olhos verdes. Carvalho fez um meio gesto para demonstrar a solidariedade de proprietário de cachorro a outro cachorro. Mas Lauren Bacall latiu indignada e só outro estalido de língua de seu dono a devolveu ao seu vigilante refúgio.

— Vejo que vocês têm um zoológico completo.

(*) Em catalão no original: "O noivo da Miriam também virá. Escuta, Inês. Você não recebeu nenhuma carta do tio da Argentina?". (N. T.)

— A gente começa aceitando o cachorrinho de um amigo e acaba em plena arca de Noé. Em casa, temos um hamster também.

— *Inès, saps que a lo millor la Piula està prenyada? Passi-ho bé.**

A mulher se despede dele sem desgrudar do telefone. O dono o acompanha até a porta e fica enquadrado ali, observando a marcha de Carvalho. Deve ter apertado novamente o botão porque a voz de Kraus sai para a rua sem asfalto e sobe pelas paredes do desfiladeiro habitado, repica contra as janelas fechadas, remove o pó dos gerânios melancólicos e levanta como uma brisa suave alguns toldos dormentes em suas varandinhas de três metros quadrados. Como palmeiras de mercúrio, os postes de luz marcam um distanciamento progressivo de círculos luminosos que isolam ainda mais a obscuridade progressiva na qual imerge San Magín, enquanto um frio úmido se eleva do Prat e introduz na cabeça de Carvalho um horizonte de cobertas e lareira acesa. Mas seus passos o fazem saltar de uma poça de luz a outra em busca da divisa anunciada por uma distante placa celestial, especialmente iluminada, na qual consta a advertência da finitude do paraíso: *Você está saindo de San Magín. Volte sempre.*

Tinha o aspecto de um chalé de paternidade arquitetônica desconhecida, construído em sucessivos fins de semana por alguma quadrilha de imigrantes contratados por empreitada por um pequeno comerciante do mercado negro dos anos 40 disposto a gastar o excedente econômico em uma casa com horta, distante, muito distante da cidade,

(*) Em catalão no original: "Inês, você sabe que talvez a Piula esteja grávida? Até logo". (N. T.)

onde algum dia pudesse descansar dos afãs de um duro pós-guerra. Foi recebido na porta por um homem quadrado e grisalho, vestido em um roupão acolchoado e chinelos de camurça forrados com pele de coelho. A casa cheirava a bechamel. Havia barulho de meninos reclamando e de mulheres irritadas.

Vila o fez subir ao seu gabinete, um pequeno escritório no qual tudo estava arrumado como se nunca tivesse sido utilizado. Deixaram-se engolfar pelos dois sofás em curvim marrom e, diante da foto que Carvalho lhe estendeu, Vila comentou surpreso:

— O senhor Stuart Pedrell.

— Conhecia-o?

— Como não iria conhecê-lo? Eu supervisionei as obras de todo o bairro, primeiro como capataz de um quarteirão e depois, de todos, porque mereci a confiança do senhor Planas. Em compensação, com o senhor Stuart Pedrell nunca me relacionei. Nem chegou perto das obras. Que morte mais horrível! Fiquei sabendo pelos jornais.

— O nome de Antônio Porqueres lhe diz alguma coisa?

— Não.

— Ao que parece, você recomendou este senhor a um comerciante do bairro para que lhe desse trabalho.

— Ah, sim. Mas não cheguei a conhecê-lo. Foi o senhor Stuart Pedrell que o recomendou a mim. Ele me ligou um dia e me disse que necessitava de trabalho e alojamento para um amigo de infância. Pediu-me que tratasse do assunto com muita discrição. Nunca cheguei a ver o senhor Porqueres.

— Alojamento?

— Sim.

— Você conseguiu?

— Sim.

— Onde?

— A empresa conservou em seu poder cinco ou seis apartamentos no bairro. Às vezes são úteis para o pessoal que trabalha na empresa. Cedi um desses apartamentos ao senhor Porqueres.

— Sem o ver.

— Sem o ver. Para mim, um pedido do senhor Stuart era uma ordem. Deixei as chaves para ele na portaria. Nem mesmo sei se esse senhor continua morando no apartamento. O senhor Stuart Pedrell me disse que trataria do aluguel diretamente com o escritório central.

— Quando aconteceu o que aconteceu com Stuart Pedrell, não lhe passou pela cabeça nenhuma curiosidade com relação ao senhor Porqueres?

— Por quê? Que relação há entre uma coisa e outra? Ademais, eu já havia esquecido o assunto. Eu tenho na cabeça os problemas de milhares de residências. Sabe quantos encanamentos se estragam por dia? Quantas privadas é preciso desentupir numa semana? Essas casas parecem feitas de papel.

— Não foi você que as fez?

— Eu colocava aquilo que me forneciam.

— Fui mandado pelo advogado Viladecans e a senhora Stuart e é imprescindível que eu veja o apartamento em que Porqueres morou.

— Pode procurar o porteiro em meu nome, ou, se preferir, eu me visto num instante e o acompanho.

— Não é necessário.

— Vou escrever um bilhete para lhe facilitar as coisas.

Começou várias redações e nenhuma lhe agradava. Rasgou três ou quatro folhas: *Senhor Garcia: Faça o que este senhor lhe pedir. É como se fosse eu mesmo.*

— Qualquer coisa que necessitar, já sabe onde me encontrar. Como vai o senhor Viladecans? Sempre nos tribunais a remexer causas. Eu não sei como agüenta aqueles tribunais. Cada vez que vou, por alguma confusão que acontece aqui, eu me deprimo. Eu acho aquilo desumano, não acha? E a senhora Stuart? Que desgraça! Que grande desgraça! Eu tratei mais com o senhor Planas, era quem passava mais pela obra. Acredite, ele é um crânio. Parecia que não sabia de nada e tinha toda a obra na cabeça, do primeiro ladrilho ao último saco de cimento. É uma grande obra. Pode-se criticar nela tudo o que se quiser, mas essa gente antes morava em barracos ou em sublocação, muito mal, e agora pelo menos tem um teto. E os apartamentos se estragaram antes do esperado porque essa gente não sabe morar neles. Acham que são como os barracos em que moravam antes. Todos os elevadores vão caindo aos pedaços porque são tratados a pontapés. Não há mais nada funcionando direito. Tudo está remendado. Com o tempo essa gente vai se civilizando, só que custa, custa muito, é outra maneira de morar, sei que compreende.

— Tiveram sorte que não vieram zulus.

— Pois vá brincando. Há negros. Da Guiné e de outros países. O que já não é possível controlar é a confusão das sublocações. Tem moradias projetadas para quatro pessoas e bem apertadinhas, onde estão morando dez. Dizem que é para pagar as prestações, mas é também por negligência. Onde cabem cinco, cabem vinte. Eles não brigam, mas não é assim que se faz. Agora tenho um arquivo cheio de cartas anônimas sobre chilenos e argentinos morando de sublocação e que, em geral, nem possuem documentos. De onde veio essa gente toda? Depositei o assunto nas mãos do senhor Viladecans. Saem fugidos de sua terra e se enfiam onde podem. E se fogem é porque alguma coisa fizeram.

Ninguém é perseguido sem motivo. Pode acreditar. Isto é uma fonte constante de problemas. E as reclamações, então! Nunca estão satisfeitos com nada. Digo a eles que Barcelona não foi feita em oito anos, nem em um século, e com o tempo isso vai se tornar outra cidade. Paciência. Paciência é uma palavra que eles ignoram.

Em compensação, o porteiro Garcia tinha toda a paciência que faltava aos demais. Saiu do fundo de sua guarita como se procurasse se acostumar com o ar e a luz exteriores. Apanhou o bilhete com lentidão. Leu-o como se fosse um tratado sobre gastroenterite e ainda comentou:

— Ou seja...

— Ou seja, quero ver o apartamento em que morava o senhor Antônio Porqueres. Está alugado?

— Está do jeito que ele deixou. Ninguém me disse para fazer nada. Eu aqui sou cego, mudo e surdo se alguém de cima não me disser outra coisa. Entre.

Sobre a mesa de jantar com um tampo de vidro, um menino fazia o dever de casa com as mãos e via a televisão com os olhos. O porteiro se inclinou sobre o bufê como se tivesse que pedir permissão para os rins. Os rins demoraram a responder. Seus braços também acompanhavam a ginástica lenta com que se movia pelo mundo.

— Esta é a chave do apartamento.

— Quero a da portaria.

— Vai passar a noite?

— Não sei.

Demorou também a compreender que a resposta de Carvalho não lhe deixava outra opção além de lhe dar a chave, mas entregou-a receoso, retendo-a até que Carvalho a arrancou de seus dedos.

— Vai encontrar tudo muito sujo. Minha filha arrumou o apartamento há um mês, mas como ninguém me disse nada... As coisas de Don Antônio estão em seu quarto e no lavabo. Todo o resto já estava no apartamento quando ele o alugou. Você vai sozinho. Não posso acompanhá-lo. Mal posso andar.

— Estou vendo.

— Um golpe de ar. Tem muita corrente de ar nesta portaria.

Parecia impossível que o ar pudesse entrar naquela cripta. O menino de repente gritou: oito vezes quatro trinta e dois, e escreveu depressa no papel como se a vida lhe fosse fugir. O senhor Garcia meneou a cabeça e resmungou:

— Sempre fazendo barulho. Não suporto barulho.

O elevador estava remendado com peças laminadas. Seu piso parecia uma cama elástica prestes a lançá-lo contra o teto ou deixá-lo cair no abismo. Carvalho se agarrou às paredes. Saiu em um corredor de cor creme escurecida por uma poeira gordurosa, condenado à penumbra por lâmpadas de vinte velas encarceradas atrás das grades como as de luminárias de sótão. Oito portas cinzentas de madeira doente fechavam os oito apartamentos de cada andar. Parou diante do 7-H. Alguém havia escrito o nome de Lola, riscando a pintura com uma chave. A porta se abriu como se vira a página de um livro. Acendeu um fósforo para localizar o quadro da eletricidade, mas estava ali à vista, como um imponente painel cibernético. O hall de entrada se iluminou. Um mínimo de paredes, nuas e manchadas. A luz revelou então uma copa-sala de estar com um conjunto de poltrona e sofá de metal e tapeçaria de quadros escoceses, metal pintado de negro e descascado, quadros escoceses irregularmente descoloridos. Um abajur de pé de madeira torneada e papel encerado. Uma ferradura em uma parede. Noutra, uma valenciana cobrindo os seios com um leque. Uma bandeira do Bultaco. Uma caixa de fósforos semivazia. Um cinzeiro de que não se eliminara toda a cinza sobre uma mesinha de centro. Em um armário envidraçado, quatro copos de xerez e dois livros: *O sentido do êxtase*, de Alan Watts, e *Os felizes quarenta*, de Barbara Probst Salomon. Em seguida, mais livros dentro de uma caixa de embalagem próxima a uma cama dobrável: *Cidadãos e loucos. História social da psiquiatria*, de Klaus Dörner; *Francis Scott Fitzgerald*, de Robert Sklar; *Les paradis artificiels*, de Baudelaire; *O homem de gesso*, de Joseph Kessel; *Diálogo no inferno entre Maquiavel e Montesquieu*, de Maurice Joly; livrinhos sobre *O que é o socialismo..., o imperialismo..., o comunismo...*, chegando a uns doze ou treze, um livro do padre Xirinacs em catalão, *Poesias completas* de Cernuda. *Estrutura da lírica moderna*, de Friedrich. Ao abrir a cama deparou com lençóis e cobertas grudadas com o mau cheiro de umidade e meses. Na parede do dormitório, um mapa do Pacífico e das costas da América e da Ásia, a boca da Ásia prestes a morder o rabo da América. Aqui e ali, pregados na parede por meio de percevejos, novamente os recortes de jornais, amarelados, quase ilegíveis. Comentários políticos em torno do Pacto de Moncloa, notícias mortas em fins de 1977 ou durante 1978, embora em menor quantidade, como se Stuart Pedrell tivesse superado a febre inicial de criar pontos de referência naquelas paredes estranhas. Em um armário, um terno cinza-escuro comprado em uma alfaiataria de Hospitalet, um conjunto de jaqueta e calça da mesma alfaiataria, roupa íntima, uma gravata, um par de sapatos veranis de tecido e cadarço. A cozinha era um deserto habitado por meia dúzia de pratos no escorredor, uma cafeteira, duas xícaras de café, um pote com açúcar transformado em uma bola compacta e outro com café moído desbotado. Na geladeira, desligada da tomada, havia se produzido o milagre da rodela de presunto mumificada e incorrupta. Um pote de pepinos franceses, conservados em vinagre branco e grãos de pimenta, dava o toque exótico, esquecido no fundo de uma prateleira da geladeira, ao lado de meio tablete de manteiga com aspecto de sabão envolta em papel-alumínio. Na cristaleira, um pacote de arroz norte-americano Uncle Ben, um vidro de sopa de legumes desidratada, um pacote de café fechado, duas cervejas, doze garrafas de água mineral com gás, uma garrafa de xerez seco barato pela metade, uma garrafa de conhaque Fundador e outra de anisete Marie Brizard. No último e pequeno cômodo do apartamento, encontrou uma caixa com graxas e escovas para sapatos e outra de papelão com produtos farmacêuticos essenciais: aspirinas, mercurocromo, curativos, água oxigenada, álcool, uma lima de calos. No banheiro, um jogo completo de toalhas, uma garrafa de gel de banho Moussel, Moussel, Moussel, de Legrain, Paris, pedra pomes, um roupão branco, chinelos que pareciam árabes, um esfregão muito usado. Percorreu mais três vezes a casa inventariando tudo o que via.

Depois saiu sem desligar o quadro da luz. Já na rua, procurou uma cabine telefônica. Nenhuma das duas mais próximas funcionava. Entrou na adega de vinhos Jumilla. O proprietário branco estava sozinho, sentado diante de um copo cheio de aguardente. Não olhou para Carvalho, mas disse que sim quando este pediu permissão para telefonar. Ligou para Biscuter para que subisse até Vallvidrera para dar comida a Banana.

— Não tenho nada para cachorro.

— Em Vallvidrera tem. O que você tinha feito para mim?

— Uma merluza na sidra.

— De onde você tirou a sidra?

— O dono da mercearia da esquina é asturiano.

— Pode dar a merluza na sidra para ela. Mas tira bem os espinhos.

— Para o cachorro? Merluza na sidra para cachorro?

— É bom educar o paladar dela. Alguém perguntou por mim?

— A de sempre.

— A garota?

— A garota.

— Vou passar cedo pelo escritório.

— Digo a ela, se tornar a ligar?

— Não. Tenha cuidado com os espinhos. Vê lá se o cachorro não vai ficar com um espinho atravessado na garganta.

— Faz questão de que eu dê a merluza na sidra?

— Faça o que achar melhor.

— Não posso localizá-lo em algum lugar?

— Não trouxe a bússola para lhe dar as coordenadas.

Cortou a pergunta de Biscuter sobre a merluza na sidra e Banana. Faça bom proveito, Banana. Acostume-se ao mundo dos homens civilizados por meio de uma cozinha digna e, quando eu morrer, lembre-se de que um dia eu lhe dei de jantar o que Biscuter havia feito com amor para mim.

— Quanto lhe devo?

— Para mim ninguém deve nada. Sou eu quem deve a todo mundo — respondeu o homem de dentro de seu ensimesmamento.

Carvalho andou pelo bairro até encontrar um bar aberto. Prepararam-lhe um sanduíche de atum em óleo e comeu uma porção de omelete de batatas. Comprou uma garrafa de vinho branco frio sem *pedigree*. Regressou ao apartamento de Stuart Pedrell, ligou o aquecedor. Tomou uma ducha, ensaboou-se com o gel Moussel, Moussel, Moussel de Legrain, Paris, enfiou-se no roupão, que cheirava a umidade. Percorreu o apartamento até sentir seu frio malcheiroso de tumba sem cadáver. Inspecionou a limpeza dos lençóis e cobertas. Arrumou a cama. Terminou o vinho enquanto olhava folha por folha todos os livros que Stuart Pedrell havia salvado de seu naufrágio. Mais que selecionados, pareciam amostras de uma sede intelectual que Carvalho achava doentia. Encontrou apenas um papelzinho, à guisa de marcador, em uma página das *Poesias completas* de Cernuda.

Lembro que tocamos o porto após longa travessia,
e deixando o navio e o cais, por ruelas
(entre o pó mesclavam-se pétalas e escamas),
cheguei à praça, onde estavam os bazares.
Era grande o calor, a sombra pouca.

O poema se intitulava "As ilhas" e relatava a aventura de um homem que chega a uma ilha, transa com uma mulher e depois reflete sobre a lembrança e o desejo. "Não será a lembrança a impotência do desejo?" Carvalho fechou o livro e apagou a luz. Foi para a cama. Do escuro chegavam a ele odores de ar morto, ruídos distantes de carros, algumas vozes, um gotejar no banheiro do apartamento ao lado. Stuart Pedrell passou nesse quarto as noites de um longo ano. Bastava-lhe percorrer alguns quilômetros para recuperar tudo aquilo que havia sido durante cinqüenta anos e em vez disso permaneceu naquela obscuridade, noite após noite, interpretando o papel de um Gauguin manipulado por um autor fanático do realismo socialista, um autor fanático disposto a castigá-lo por todos os pecados de classe dominante que havia cometido. E esse autor era ele mesmo. Incapaz de inventar sua própria linguagem, ele mesmo havia se convertido em linguagem. Vivia o romance que não podia escrever ou o filme que não podia dirigir. Mas para que público? Quem deveria aplaudir ou vaiar ao final da interpretação? Ele mesmo. É um verdadeiro narcisista, havia dito o marquês de Munt. Era necessária muita capacidade de desprezo para agüentar noites e noites essa solidão anônima, uma solidão de amnésico. Havia custado muito a Carvalho convencer-se de que valia a pena cozinhar para si mesmo. Era-lhe difícil compreender como um homem pode falsificar seu papel só para si mesmo, sem a possibilidade de comunicar-se. Você pelo menos se olhava no espelho, Stuart Pedrell? Saltou da cama. Foi ao banheiro, acendeu a luz, olhou-se num espelho corroído por salpicos de água e dentifrícios. "Como você está velho, Carvalho!" Arrancou um pedaço de papel higiênico. Voltou para a cama. Pensou na viúva de Stuart e se masturbou furtivamente, como se o fizesse no banheiro do colégio ou detrás de uma árvore. Limpou-se com o papel higiênico e deixou cair a bola de papel no chão. Adormeceu depois de constatar com surpresa o quanto são parecidos o cheiro de esperma e o das tumbas vazias.

Despertou após duas horas de sono. Demorou a tomar consciência de onde estava. Tentou dormir de novo, mas estava incomodado com o cheiro e a consistência de lençóis abandonados durante muito tempo. Fez café. O que se pode fazer em San Magín às cinco da manhã? Pegar o ônibus para ir trabalhar. Na metade da xícara de café ocorreu-lhe que Ana Briongos não tardaria a pegar o ônibus que a levaria à SEAT. Terminou o café. Pensou e repensou, e finalmente abriu o pote de pepinos. Experimentou um. Repugnante. O elevador subiu lentamente para buscá-lo como uma lagarta sobe pela galeria em que está aprisionada para sempre. Calçadas solitárias, porém depois da esquina que limitava o quarteirão vislumbravam-se riachos humanos dispersos, obsessivamente orientados para a entrada do bairro. Apertou o passo para se juntar aos madrugadores. Um rapaz que vestia uma jaqueta de napa preta com as golas levantadas informou-o de que os ônibus da SEAT paravam na praça de entrada, bem ao lado do obelisco com os dizeres: *Uma cidade nova para uma vida nova.* Ali estavam dois ônibus azuis, as luzes internas perfilando os primeiros passageiros, protegendo-os com um calor familiar em contraste com o frio hostil da madrugada.

— Sempre pega o de trás — disse-lhe o motorista do primeiro ônibus. Não, ainda não havia chegado.

— Essa garota é do turno seguinte. Só sairá daqui a uma hora.

— Não sabem onde mora?

— Não. Mas sempre vem por ali, dessa direção.

Os ônibus se encheram em silêncio e Carvalho os viu partir, como se fosse o dono de San Magín despedindo as expedições de seus argonautas em busca do velocino de ouro. Entre perambular por um bairro ao amanhecer ou voltar ao apartamento de Stuart Pedrell optou por ficar onde estava. Mas o frio o fez sair em busca de algum bar aberto para os madrugadores. A busca inútil ocupou-o por meia hora e lhe possibilitou percorrer novamente uma parte do bairro. As escarpas de cimento começaram a salpicar-se de janelas iluminadas. O sol rompia mais além dos blocos, e seu fulgor marcava uma aura de apoteose sobre as costas e o topo da cabeça do paquiderme cinzento. Voltou ao ponto de partida para ver se tinha a sorte de que Ana Briongos chegasse com tempo suficiente para conversar. Os ônibus vazios esperavam. Os trabalhadores chegavam agora em grupos mais compactos; incentivados pela maior luminosidade, falavam e alguns riam. Ana Briongos foi se aproximando e crescendo até se materializar como uma garota baixa e robusta, de feições grandes e morenas, o cabelo maltratado por uma cabeleireira de bairro, sobre a gola de seu capote de camurça acolchoado um velho adesivo em defesa da liberdade de expressão e uma insígnia com uma palavra de ordem contra as centrais nucleares. Agüentou firme o olhar do homem que às seis da madrugada lhe perguntava se era Ana Briongos.

— Sim. E você, quem é?

— Estou procurando um parente desaparecido. Revirei metade da cidade e finalmente parece que ele veio morar aqui. Reconhece-o?

Com um olho na foto e o outro em Carvalho, a garota fez menção de seguir seu caminho:

— Desculpe. O ônibus vai sair.

— Ainda vai esperar dez minutos. Compreendo que não são horas. Gostaria de falar com você em outro momento. Na hora do almoço, por exemplo.

— Eu como na fábrica quando acabo meu turno.

— E depois?

— Tenho coisas para fazer.

— O dia todo?

— O dia todo.

— Irei esperá-la na saída do turno.

— Já lhe disse que não conheço este senhor.

— Talvez não tenha olhado direito a fotografia. Disseram-me que vocês dois se conheciam, que saíram juntos, e quem me disse foi um veterano sindicalista e comunista, daqueles que não mentem, a não ser que mandado por Moscou, pelo menos foi assim que me ensinaram desde criança.

— Chega de bobagem. Está certo. Eu o conheço. Quanto antes acabarmos esta história, melhor.

— Vai perder o ônibus.

— Para o que tenho a dizer há tempo de sobra. Esse senhor se chama Antônio. Morou no bairro. Nós nos conhecemos. Nos vimos algumas vezes. Um belo dia desapareceu e isso é tudo.

— Desapareceu do bairro, mas apareceu morto em um canteiro de obras. Morto a navalhadas.

Ela afastou o rosto para ocultar o soluço e deu as costas para Carvalho agora sem conseguir se conter. Sua companheira rapidamente se aproximou.

— Está se sentindo mal?

— Não. Já vou.

Voltara-se e enfrentava o olhar de Carvalho. Quatro lágrimas haviam sido o bastante para enrubescer-lhe o nariz. Seus lábios carnudos tremiam quando disse:

— Às sete da tarde, aqui mesmo.

Sentou-se no ônibus junto de sua amiga e deu alguma explicação sobre Carvalho, porque a outra garota escutava, concordava e observava Carvalho preocupada. O detetive voltou-lhes as costas, atravessou a praça e seguiu para a entrada do metrô, deixando-se levar por uma multidão que lançava as pernas pelas escadas de metal desgastado por milhões de pisadas cansadas, pisadas carregadas com o peso extra da evidência de que cada dia é igual ao anterior, de que cada degrau que sobe será amanhã um degrau que desce.

— Você devia ter entrado para um banco quando era jovem. Você já teria vinte ou vinte e cinco anos de serviço.

Foi o que disse seu pai alguns dias antes de morrer, repetindo pela última vez a queixa que o havia acompanhado como uma obsessão desde que Carvalho lhe deixou claro que sairia da universidade, da prisão, do país, da vida, com a cabeça livre de coroas de louros.

— E se fosse possível a Caixa Econômica, seria muito melhor. Eles dão oito abonos por ano.

Carvalho escutou essas recomendações com indignação até os trinta anos, depois com indiferença, e com ternura nos últimos anos. Seu pai queria lhe deixar uma herança de seguranças. A segurança quer dizer pegar o metrô duas vezes ao dia ou uma condução duas vezes ao dia, para ir ao trabalho e voltar. O metrô ia se aproximando do coração da cidade. Saiu no Paralelo, atravessou solidões na confusa passagem e entrou pela rua Conde del Asalto em busca das Ramblas. Reconheceu esquinas habituais como se voltasse de uma viagem muito longa. A terrível pobreza do Bairro Chinês tinha pátina de história. Não se parecia em nada com a feia pobreza pré-fabricada por especuladores pré-fabricados, pré-fabricadores de bairros pré-fabricados. É preferível que a pobreza seja sórdida e não medíocre. Em San Magín não havia bêbados caídos diante dos portões, sorvendo a pequena corrente de calor que saía de escadas terríveis. Mas não era um resultado do progresso, muito pelo contrário. Os habitantes de San Magín não podiam se autodestruir enquanto não pagassem todas as duplicatas devidas para comprar seu buraco naquela cidade nova para uma vida nova. Na primeira página de um jornal recém-lançado liase: Estados Unidos terão crescimento zero em 1980. O presidente Carter confirmava isso com sua presença na primeira página, presença de diretor de sucursal de Caixa Econômica diariamente surpreso diante da evidência de que entre suas atribuições estava a de bombardear Moscou ou se entupir de torta de maçã o dia inteiro. O que você faria se fosse presidente dos Estados Unidos? Transava com a Faye Dunaway. Isso para começar. Sempre que ela deixasse. Fique sabendo que sou o presidente. Faye olharia com seus olhos selvagens, fingiria um beijo para lhe morder traiçoeiramente o nariz até arrancá-lo. Fique sabendo que você acaba de comer o nariz do presidente dos Estados Unidos. Carvalho entrou em seu escritório sem fazer barulho. Os roncos de Biscuter vinham do catre que o monstrinho abria todas as noites depois de preparar as bases das refeições com que pretendia surpreender Carvalho no dia seguinte. Dormia encolhido e com um olho aberto. As costeletas ralas e louras brotavam-lhe dos parietais como chifres incipientes, ignorantes de seu verdadeiro lugar.

— É você, chefe? — disse o olho aberto, antes da boca, que acabava de roncar.

— Ele mesmo. Belo concerto. Que jeito de roncar!

— Mas eu estou acordado, chefe — e continuou roncando.

Carvalho saltou por cima do catre e começou a fazer café. Biscuter já saía da cama esfregando os olhinhos saltados e sem pestanas. Sorriu-lhe, recém-chegado do além, como um anjo feio enfiado num pijama amarelo.

— Na farra a noite inteira? Assim você as deixa loucas, chefe. Aquela maluca voltou a ligar, e Charo e uma senhora, tinha voz de senhora... Anotei o nome no bloco de notas.

Carvalho confirmou que a voz de senhora correspondia à viúva.

A senhora Stuart Pedrell o convidava para um aperitivo em Vía Véneto.

— Comemorando o quê?

— A vitória do senhor Planas como vice-presidente da CEOE. É o único momento livre de que a senhora Stuart dispõe. Não esqueça de usar gravata. Em Vía Véneto são muito rigorosos.

A secretária voltou a lembrá-lo de que o encontro era à uma.

— Você tem alguma gravata, Biscuter?

— Tenho uma que minha mãe me deu há vinte anos.

— Serve.

Biscuter voltou com uma grande caixa de papelão. Estava cheia de bolas de naftalina e, debaixo delas, a bela gravata adormecida no bosque, azul com bolinhas brancas.

— Fede.

— Tenho muito carinho por ela. É uma lembrança.

— Pendure sua lembrança na janela para que saia um pouco o fedor. Se eu sair na rua com essa gravata do jeito que está cheirando agora, me levam para o hospital de doenças contagiosas.

— Essas coisas devem ser conservadas em naftalina.

Biscuter entreabriu a janela, estendeu um fio de uma folha até a outra e no centro pendurou a gravata, mais acariciando-a que prendendo-a com uns pregadores de roupa. Carvalho ligou para a casa dos Stuart Pedrell.

— Não, não acorde a senhorita Yes. Diga a ela que eu liguei. Eu a espero às duas no restaurante Rio Azul, da rua Santaló.

Mal acabou de desligar, o telefone tocou. Uma voz masculina de tenor lírico.

— Há aí um detetive particular?

— Há.

— Eu queria consultá-lo sobre um assunto confidencial.

— Sua mulher fugiu?

— Como sabe?

— Intuição.

— Não é um assunto para se falar por telefone. É muito delicado.

— Venha até aqui. Agora.

— Em uns quinze minutos estarei aí.

O olhar surpreso de Biscuter o aguardava quando desligou o telefone.

— Como foi que adivinhou?

— Pela voz. Noventa por cento dessas vozes correspondem a maridos cujas mulheres fugiram. Imagino que você já esteja careca de ouvi-las.

Biscuter foi fazer compras; Carvalho se distraía desenhando monstros floreados numa folha de papel. O homem bateu quase furtivamente. Vestia um terno enrugado sobre um corpo não menos enrugado. Tinha calvície de primeira fila de teatro de revista e voz no limite entre tenor e soprano. Há quem nasça para parecer um marido abandonado, pensou Carvalho, embora o lamentável talvez seja nascer para marido. Mal articulou a primeira frase completa, desatou a chorar. Quando conseguiu dizer que sua mulher era loura e se chamava Nuria, caiu aos pedaços.

— Beba um trago. É orujo.

— Não bebo em jejum.

— Não é preciso ficar de jejum a esta hora. Quer comer um sanduíche? Talvez ainda tenha um pouco de merluza na sidra.

O homem tinha visto a gravata pendurada na janela e seu olho esquerdo não se desviava dela, enquanto o direito vigiava Carvalho.

— Sou um modesto industrial da panificação. Tenho uma fabriqueta de pão.

Absolutamente odioso. Como se pode ter uma fábrica de pão?

— Foi meu ofício durante toda minha vida. Meus pais tinham uma padaria com forno em Sants e eu sempre vivi nesse ambiente. O que você quer que eu lhe diga! É a minha vida.

— Sua mulher também é padeira?

— Ela me dá uma mão nas contas. Mas é de outro ambiente. Seu pai era juiz.

— Você sabe onde ela está?

— Desconfio.
— Onde?
— Isso me dá muita vergonha.
— Não apenas sabe onde está, mas com quem está.
— Sim. Compreenda, isso me dá muita vergonha. Está em alguma dessas ruas daqui. Fugiu com o senhor Iparaguirre, um basco, jogador de pelota, que fica contando vantagem, não sei de quê.
— De quê?
— Ai! Nem queira saber. Excentricidades. Não sei o que as mulheres vêem em tipos assim.
— Mas de que ele conta vantagem? Diga-me.
— De ser um desses caras da ETA. Imagine só. Sublocava um apartamento do prédio onde fica o escritório de minha pequena fábrica e sempre pegava no papo comigo ou com minha mulher. Que os bascos têm muito colhão, que isto e aquilo outro. Colocam umas quatro bombas, matam quatro infelizes e já acham que são quem-sabe-quem, Kirk Douglas ou Tarzã.
Riu choroso de sua própria piada.
— Você teve sorte, ela podia ter fugido com alguém do Grapo.*
— Por que tive sorte?
— Porque a ETA é outra coisa. É um valor mais sólido. Ultimamente, já é o segundo caso de marido enganado por alguém que diz pertencer à ETA.
— E não pertencem?
— Não.
— Que cara mais sem-vergonha!
— Ter um caso justifica todos os meios. No meu tempo, a gente tinha meia dúzia de panfletos e baixava a voz para

(*) Grupo Revolucionário Antifascista Primeiro de Outubro. (N. T.)

falar de política: havia alguma possibilidade. Hoje as mulheres são mais exigentes. Querem emoções mais fortes.

— Mas minha Nuria nunca havia se metido em política. Acredite-me, e seu pai era de direita, muito de direita mesmo, foi um desses juízes que vieram com os franquistas e, mãe do céu, as coisas que chegaram a fazer. De onde ela foi tirar isso agora? E eu nem tenho nada a ver com isso. A política não me interessa. Nunca vai me dar o que comer.

— Bem, você sabe onde está sua mulher e com quem está. O que deseja que eu faça?

— Que fale com ela e a convença de que isso não é maneira de se comportar. Ela abandonou as crianças. Duas meninas.

Mais lágrimas.

— Não posso fazer nada por você a não ser dentro de alguns dias. Vamos deixar eles ficarem confiantes...

— Mas se demorarmos muito...

— O quê?

— É imoral.

— O mais imoral já passou. É preciso dar tempo para que o assunto se moralize.

— Eu pago qualquer quantia.

— Assim espero.

— Aqui está meu cartão e em mim você não tem um cliente, mas um amigo. E o que devo dizer às minhas meninas?

— Até agora o que você disse?

— Que sua mãe foi para Zaragoza.

— Por que Zaragoza?

— Porque às vezes ela ia para lá.

— O que ela faz em Zaragoza?

— Temos fornecedores de farinha e muitos negócios com eles. Não sei. Não sei. Eu até já pensei em dizer para elas... Em momentos assim, a gente pensa em tanta barbaridade...

— O que queria dizer a elas?

— Que ela havia morrido.

Olhava-o com os olhos encharcados, decidido, quase heróico, como a lhe mostrar o punhal com o qual havia matado a adúltera.

— Um dia ou outro ela voltará e imagine o susto que as crianças levariam. Os casos dos jogadores de pelota duram pouco.

— Não é um jogador temporário. Parece-me que ele tem um contrato fixo em uma quadra de Barcelona.

— São pessoas inconstantes. Você disse que eles estão nas imediações?

— Sim.

— Como sabe?

— Há dois meses o basco se mudou, e Nuria sempre chegava tarde ao escritório ou em casa. Um dia não agüentei mais e a segui. Encontrou-se com esse homem muito perto daqui. Nessa praça onde está o monumento. Foram a uma pensão fuleira de uma dessas ruas: subiram. Perguntei ao porteiro se o basco morava ali. Morava. Suponho que neste momento os dois estejam juntos. Aqui está o endereço. Coloco o assunto em suas mãos. Pelo preço que for. Sei dar valor ao bom trabalho. Quer um cheque? Dez mil? Vinte mil?

— São cinqüenta mil.

— Cinqüenta mil — repetiu o homem, digerindo a quantia e fazendo menção de levar a mão à carteira.

— Não me pague agora. Dentro de uma semana, quando Nuria voltar para casa; aí você me paga.

Sua cortesia era agora tão desmedida quanto sua depressão anterior. Quando ele saiu, Carvalho fechou a porta e disse a si mesmo: Nuria, eu lhe dou mais alguns dias para que você se desafogue. Umas férias conjugais vão lhe fazer bem. Anotou na agenda o dia em que deveria libertar a malcasada dos braços do terrorista. Liberou a gravata de sua forca, cheirou-a, o mau cheiro havia diminuído. Biscuter chegou no momento em que Carvalho se engalfinhava com a gravata como uma serpente em volta do pescoço.

— Nem vem, Biscuter.

— Com cuidado, chefe. Com cuidado senão você me acaba com ela.

Biscuter deu o laço com dedos de violinista.

— Olhe-se no espelho, chefe. Está de arrasar.

O czar não estava, embora o local tivesse sido decorado para agradar ao gosto do czar de quase todas as Rússias. Duzentos ou trezentos homens alinhados, engravatados, com as feições recém-modeladas por um escultor especializado em dirigentes de empresa. Cinqüenta mulheres em luta cotidiana e implacável contra a celulite, as varizes e os guardas de trânsito. Quase trinta garçons com bandejas voadoras carregadas de canapés, colheres cheias de papinhas que se aproximam brumm brumm brumm da boquinha de meninos inapetentes. Dedos inapetentes, mas mandíbulas implacáveis engolindo pedacinhos de paraíso a duzentas pesetas o milímetro quadrado: caviar russo, salmão asturiano, tâmaras encadernadas em pele de bacon, omelete de batatas com pitus salientes sobre um campo de maionese, picadinho de caranguejo russo com salsa francesa, azeitonas de Kalamata, cubos de presunto Cumbres Mayores. Sem álcool, recomendava a maioria, enquanto com uma mão apalpavam as cinturas maltratadas por massagistas com ódio de classe. Cerveja sem álcool, vermute sem álcool, vinho sem álcool, xerez sem álcool, uísque sem álcool.

— Um uísque com álcool — pediu Carvalho e o garçom escolheu uma garrafa de uísque com álcool.

— Este é um uísque com álcool — disse à viúva a título de apresentação. Ela usava um turbante de seda malva que ressaltava sua semelhança com Maria Montez e Jeanne Moreau.

— Precisava falar com você e não dispunha de outra oportunidade.

— Aproveito para me congratular com o senhor Planas.

— Isso é um problema seu. O meu é que esperei seu telefonema para me dizer como vão as coisas e o telefonema não veio.

— As coisas estão quase onde estavam. Não posso resolver em algumas horas um mistério que dura mais de um ano.

— Com quem já falou?

Omitiu tudo que dizia respeito a San Magín. Ela não se alterou quando mencionou os nomes de Lita Vilardell ou Nisa Pascual.

— Sérgio Beser? Quem é Sérgio Beser?

— Um especialista em *La regenta*, romance de Clarín. Mas também domina a literatura italiana.

— Por que o consultou?

— Não posso saber tudo. A poesia não é meu forte e seu marido era muito chegado a uns versos.

— Em resumo, fez algum progresso?

— Nenhum e muito.

— Quando vou saber de alguma coisa? Suponho que serei a primeira a ser informada. Esqueça os outros candidatos ou candidatas. Por exemplo, minha filha. Não foi Yes quem o contratou. Eu o contratei.

— O criminoso sempre volta ao local do crime.

Planas entrou então na conversa.

— O senhor Carvalho espera encontrar entre nós o que procura?

— Fui eu quem pediu que ele viesse. Não havia outro jeito de falar com ele.

— Ainda não o cumprimentei.

— Obrigado. Como disse no meu discurso de posse no Fomento, este é um cargo para servir e não para dele se servir.

— Agora você não precisa fazer discurso.

— É bom que eu repita até que eu mesmo acredite.

Voltou por onde havia chegado, com um copo de suco de frutas na mão. Recebeu um longo e apertado abraço do marquês de Munt, vestido de almirante da armada de um país sem frota. O marquês se afastou com Planas, ambos falando entre risos e sussurros, as mãos do alto e velho marquês sobre os ombros do eleito. Em um momento da conversa, Planas olhou por cima do ombro para Carvalho e o olhar do marquês adquiriu certo ar crítico ao pousar sobre o detetive.

— Estão nos olhando.

— E daí?

— Nos filmes, quando o protagonista diz à protagonista: Estão nos olhando, ela deve dar um risinho nervoso, deve tomar-lhe as mãos e arrastá-lo para o jardim.

— Aqui todo mundo olha para todo mundo.

— Sim, mas disfarçadamente. Em compensação, o marquês de Munt e Planas, seus dois sócios, estão nos olhando e estão vindo para cá.

— Carvalho, não está bebendo vinho branco. Aqui não dispõem da sua marca?

— Você também não está bebendo.

— Não. Bebo algo heterodoxo que descobri em Portugal. Um vinho do Porto com um cubinho de gelo e uma rodela de limão. É melhor que o melhor dos vermutes. Sua Alteza Real o Conde de Barcelona,* a quem tive o honra de servir, recomendou-me a fórmula em uma daquelas intermináveis sessões no Estoril, e Motrico concordou que era excelente. Isidro, você deveria abandonar seu regime, ainda que fosse só por um instante, e experimentar. Senhor Carvalho, este homem é impossível, quando faz regime faz regime, quando faz ginástica faz ginástica.

O marquês acariciou com o dorso da mão a bochecha de Planas e a bochecha se afastou com tanta naturalidade como com rapidez.

— Mima, você está magnífica e cada dia mais jovem. Quando a vi à distância pensei: Quem será aquela mulher tão radiante? Quem mais podia ser.

— Senhor Planas, o senhor Ferrer Salat reclama sua presença.

Murmúrios urgentes silenciaram os rumores. O presidente da Patronal falou para se congratular por ter a seu lado um homem tão eficiente, perseverante e inteligente como Isidro Planas. Planas escutava em posição de sentido, com as mãos entrelaçadas sobre os rins, os ombros alçados, a cabeça ora erguida, ora bruscamente caída sobre o peito; sobretudo quando sorria diante de alguma das ironias ou adulações de Ferrer Salat. Os aplausos ao primeiro orador foram breves mas intensos, como se fossem inteiramente modelados em conformidade com o local e a circunstância. Planas subiu ao pódio com a cabeça balançando, como se as palavras estivessem subindo por uma bomba hidráulica interna.

(*) Juan de Bourbon, pai do rei Juan Carlos. (N. T.)

— Não vou pedir perdão por ter nascido. Nós, empresários, precisamos parar de pedir perdão por ter nascido. Grande parte da prosperidade na qual temos vivido se deve a nosso esforço e, no entanto, que tempos são estes em que ser empresário ou tê-lo sido parece uma vergonha! Repito. Não vou pedir perdão por ter nascido e eu nasci empresário.

Aplausos. Munt aproveitou a ocasião para se inclinar para Carvalho e cochichar ao seu ouvido:

— Que demagogo!

— E não só não vou pedir perdão por ter nascido, mas vou contribuir para que todos nós recuperemos a moral que querem nos tirar. Há muito suicida no seio desta sociedade que não conhece nem a metade dessa história. Não sabe que, se o empresariado se afunda, o país afunda e a classe operária afunda. Uma sociedade livre caminha *pari passu* com uma sociedade onde a economia de mercado e a livre iniciativa ditem sua lei. Esta é nossa lei porque nós acreditamos em uma sociedade livre. A liberdade só merece ser sacrificada à sobrevivência, mas enquanto uma puder coexistir com a outra, é melhor que coexistam. Vocês sabem que no passado nunca fiz pressão para obter nenhum cargo. Pruridos políticos? Meu amigo, o marquês de Munt, diria que foram pruridos estéticos. Eu nem digo nem deixo de dizer. Mas acredito que fomos, somos e seremos empresários em qualquer regime político e que nossa função é conseguir uma prosperidade geral que beneficie a todos, que garanta a paz e a liberdade. Coloco-me incondicionalmente às ordens de nosso presidente e ao lhe dar um respeitoso abraço, lhe digo: *Carles, se tu no afluixes, nosaltres no afluixarem, jo no afluixaré!**

(*) Em catalão, no original: "Carlos, se você não afrouxar, nós não afrouxaremos, eu não afrouxarei". (N. T.)

Os aplausos impediram que se captasse o sarcasmo com que o marquês de Munt gritava contidamente: *No afluixis, Carles!*

— São incorrigíveis. Jamais sairemos da retórica. E você, Mima? Não vai se apresentar para as eleições da associação de mulheres empresárias?

Os olhos da viúva Stuart brandamente censuraram o marquês. Carvalho sentiu sobre seus ombros o braço velho e vazio do marquês. Aspirou seu perfume de sândalo e sentiu-se prisioneiro em um cárcere de confidências e hipocrisias civilizadas.

— Você é dos meus, Carvalho. Avançou bastante em sua investigação? Tenho pensado sobre o que estivemos conversando no outro dia. Talvez não fosse uma bobagem o que eu disse da universidade. Imediatamente lembrei de que Stuart me falou de uma bolsa de estudos muito generosa que lhe permitiria andar à vontade pelos Estados Unidos, para estudar antropologia social, eu acho. Estava fascinado pelo Meio-Oeste. Mas isso foi antes da coisa dos mares do Sul. Não é verdade, Mima?

— Entre a coisa da bolsa e a dos mares do Sul houve seu projeto de ir para a Guatemala para estudar a cultura maia.

— Mudava de projeto a cada quinze dias. O projeto dos mares do Sul já foi outra coisa. Divino, Isidro! Divino!

Planas deixou-se abraçar pelo marquês.

— Lástima de final. Parecia uma recomendação daquelas que Bella Dorita fazia no Molino. *No afluixis, Carles!* Era o mote nacional do empresariado?

— Você leva tudo na brincadeira.

— Tudo menos a sobrevivência de meu patrimônio. É verdade. *No afluixeu. No afluixeu.* Almoçamos juntos, Mima, senhor Carvalho? Com você eu já não conto, Isidro, suponho que vai almoçar com seu chefe.

— Sim. Um almoço de trabalho. Amanhã iremos a Madri. Abril Martorell nos espera.

— Começa o seu calvário. E vocês?

— Eu tenho um compromisso.

— Almoço com você se me deixar falar dois minutos a sós com meu detetive.

— Fico com a melhor parte do grupo. Ficarei imensamente feliz, Mima.

— Sempre estão assim?

— Como assim?

— Fingindo.

— Cada um com sua farsa. Gostaria que você se dedicasse com seus cinco sentidos ao que é da sua conta. Quero conclusões o quanto antes. Não se distraia com nada nem com ninguém.

— Daqui a cinco minutos terei um encontro com sua filha.

— Era a isso que me referia, entre outras coisas.

— Não sou eu quem a está procurando.

— Há muitas maneiras de procurar e de não procurar e só uma de evitá-las. Quero relatórios sobre o assunto a cada quarenta e oito horas.

— Sobre o assunto de sua filha?

— Não se faça de engraçado.

Yes o esperava sentada em uma cadeira afastada da mesa, os joelhos e os pés juntos, as mãos agarradas à borda da cadeira, esperando um sinal verde para se levantar. O sinal foi a chegada de Carvalho. Pôs-se em pé. Hesitou. Por fim, avançou precipitadamente em sua direção. Beijou-lhe as faces. Carvalho tomou-a pelo braço, forçou-a a soltá-lo e a sentar-se à mesa.

— Até que enfim — disse ela olhando-o como se voltasse de uma longa guerra.

— Acabo de encontrar com sua mãe e os sócios.

— Que horror!

— Existem coisas piores. Sua mãe desconfia que eu seja um corruptor de menores com a intenção de seduzi-la e vendê-la em Beirute.

— E você não é?

— Por enquanto não. Quero deixar as coisas bem claras entre mim e você. Dentro de uma semana, mais ou menos, meu trabalho estará terminado. Farei um relatório para sua mãe, receberei meu pagamento e me lançarei em outro caso, se houver. Você e eu não teremos mais chance de nos ver. Nem sequer de nos relacionar. Se durante esse período, estiver bem para você que a gente vá para a cama de vez em quando, para mim está perfeito. Mas nada mais. Nem espere mais nada para o futuro. Meu trabalho não é fazer companhia para adolescentes sensíveis.

— Uma semana. Deixe eu viver só uma semana com você.

— Dá para ver que nunca lhe aconteceu nada de grave.

— Eu não tenho culpa se nunca me aconteceu nada de grave, como você diz. Que tipo de pessoa vale a pena para você? Aquela que sofre desde que nasceu? Uma semana. Depois vou embora e não o incomodo mais, eu juro.

Segurava a mão de Carvalho sobre a mesa e o garçom teve de pigarrear para chamar sua atenção para o cardápio.

— Qualquer coisa.

— Em um restaurante chinês não se pode pedir qualquer coisa.

— Decida você.

Carvalho pediu uma porção de arroz frito, dois rolinhos primavera, moluscos ao molho, lagostins e vitela ao molho de ostras. Yes não retirou a mão que apoiava o rosto enquanto beliscava desanimada esse ou aquele prato. Carvalho superou a costumeira indignação que sentia ao comer em companhia de um inapetente e compensou o que faltava a Yes.

— Minha mãe quer que eu volte para Londres.

— Excelente idéia.

— Para quê? Já sei inglês. Conheço bem o país. Ela quer que eu vá para não incomodá-la. Para ela tudo é perfeito. Meu irmão em Bali não lhe cria problemas, gasta menos que aqui e não mete o nariz nos negócios. Os outros dois passam o dia todo em cima da moto e estudam só para passar de ano. São dois pedaços de carne batizados. O menor é todo dela, ela o tem nas mãos, sob controle. Só eu a incomodo, como meu pai a incomodava.

Carvalho continuava comendo como se não estivessem falando com ele.

— Ela o matou.

A mastigação de Carvalho ficou mais lenta.

— Tenho essa intuição. Sinto bem aqui.

A mastigação de Carvalho voltou ao ritmo normal.

— É uma família horrorosa. Meu irmão mais velho se mandou, de saco cheio com tudo e com todos.

— Estava de saco cheio de quê?

— Não sei. Foi embora enquanto eu estava na Inglaterra, mas devia estar de saco cheio. Essa arrogância de deusa, de mulher segura de si. Tratava meu pai assim também. Nunca perdoou as aventuras que ele teve por aí, nem teve coragem de ter as suas próprias. Sabe por quê? Porque assim teria que perdoar meu pai. Não. Não. Continuou se fazendo de santa para assim poder exigir, repreender, condenar. Meu pai era um homem terno e imaginativo.

— Os lagostins estão excelentes.

— Aprendeu a tocar piano sem que ninguém lhe ensinasse e tocava tão bem quanto eu, ou melhor. Tocava melhor.

— Seu pai era tão egoísta quanto qualquer outro ser humano. Viveu a vida dele e isso é tudo.

— Não. Não é verdade. Não se pode viver pensando que todo mundo é egoísta, que todo mundo é uma merda.

— Eu consegui viver e penso assim. Estou convencido.

— Eu sou uma merda?

— Será uma merda. Certamente.

— As pessoas de quem você gostou eram uma merda?

— Isso é fazer trapaça. Precisamos ser benevolentes com os que o são conosco. É um contrato não-escrito, mas é um contrato. O fato é que costumamos viver como se não soubéssemos que tudo e todos são uma merda. Quanto mais inteligente é uma pessoa, menos ela se esquece disso, e mais se dá conta disso. Nunca conheci ninguém realmente inteligente que amasse os demais ou confiasse neles. No máximo tinha compaixão por eles. Esse sentimento, sim, eu entendo.

— Mas os outros não são necessariamente maus ou incapazes. É assim que você divide as pessoas?

— Também há os idiotas e os sádicos.

— E nada mais?

— Ricos e pobres. Também há os que são de Zaragoza ou da Coruña.

— E se você tivesse um filho, o que pensaria dele?

— Enquanto fosse um ser frágil, teria compaixão por ele. Quando tivesse a sua idade, começaria a estudá-lo, a espiá-lo para observar o momento exato em que a jovem vítima experimenta a metamorfose e dá seus primeiros passos de carrasco. E quando fosse carrasco procuraria vê-lo o mínimo possível. Se fosse um carrasco com sucesso, não precisaria de mim. Se fosse uma vítima, ele pagaria com juros a ajuda que eu pudesse lhe dar. Pagaria com a imensa satisfação que eu sentiria por continuar a protegê-lo.

— Você deveria ser esterilizado.

— Não é necessário. Já fiz isso por minha conta. A primeira coisa que exijo de minhas parceiras é um certificado de DIU, diafragma ou pílula e se não estão nos conformes, coloco um preservativo. Sempre levo uma caixinha no bolso. Compro na Pajarita, uma casa especializada na rua Riera Baja. Comecei a comprar ali e ali continuo comprando. Sou um homem muito metódico. Sobremesa?

— Não quero sobremesa.

— Eu também não. Poupo-me de trezentos e cinqüenta ou quatrocentas calorias. Planas me passou suas manias de regime.

Yes franziu o nariz.

— Sente antipatia por Planas?

— Muita. É a antítese de meu pai. Rígido, calculista.

— E o marquês de Munt?

— Parece personagem de ópera.

— Você me surpreende. É muito dura com os outros.

— Foram eles que encurralaram meu pai, que o prenderam nesse círculo medíocre, de vida medíocre.

— Seu pai ultimamente procurava amantes de sua idade.

— E daí? Por acaso ele pagava para elas? Alguma coisa deviam ver nele. Você não sabe o quanto isso me alegra.

— Quem ou o que matou seu pai?

— Eles o mataram. Todos eles. Minha mãe, Planas, o marquês, Lita Vilardell... Estava morto de nojo, como eu estou.

— O mesmo poderia dizer sua mãe.

— Não. Ela agora é feliz. Todo mundo a elogia. Todos os cochichos são elogiosos. Como é corajosa! Como é inteligente! É mais competente que o marido! Claro que é mais competente. Não se distrai com nada. É como um caçador obcecado pela presa. Não sabe o que variar, distrair-se.

Tomou a mão de Carvalho que segurava o cigarro e a cinza caiu na xícara de chá de jasmim fumegante.

— Deixa eu ir para a sua casa. Um dia. Hoje.

— Que obsessão com a minha casa!

— É uma casa maravilhosa. É a primeira casa que conheci em que minha mãe se sentiria incomodada.

— Percebe-se que você nunca entrou nas casas que seu pai construiu para os outros. Eu espero você em minha casa esta noite. Chegue bem tarde.

— Os sinos nem tocaram. E você aqui. Quanta honra! — Charo não havia acabado de se maquiar. Não se decidia a franquear-lhe a passagem. — Creio que você e eu nos conhecemos de algum lugar.

— Vai me deixar entrar ou não?

— E quem pode impedir que entre o grande Pepe Carvalho? Estava mortinha de impaciência esperando que o grande senhor voltasse. Deve ser uma expedição ao pólo, eu pensava. Muitos ursos no pólo?

Carvalho recuperou seu espaço com a mecânica dos gestos habituais. Deixou a jaqueta na cadeira de sempre, deixou-se cair no costumeiro canto do sofá, procurou mecanicamente o cinzeiro.

— Faz quinze dias que estas paredes não viam Vossa Excelência. Quem sabe não o terão nomeado papa em Roma, cheguei a pensar, levando em conta a freqüência com que agora morrem os papas em Roma e o jesuíta que meu Pepe é. Porque você é um jesuíta.

— Charo...

— Um jesuíta é pouco. Um jesuitão. Quando Charo faz falta, Charo é bem-vinda. Quando Charo não serve mais, Charo que vá para o quarto dos trastes velhos. Mas Charo deve sempre estar à disposição, sempre à disposição para os caprichos do senhor. Eu juro a você, Pepe, estou por aqui. Até mais acima daqui.

— Ou você pára com a encenação, ou eu vou embora.

Com as pernas abertas, as mãos nas cadeiras, a cólera gotejando de suas feições miúdas branqueadas pela maquiagem base, Charo sacudia a cabeça com os olhos fechados e gritava:

— Volte para o lugar de onde veio! A culpa é toda minha, que sou uma imbecil!

Carvalho se levantou, apanhou a jaqueta e avançou para a porta.

— Agora vai embora. Ao senhor não se podem dizer quatro verdades, porque o senhor se ofende. E a outra não pode se ofender. Aonde você vai? Você acha que vai embora? Pois não vai!

A mulher se adiantou e fechou a porta com a chave. Desatou a chorar e pediu proteção a Carvalho. Apesar da lentidão com que o homem ergueu os braços, ela se deixou cair neles e continuou chorando em seu peito.

— Como estou sozinha, Pepinho! Tão sozinha! Andei pensando umas coisas, umas coisas que me dão medo, Pepe, eu juro. Você se cansou de mim porque eu sou uma puta. Sempre tive medo que não durasse.

— Charo, estamos assim há oito anos.

— Mas nunca tão mal como ultimamente, Pepe. Você está tendo um caso com outra. Eu percebo.

— Sempre tive casos com uma ou outra.

— Com quem? Com quem você está tendo um caso? Que necessidade você tem de outras? Eu vou com outros caras para viver, para comer, mas e você?

— Corta essa, Charo. Se eu soubesse, não teria vindo. Estou metido em um caso difícil. Estou andando pra cá e pra lá.

— Ontem você não dormiu em casa.

— Não.

— Algum rolo?

— Não, rolo não. Dormi em uma tumba.

— Em uma tumba?

— O morto tinha saído.

— Você está me gozando, Pepe.

Ria entre lágrimas. Pepe a afastou e dirigiu-se para a porta.

— Eu vim convidar você para o próximo fim de semana, mas já que não quer, esquece.

— Eu, não quero? Um fim de semana inteiro? Onde, Pepe?

— Ouvi falar de um restaurante na Cerdanya. Foi montado por um casal aposentado e ela cozinha muito bem. No caminho poderíamos fazer alguma excursão. Ir até a França. Comprar alguns queijos. Patês.

— E eu compraria um creme para essas espinhas que me apareceram; olha, Pepe, olha como estou feia, olha que espinhas.

— Eu ligo na sexta-feira ao meio-dia. Poderíamos sair ao anoitecer.

— Você sabe que na sexta à noite eu trabalho muito.

— Então, sábado pela manhã.

— Não, Pepe, não. Na sexta. O trabalho que vá passear.

Beijou-o na boca como se bebesse nele e o deixou ir roçando-lhe o corpo até o último momento, quando os pés de Carvalho já começavam a descer as escadas. A imagem da viúva Stuart e de sua filha se sobrepunha à de Charo. Na rua, as putas sem donos iniciavam sua caça em horários impensáveis em tempos de prosperidade. Como está terrível o mercado! A puta velha, encharcada em álcoois de todas as safras, coexistia com a puta jovem, acanalhada em quinze dias de aprendizagem ávida e cega, para esquecer o quanto antes os preconceitos morais perdidos. Havia mais cinismo nos olhos jovens que nos velhos. *Eu vou fazer você muito feliz. Tesouro, gosto de você. Quer dar uma transadinha?* A puta de meio período, tendo acabado de lavar a louça na cozinha de sua casa, presa ao relógio para voltar para casa e preparar a janta do marido e dos filhos, dissimulava sua caçada diante das vitrinas das lojas onde nada havia para olhar. Tinha conhecido Charo na frente de uma vitrina de uma loja de malas. A garota já havia dado o salto de puta fixa no Venezuela para garota de programa estabelecida por conta própria na cobertura de uma casa nova construída no coração do bairro chinês. Carvalho estava bêbado e lhe perguntou o preço, ela lhe disse que ele estava enganado. *Se estou enganado, estou disposto a pagar muito mais.* Carvalho viu pela primeira vez o apartamento que freqüentemente seria seu ponto até as sete da tarde, hora em que Charo começava a receber clientes fixos. *Não seria melhor para você um apartamento no bairro alto?* Os apartamentos ali eram mais caros e os clientes gostavam de misturar a sordidez de sempre com a sofisticação do progresso. Bairro chinês e telefone. *Da próxima vez, telefone. Não gosto que me cacem pela rua. Nunca fiquei na calçada. Não sou dessas.* Carvalho se acostumou à esquizofrenia da garota, sua vida dupla de noiva ciumenta de dia e puta telefônica de noite. Primeiro ele propôs a ela que se afastasse daquela vida, mas ela garantia que não sabia fazer outra coisa. *Se me meto a ser taquígrafa, o patrão vai me meter a mão do mesmo jeito, e se me caso quem vai me meter a mão será o marido, o sogro, o cunhado e todo mundo. Não ria! Na minha cidade todo mundo mete a mão nas casadas, e os sogros são os primeiros. Você tem objeção a que eu trabalhe nisso? Não? Pois então deixa eu fazer isso. Eu gosto muito de você e tudo bem. Quando você precisa de mim não me faço de dengosa.* Nunca falava de seu trabalho nem de seus clientes. Carvalho apenas teve de intervir em um caso. *Um cara porco que quer me ver cagar e, se não faço isso, ele me ameaça com um revólver.* Carvalho o esperou na escada com uma garrafa de urina e a derramou em cima dele. *Se você voltar aqui, da próxima vez será merda e vou até a sua casa jogá-la na frente da sua mulher.* Mulheres demais em sua vida ultimamente. A viúva, disposta a deixar o couro num mundo feito sob medida para homens como Planas ou seu marido. A garota neurótica que de repente descobrira a dor e a morte. Charo apresentando a conta por tão grande investimento em sexo e companhia. A próxima iria ser Ana Briongos, da qual teria de espremer os segredos de amor e morte com Stuart Pedrell. E como se não bastasse, Banana. Comoveu-se evocando a imagem da cadelinha sozinha no jardim de Vallvidrera, perseguindo ruídos e cheiros, metendo o focinho em todas as coisas para saber como se orientar. É a mais frágil de todas. Dispunha de mais de uma hora para ir ao encontro de Ana Briongos. Já no carro, se dirigiu automaticamente para Vallvidrera e no meio do caminho justificou o impulso pelo desejo de ver a cachorrinha, e inclusive de levá-la para o encontro em San Magín. Bela figura você faria, Pepe Carvalho. Passaria para a história como Pepe Carvalho e Banana, comparáveis a Sherlock Holmes e o doutor Watson. Irritou-se pela sua fraqueza e deu meia-volta. Os olhos rasgados de Banana o perseguiram durante quilômetros. Sou um racista. Por um ser humano eu teria me sacrificado e, no fim das contas, por que razão um homem e uma mulher são seres humanos e um cachorro não? Ela vai fazer o colegial. Vou levá-la ao Liceu Francês e dizer: Quero que façam desta cachorra uma diretora da Feira Comercial ou presidenta da Associação Nacional de Cadelas Empresárias. Cosmonauta. Banana poderia estudar para cosmonauta ou para primeira bailarina do Bolshoi, ou para secretária-geral do PCUS. Nenhum cachorro construiu San Magín. Nenhum cachorro jamais declarou uma guerra civil.

A garota o esperava caminhando sobre suas pernas fortes e curtas, o corpo sem definição envolto no casaco pesado. Deve ter sentido seu cheiro, porque se voltou imediatamente no momento em que Carvalho freava o carro perto dela.

— Quer entrar?

Ana Briongos entrou no carro sem olhar para Carvalho. Depois ficou ali a contemplar a paisagem movimentada de San Magín, que eternamente se repetia, como se fosse uma cidade global, terráquea, interminável.

— Falamos aqui, num bar... Você tem casa?

— Divido um apartamento com mais duas garotas.

— E sua família?

— Vai bem. E a sua?

— Não se irrite. Eu não conhecia esses usos e costumes na classe operária.

— Você, como todo tira, desconhece muitas coisas da classe operária.

— Eu não sou tira.

— Eu não engulo essa de parente perdido.

— E tem razão. Mas não sou tira. A família do falecido me encarregou de investigar. É um trabalho como outro qualquer. Você nunca leu romances policiais?

— Tenho outras coisas para ler.

— Gramsci lia romances policiais e inclusive tem uma teoria sobre eles. Você sabe quem é Gramsci?

— Um italiano.

— Muito bem. Um dos fundadores do Partido Comunista Italiano.

— O que ele lia era problema dele.

Os slogans políticos continuavam na lapela do casaco, *Nuclears?, no gracies* e *Libertat de expressió* em companhia da máscara da tragédia com a boca fechada por um brutal traço vermelho. Sobre o adesivo com a máscara havia chovido bastante. Algumas letras estavam quase apagadas e o adesivo estava todo estragado, como se desbotado pela chuva.

— Não posso falar disso no carro, fico nervosa. Vamos até o barzinho do Júlio. Perto da igreja.

O barzinho do Júlio era como um velho botequim sem dúvida alugado dos galpões da Metro-Goldwyn-Mayer. Mesas com toalhas impermeáveis com quadrados vermelhos, fieiras de salames, alhos e presuntos. As equipes do Barcelona, do Español e do Granada posando para a posteridade. Barulho de peças de dominó e vozes tentando sair de bocas ocupadas por fumaça e cigarros. Os pilares de madeira do exterior esperavam o verão, a turba de famílias misturadas, procurando o frescor poeirento e suado da divisa do bairro. Carvalho percebeu que a amiga que acompanhava Ana Briongos pela manhã ocupava uma mesa em companhia de um homem e não tirava o olho deles. Ana pediu um café. Carvalho uma menta com gelo. A garota contemplou espantada a bebida de Carvalho.

— Eu achava que era uma bebida de verão ou de mulheres com problemas de ovários.

— Quem não tem problemas de ovários? Olha, garota, vamos falar com calma e clareza.

— Por que me fala nesse tom familiar? Vê como você é realmente um tira? Só os tiras falam dessa maneira.

— Fale comigo do mesmo jeito.

— Eu falo com você com educação, faça o mesmo comigo.

— Como se chamava seu amigo?

— Refere-se a Antônio? Você já sabe: chamava-se Antônio Porqueres.

— Primeira mentira. Vejamos a segunda. Era contador?

— Por que uma mentira? Chamava-se Antônio Porqueres e era contador, ou trabalhava como contador na casa Nabuco.

— Segunda mentira. Quer me dizer que não sabe a verdadeira identidade de Antônio Porqueres?

— Se tem outra identidade, não me interessa. Eu o conheci como Antônio Porqueres, isso é tudo.

— Como o conheceu?

— Em um ato público. Foi no final de 1977. Tivemos de realizar vários atos para explicação dos Pactos de Moncloa. Ninguém engolia, e nós, na maior boa-fé do mundo, vamos lá!, explica que explica. Que no longo prazo a classe operária será beneficiada, enfim, dissemos o que haviam nos dito para dizer. Logo se viu que era uma manobra, como todo o resto. Tomei a palavra em um ato do Cine Navía, é o cinema daqui. Quando terminei, Antônio se aproximou de mim e discutiu comigo. Ele era contra os Pactos de Moncloa. Por que está rindo?

— Conseguiu convencê-lo?

— Mais ou menos. Era um homem que sabia escutar, sabia dialogar. Não era como outros que conheço. Não menosprezo ninguém e estou bem no meio de minha gente, principalmente porque são minha gente. Mas ele tinha boas maneiras, cultura, era um homem instruído, era viajado, lia muito.

— Tinha chegado aqui vindo do planeta Marte. Você não se perguntou isso?

— Ele me contou que era viúvo e tinha morado muito tempo no estrangeiro. Estava cansado e queria sobreviver, simplesmente sobreviver, observar, participar no novo momento do país.

— Tornaram-se íntimos?

— Tornamo-nos íntimos.

— Totalmente?

— Que porra você quer saber? Se íamos para a cama? É claro que íamos para a cama.

— E de repente foi embora. Sem se despedir?

— E de repente foi embora, sem se despedir.

— E você não fez nada, nem se surpreendeu.

— Não fiz nada nem me surpreendi. Tal como chegou, partiu.

— As mulheres nunca aprendem. Ainda continuam acreditando no marinheiro estrangeiro, *alto e louro como a cerveja.**

— Não acredito em marinheiros. Eu sei aonde quer chegar. Está mal informado. As coisas também mudaram aqui em San Magín. Um homem e uma mulher podem se aceitar numa boa, tal como são, morar juntos e depois, adeus, foi bom. Você é dos que acreditam que só os burgueses se permitem essa liberdade.

— Insiste em dizer que Antônio Porqueres era Antônio Porqueres.

— Estou dizendo o que sei.

(*) Referência à canção que dá título ao livro *Tatuagem*, da série Carvalho. (N. T.)

— Sabe pouco, ou assim parece. Seu homem na realidade se chamava Carlos Stuart Pedrell. Diz alguma coisa para você?

— Diz.

— Sabe quem é?

— Li alguma coisa nos jornais. Um industrial?

— Um industrial. O construtor de San Magín.

Os olhos de Ana Briongos não foram suficientes para conter sua surpresa. Queria dizer alguma coisa e não conseguia.

— Você conviveu com um dos responsáveis por este paraíso.

— Não é um paraíso mas estamos melhor que no Somorrostro. Você não faz idéia do que era aquilo. Morei ali toda minha infância. Antônio...

Tinha se apoiado contra o encosto da cadeira, o casaco aberto deixava ver seios fartos dentro de um vestido de flanela, e abaixo dos seios fartos, quase sem transição, um ventre de grávida liberado da camuflagem do casaco. Tentou encobrir o ventre em um gesto intuitivo, mas parou, consciente de que já era tarde. Carvalho e ela se entreolharam. O eflúvio de tristeza que jorrava dos olhos de Ana Briongos acabou impregnando os olhos de Carvalho.

— Será menina ou menino?

— Espero que seja menina. Um idiota a menos no mundo.

— E se for menino?

Encolheu os ombros e desviou os olhos para o céu de presuntos, salames, alhos, cincerros, que se podiam dizer uniformizados por uma crosta de pó e fumaça de tabacos baratos.

— O senhor Stuart Pedrell é o pai?

— Eu sou a mãe e o pai.

— Nunca desconfiou que Porqueres não fosse o que era?

— Sempre suspeitei, mas não me importava.

— Sempre a fazia caminhar à sua direita, comprava-lhe flores algumas vezes, tinha lido mais que você, empregava duas ou três mil palavras a mais que você, podia descrever o encanto de um dia de abril em Paris. Ele nunca lhe disse que abril era o mês mais cruel? Nunca lhe disse que queria ler até vir a noite e no inverno viajar para o Sul?

— É assim que você me pinta? O quadro da garota inocente seduzida e abandonada? Eu lhe expliquei o motivo de nossa luta. Eu lhe expliquei como são os subterrâneos de Vía Layetana, como é a prisão de mulheres da Trinidad.

— Da Trinidad. Uma premonição. Foi num canteiro de obras da Trinidad que encontraram seu cadáver.

A mais completa incredulidade se estampou no rosto de Ana Briongos.

— Deram-lhe várias punhaladas. Ao que parece, trabalho de duas mãos. Uma delas branda, indecisa. A outra, firme, assassina.

— Você sente prazer com os detalhes.

— Jogaram-no em um canteiro abandonado, provavelmente por cima do tapume. Mas não o haviam matado ali. Quando o encontraram já havia perdido muito sangue e mal havia sangue ao redor. Trouxeram-no de outro lugar. E esse lugar foi o bairro de San Magín. Seus assassinos procuraram o outro extremo da cidade, talvez não soubessem que tinham a seu favor a falsa identidade de Antônio Porqueres. Ou de fato sabiam. Você tem que me ajudar. Deve saber o bastante para me orientar.

— Provavelmente um assalto.

— Movimentava muito dinheiro?

— Não. O necessário. Com o pouco que tinha era muito generoso. Sempre estava pensando que presente podia me dar. Flores, não. Não há flores em San Magín. Nisso você se enganou.

— Um dia ele não veio ao encontro. O que você fez?

— Esperei algumas horas. Depois fui até sua casa. Não estava. Mas tudo estava como se ele fosse voltar.

— Você tinha a chave?

— Sim.

— E voltou no outro dia.

— E no outro. E mais outro.

— E não lhe deixou nenhum bilhete para o caso de que voltasse.

— Sim... Não... Não lhe deixei nenhum bilhete. Para quê? De repente eu me dei conta de que ele não voltaria.

— Ele sabia sobre o bebê?

— Sim.

— Você atribuiu sua fuga ao bebê?

— Isso, a princípio, não me ocorreu, porque eu lhe disse muito claramente que o filho era meu. Aí depois fui ligando as coisas. Talvez se sentisse culpado. Mas o que estou dizendo! Falo como se ele tivesse partido e na realidade o mataram.

— Não lhe ocorreu ligar para os hospitais, para a guarda municipal? Não estranhou quando o apartamento continuava montado, semanas e semanas depois?

— Não voltei ao apartamento. Além disso, havia pouca coisa dele. Era um apartamento alugado. Apenas alguns livros. O resto era da empresa ou do inquilino anterior.

— Você compreende que, se vou até a polícia e conto a eles sobre a vida dupla que Stuart Pedrell levava em San Magín, você é o único elo e vão cair sobre você?

— Tenho experiência. Desde os catorze anos eu me entendo com a polícia. Não tenho nada a esconder.

— Sempre há algo a esconder, e a polícia sabe disso.

— Conheço meus direitos. Vou sair dessa, não se preocupe. Vá à polícia e conte a eles o que sabe. Se quiser, eu mesma vou.

— Não estou autorizado a lhe dar essa permissão. Esta é uma investigação particular que a viúva me incumbiu de fazer.

— A viúva. Como é a viúva?

— Mais velha que você e muito mais rica.

— Eles se davam bem?

— Não.

— Parecia um homem triste.

— E você lhe devolveu a alegria.

— Devolvi, uma pinóia. Você acha que eu sou idiota? Tenho a impressão de que você pensa que isto aqui é uma aldeia de selvagens.

— Vou lhe fazer a última pergunta por hoje: você não se lembra de nada, nenhum fato ou pessoa que possa nos dar uma pista sobre o assassinato?

— A última pergunta por hoje e para sempre. E minha última resposta. Não.

— Voltaremos a nos ver — disse Carvalho, levantando-se bruscamente.

— Espero que não.

— Diga para sua amiga e seu acompanhante que da próxima vez disfarcem melhor.

— Não tinham nada para disfarçar. Estão aí porque eles querem e eu quero.

Carvalho saiu com o carro e foi ao encontro do senhor Vila. Estava diante do televisor assistindo a um programa sobre cavalos e rodeado por seus netos. Acompanhou-o novamente ao escritório.

— Por acaso tem informações sobre os moradores deste bairro?

— De todos não. Mas de quase todos.

— Por certo também tem um arquivo.

— O senhor Viladecans me encarregou de fazer isso. Há um arquivo administrativo e outro de casos. O administrativo é muito completo; o de casos, menos.

— Que casos?

— Quando se metem em alguma confusão. É bom saber como se orientar. Isto aqui é uma selva.

— Preciso saber tudo o que souberem sobre Ana Briongos.

— Isso eu lhe digo sem necessidade de arquivo. Essa garota é vermelha, mas aqui ela não incomoda. Principalmente de alguns meses para cá. Faz quase um ano que ela não é vista. Disseram-me que estava noiva.

— Onde mora, com quem se relaciona, sua família. Tudo o que souber a respeito.

— Verei o que posso fazer.

Um pequeno armário que pressagiava entranhas insignificantes deixou ver em seu interior classificadores de papelão que o senhor Vila remexeu até tirar deles três ou quatro fichas que tentou ler a uma distância de hipermétrope.

— Sem os óculos não enxergo nada.

O endereço de Ana Briongos, o de sua família. Os pais e seis irmãos. Os pais e também um menino maior, oriundos de Granada; os demais nascidos na geografia barcelonesa da emigração. O mais novo em San Magín. O pai, lanterninha de um cinema em La Bordeta. A mãe trabalha na limpeza do mesmo cinema. O irmão mais velho está casado e trabalha em uma fábrica de cachimbos em Vic. Depois vem Ana. Pedro Larios...

— Por que um dos Briongos se chama Pedro Larios?

— É um irmão de criação. É só o que sei.

Uma menina trabalha de cabeleireira em San Magín. Os dois meninos pequenos estão na escola. A ficha de Ana Briongos tinha uma longa lista de atividades políticas. Junto ao nome de Pedro Larios "Briongos", uma referência ao roubo de uma moto aos catorze anos.

— O que mais se sabe sobre esse menino?

— Isso não é um arquivo policial. Eu anoto aqui aquilo que me contam.

Carvalho anotou alguns dados.

— A mais absoluta discrição.

— Não se preocupe. Eles se meteram em alguma confusão?

— Acho que não. É só rotina.

— Não é muito agradável controlar as pessoas, mas esse controle agora é mais necessário que nunca. É muito bonito isso de liberdade, mas tem que ser uma liberdade responsável e, portanto, vigiada. Tem alguma coisa a ver com o inquilino pelo qual me perguntou outro dia?

— Provavelmente.

— Não me cabe nenhuma responsabilidade. Foi uma ordem direta do senhor Stuart Pedrell, que descanse em paz. Vou comentar isso com o senhor Viladecans.

— No momento não comente nada. Tenho de informá-lo pessoalmente.

— Como preferir. Aceita um aperitivo?

— De quê?

— Do que você quiser. Calisay, digestivo, conhaque, anis, Aromas de Montserrat.

Bebeu um copo de Aromas de Montserrat enquanto assistia à triste história de uma bela fazendeira mexicana abandonada pelo marido obcecado por cavalos.

— *Iaio, què és un "Xarro"?*

— *Un Xarro és um pistoler, un "vaqueru".*

— *Un "vaqueru" de l'Oest?*

— *Sí, però de l'Oest mexicà.** Eles querem saber tudo. Estão numa idade em que querem saber tudo e a gente nem sempre sabe tudo o que eles querem saber.

— Quase nunca.

— Você disse uma grande verdade. Grande verdade. Sim, senhor.

— Disseram-me que a família Briongos nunca viu com bons olhos as confusões políticas em que a filha se meteu.

— Nunca. Quem sabe por que essa menina saiu desse jeito. Desde pirralha está metida em confusões. Até hoje. Mesmo no tempo de Franco, acredita? E se levou cacetada é porque procurava. Um dia discuti com ela por causa da questão do ambulatório. Disse-me que eu tinha sido franquista. Eu não fui coisa nenhuma. Levei quatro tiros na guerra e do lado vermelho, porque a guerra me pegou ali, e nada mais. Eu disse que ela era uma baderneira e que é conversando que a gente se entende, mas conversando, não é?, não aos gritos. E ela vem e me diz que sou um franquista. Eu não devo nada a Franco. Nada mesmo; devo a ele a tranqüilidade e o trabalho. Porque hoje se critica muito Franco, mas com Franco não acontecia o que acontece hoje. Ninguém quer trabalhar. Qualquer recém-chegado de Almería acha que porque se abaixou para apanhar um papel vão lhe dar mil pesetas. Imagine. Também não sou ditador, mas isso é uma desordem e desse jeito vamos acabar numa catástrofe. Trabalhei como um animal para ter uma velhice tranqüila. Ninguém me deu nada. Meus filhos estão casados e bem colocados na vida. Ainda bem. Vinte pesetas para quando

(*) Em catalão e com barbarismos no original: "Vovô, o que é um *charro*?/ Um *charro* é um pistoleiro, um caubói./ Um caubói do oeste?/ Sim, mas do oeste mexicano". (N. T.)

não puder mais trabalhar. O que mais eu quero? Então quatro malucos que querem a lua precisam me arruinar? Não. Os pais são outra coisa. Gente boa. Trabalhadores. Eu fui procurar o senhor Briongos para ver se ele endireitava a filha. Um dia ela me pedia um ambulatório. No outro, a rede de esgotos. Escolas. Menina! Espera aí, menina! Vai devagar! Nem que eu fosse milionário. Além do mais, eu faço aquilo que me mandam fazer. Felizmente faz meses que ela está tranqüila e dá para notar a diferença, ora se dá! Ao que parece, essa história do noivo fez com que ela se acalmasse. E é o que eu digo: Deus nos livre de uma mulher mal fodida!

Piscou um olho como se desculpando por sua ousadia, levantou os cotovelos como se fossem asas que lhe permitissem voar e mais espirrou que riu, provocando a indignação dos netos que não conseguiam entender direito a triste história de uma bela mexicana abandonada por culpa de meia dúzia de cavalos.

O senhor Briongos tinha cheiro de omelete e a mancha de azeite que tentava limpar do queixo com a ajuda do guardanapo era evidentemente uma mancha de azeite da fritura de uma omelete. Tinha a aparência de um *croupier* do *ferry-boat* do Mississippi caído em desgraça por culpa de uma úlcera do estômago. O rosto chupado, calvo, grandes costeletas, olhos grandes como os de sua filha, dividia pessoas e espaços a braçadas, como se convidasse Carvalho a entrar em um castelo gigantesco e ordenasse à família e aos criados que se retirassem para seus aposentos. O cômodo era uma cópia do que no apartamento de Porqueres era ocupado pelo conjunto estofado escocês. Mal havia espaço entre o cabeção antenado de um televisor, uma pomposa mesa de jantar neoclássica, as cadeiras, um aparador-cristaleira e duas poltronas de curvim verde ocupadas por dois meninos e uma garotinha que tinha as unhas de uma mão enfiadas em um pote.

— Desliguem a televisão, e já para o quarto. Preciso conversar com este senhor.

O olhar esmagador do pai cortou os gestos de protesto dos meninos. A dama mexicana havia optado por aprender a montar a cavalo e assim podia acompanhar seu marido, o *charro*. Sobre a mesa os pratos sujos começaram a ser retirados por uma mulher com o cabelo mal tingido de mechas de cor prata e marrom.

— A menina voltou a se meter em confusão? É bom que saiba que não tenho nada a ver com ela. Ela vive a vida dela e eu a minha.

— Ai, Senhor, Senhor! — resmungava a mulher sem deixar de cumprir sua missão.

— Essa filha já nos deu muito desgosto e nenhuma satisfação. E não foi falta de tentar pô-la na linha. Mas o que podem fazer um pai e uma mãe com tantos filhos e os dois trabalhando?

— Muita leitura e más companhias — gritava da cozinha a mulher, para que a ouvissem.

— Ler não é ruim. Depende do que se leia. Quanto às más companhias, já não digo a mesma coisa. Então? Diga-me o que ela fez, por favor; estou preparado para o pior.

— Nada. Acho que não fez nada. Não é exatamente sobre ela que eu queria conversar, mas sobre um companheiro com quem saía o ano passado.

— Teve tantos, tantos, que fico com a cara no chão de vergonha. Não sei o que me deu mais vergonha, que ela tenha se metido em confusões políticas ou que tenha ido para a cama com quem bem entendeu desde que aprendeu que aquilo não serve apenas para mijar. Peço que me perdoe, mas essa minha filha me deixa furioso.

— Era um homem já de certa idade. Chamava-se Antônio Porqueres.

— Sei. O músico. Ele veio nos perguntar sobre o músico, Amparo!

— Ah, o músico! — gritou Amparo da cozinha.

— Era músico?

— Nós o chamamos de músico porque veio aqui um dia e ficou o tempo todo falando de música. Eu havia comprado um disco de Marcos Redondo e ele ficou olhando um pouco o disco e começou a falar de música. Quando foi embora, foi uma algazarra. Sole, a menina que você viu aqui há pouco, é muito espirituosa e começou a fazer troça com tudo o que ele havia dito. Era de mijar de rir, pode acreditar. Mijar de rir. Um cara muito empertigado. Ela o trouxe porque a mãe já estava com a cara no chão de vergonha porque o bairro inteiro dizia: Então a menina agora tem namorado fixo?, e ela ainda não o trouxera aqui em casa. Fui buscá-la na parada do ônibus e disse bem claro: Ainda que seja só por sua mãe, apresente-nos a esse homem. E ela o trouxe. Só uma vez. Depois ele se foi, e deixou para ela aquilo que deixou.

— Você sabe o que ele deixou?

— Tenho olho é para ver.

— Ai, Senhor, Senhor! — insistiu Amparo da cozinha.

— Fui apanhá-la outra vez na parada do ônibus e deixei mais duas coisas bem claras para ela: Você que se arranje com isso. Nem quero saber. Já carreguei uma cruz bem pesada em minha vida com o Pedrito.

— Quem é Pedrito?

— Meu filho. É uma história muito comprida. Quando a Ana já era nascida, surgiu uma oportunidade para eu trabalhar em uma represa em Valência. Fui para lá sem a família e você sabe como são as coisas.

— O senhor não tem por que saber como são as coisas. Existem homens e homens. E existe aquele que sabe como deve se comportar.

— Você cale a boca. Faça o seu serviço. Pois eu tive um rolo com uma garota de lá e vai e ela morre do parto. Todo o povoado contra mim e não pude fazer nada: tive de ficar com o bebê. Mas ela tinha passado pela mão de todo o povoado, de todos os homens do povoado. Volto com o menino para cá, e esta, que é uma santa, o aceitou. Pena que depois estragou: semente ruim. Vai saber de onde saiu! Filho meu não é, cada vez tenho mais certeza. Mas vá rir da semente. Ana é minha filha e veja bem no que deu. Não houve jeito de domar nem Ana nem Pedrito. E não foi por falta de surra. Finalmente, por conselho de Amparo, colocamos Pedrito em um instituto de correção: não havia como controlá-lo. Não podíamos com ele. Quando ele consegue fugir, a gente manda ele de volta.

— Mora com vocês?

— Não — gritou a mulher da cozinha, taxativamente, e acrescentou: — Não vai morar enquanto eu puder evitar.

— E o menino não tem maus sentimentos.

— O que não tem é sentimentos. Nem bons, nem maus.

— Não exagere.

— Não vamos falar desse malnascido, porque eu fico nervosa e você me conhece.

Ocupava todo o marco da porta da cozinha, parecendo prestes a se atirar sobre eles e esmagá-los.

— A única vez que viram Antônio Porqueres foi quando ele esteve aqui falando de música?

— A única. Bem, teve uma outra vez em que eu dei para ela ingressos para o cinema em que trabalho e ela passou aqui com ele. Convidei-o para tomar uma cervejinha e ele não quis. Olá. Olá. E até logo, passar bem. Foi só. Nunca mais tornei a vê-lo. Nunca mais.

Procurava abrir ao máximo os olhos e a expressão para que Carvalho lesse e comprovasse a verdade de tudo o que dizia.

— Posso falar com seu filho?

— Para quê?

— Para quê? — repetiu a mulher, entrando decidida na sala de jantar.

— Talvez ele tivesse outra relação com esse homem.

— Não teve nenhuma relação. Nem sequer o viu quando veio aqui.

— Fale com a Ana, ela pode dizer alguma coisa.

— Fale com a Ana.

Você tem medo. Não sei se é esse medo preventivo sentido por todos nós que nunca tivemos onde cair mortos, mas você tem medo.

— Pedro não se relaciona com ninguém da família.

— Com ninguém.

— Faz meses que não se encontra com nenhum de nós. Nem mesmo posso dizer onde encontrá-lo.

— Ele tem a vida dele. Nesta família todo mundo tem sua própria vida, menos nós. Nós estamos sempre à disposição de todos. Não é mesmo, Amparo?

A mulher caminhou para a cozinha com os olhos anuviados, e ele se levantou. A audiência havia terminado.

Deixou-lhes um par de números de telefone.

— Se o seu filho passar por aqui, digam a ele que tenho interesse em falar com ele.

— Não o veremos. Isso eu posso dizer com certeza quase absoluta.

Acompanhou-o até a porta.

— A gente sempre acredita que faz o melhor pelos filhos e das duas uma: ou eles retribuem mal ou a gente é que se enganou. Nunca consegui que a menina me obedecesse. O que iria fazer com o menino? Era um rebelde. Ele me enfrentava quando ainda nem tinha tamanho. Eu lhe dava dois safanões e ele continuava a me olhar fixo, fixo. Mais dois safanões, e continuava a mesma coisa. E se voltava contra Amparo. Um dia atirou nela um ferro de passar ligado, para eletrocutá-la. Que belo bastardo. De fora, tudo é muito bonito. Colocá-lo no reformatório parece sujeira. Mas o que podíamos fazer? De lá saíram homens muito direitos. E talvez ele também, talvez, quando for mais velho e tiver uma família. Não é verdade que ele tenha maus sentimentos. No fundo ele gosta de nós. Quando o expulsei de casa da última vez, vinha escondido trazer caramelos para os menores. Quando já for um homem-feito e direito e tiver uma família, talvez a cabeça entre no lugar...

Se tiver a sorte de dar dois safanões em seu filho e este não continuar a encará-lo fixamente, é possível que seja um homem equilibrado.

— No interesse dele e no interesse de vocês todos, digam a ele que me procure.

— O que quer dizer?

— Que devem procurá-lo.

"Bromato", o engraxate, tentava desanimado espetar um palito em pedaços flutuantes de lula em uma agüinha de cor marrom. Toda a pele de seu rosto consumido se dependurava, e sua calva cheia de manchas e cravos se oferecia à atenção aparvalhada do garçom postado do outro lado do balcão, concentrado na pontaria do palito de Bromato.

— Não pesca nada...

— O que é que eu vou pescar? É só água. Não sei por que vocês chamam isto de lulas ao molho. Isto é o Mediterrâneo com tomate e cebola fritos. Não se pode comer mais nem por capricho. Com a minha falta de apetite, só me faltava essa. Me dá outra dose de vinho. Vamos ver se pelo menos beber funciona. Põe vinho de verdade, não vinho em pó.

Carvalho roçou o ombro de Bromato.

— Pepinho, cacete. Ultimamente você parece que saiu de um desastre. Olha o seu sapato. Quer que eu engraxe?

— Termina o petisco.

— Que petisco, que nada. Isto parece o naufrágio do *Titanic*. Nunca tinha visto tanto molho para tão pouca lula. Menino, traz a garrafa inteira e dois copos para aquele canto.

Carvalho sentou-se e Bromato se inclinou sobre os sapatos.

— Queria falar com você.

— Manda.

— O que você tem sobre as gangues de esfaqueadores?

— Um estoque sortido. Neste bairro eu conheço todas e disso posso me gabar porque cada dia tem mais. Qualquer garotão com um par de ovos se estabelece por conta própria.

— E na periferia? Trinidad, San Magín, San Ildefonso, Hospitalet, Santa Coloma...

— Pára o carro. Aí não há quem controle. Você está atrasado, Pepinho. Cada zona dessas tem autonomia. Não é como antes. Antes dava para saber tudo que acontecia em Barcelona daqui mesmo desses cem metros em que eu ando. Mas agora é impossível. Para mim, um cara de Santa Coloma é do estrangeiro, entende o que digo?

— E você não tem jeito de ficar sabendo?

— Nada, nada. Se fossem punguistas ou marginais convencionais, à moda antiga, como nos meus tempos ou nos seus, aí sim, poderia ficar sabendo de qualquer coisa. Mas no caso de assassinos, nada. São muito isolados. Cuidam dos próprios interesses, têm suas próprias leis, são jovens e você sabe como são os jovens de hoje. Cuidam dos próprios interesses. Só falta agora serem transformados em atores de cinema. De filmes. É o que lhe digo. Eles são de cinema.

— O que você está usando aí?

— O adesivo contra as usinas nucleares.

— Com essa idade você está se metendo em política?

— Eu sou um precursor de tudo isso. Estão nos envenenando. Respiramos e comemos merda. O mais sadio é o que cagamos, porque o nosso corpo fica com o que é ruim e solta o que é bom. As pessoas ficam rindo de mim e passam a me chamar de Bromato porque há quarenta anos estou dizendo: botam bromato no pão e na água para que a gente não se junte, para que a gente não saia por aí fodendo como loucos.

— E o que isso tem a ver com as nucleares?

— Pois é a mesma coisa. Agora querem nos ferrar, mas com requinte, brutalmente, em estilo canibal. Eu não perco nenhuma manifestação.

— Você é um ecologista.

— Um cazzologista. Bebe vinho, Pepinho, e não brinque comigo, que um dia desses eu estico as canelas. Eu estou muito mal, Pepinho. Um dia é um rim que me dói, outro dia é o outro. Põe a mão, põe. Não sente um caroço? Eu tenho observado, porque eu me observo. Eu sou um animal e faço como os animais. O que faz um gato quando adoece? Vai à Previdência? Não. Vai até o terraço e come um gerânio. O que faz um cachorro? A gente devia seguir o exemplo dos animais. Pois é, eu me observo e faz duas semanas que isto apareceu em mim. Sabe por quê?

— Não.

— Foi porque durante semanas e semanas eu me alimentei de mexilhões em lata. Eu tenho um cunhado que é encarregado de uma fábrica de conservas em Vigo e de vez em quando ele me manda uma caixa com latarias. Estava matando cachorro a grito e pensei: Bromato, come os enlatados, que marisco alimenta bastante. E fui comendo das latas até que vi esse caroço. A coisa é clara. Só comia pão com tomate e latas de mexilhões. Pão com tomate eu sempre havia comido e não me apareciam caroços. Que conclusão você tira? O que sobra?

— Os mexilhões.

— Acertou em cheio.

— Você me decepciona, Bromato, eu pensei que você fosse me ajudar no caso dos esfaqueadores.

— E vou decepcionar mais ainda. Esta cidade já não é mais o que era. Antes, uma puta era uma puta, e um marginal, um marginal. Agora apareceram putas por toda parte, e todos são marginais. Um dia virão me contar que você foi preso destruindo um depósito de presuntos e eu vou acreditar. O mal anda solto e sem nenhuma ordem, sem organização. Antes você falava com quatro caras e ficava por dentro da situação. Hoje nem falando com cem. Lembra do meu amigo, aquele gigolô, tão bonito, o Martelo de Ouro? Pois outro dia lhe deram uma surra terrível. Quem? A concorrência? Os marselheses? Nada. Quatro guineanos se juntaram e saíram caçando briga. Isso antes teria sido impossível. Havia mais respeito. Somos gente ruim. Estamos todos loucos. Precisamos de um pulso firme. Temos muita falta de homens como Muñoz Grandes, meu general na Divisão Azul. Aquele sim era um homem que impunha respeito. E honrado, porque o Paquito* deixou a viúva muito bem de vida, mas Muñoz Grandes partiu deste mundo com o mes-

(*) Paco, diminutivo de Francisco, refere-se aqui a Francisco Franco. (N. T.)

mo com que havia chegado. O que há entre você e os esfaqueadores? Você está mesmo na pior.

— Eles usam canivetes. Usaram o canivete com o marido de uma cliente.

— Essa vai ser difícil para você. Um crime com canivete é mais difícil de solucionar que um crime com revólver. Quem não tem canivete? É uma morte fria. Você vê os olhos da morte. Eles se aproximam, param e você já tem a morte dentro abrindo em sua carne um corredor gelado.

Carvalho apalpou o canivete que sempre levava no bolso, um animal que vivia mastigando a morte até que de repente a libertava com toda sua raiva contida.

— Evita os esfaqueadores, Carvalho. Estão todos loucos e são jovens... Eles não têm nada a perder...

— Levarei em conta o seu conselho. Toma, assim você esquece os mexilhões e compra uma bisteca.

— Mil pilas a troco de nada. Não, Pepe, eu não quero.

— Outro dia você me dá algumas informações.

— Além disso não posso com a carne, estou com o estômago fodido e as bistecas estão cheias de hormônios e de água. Não dá nem para respirar. Vou comprar duas garrafas de vinho do bom, desse que você bebe. Ele alimenta e mata as bactérias.

— Sorte em sua luta por um mundo sem usinas nucleares.

— Sorte nada. Até os supositórios vão ser nucleares. Vão nos enfiar todos os supositórios nucleares pelo cu. Você viu os políticos? Todos estão engolindo. Todos dizem sim às nucleares. Ah, isso sim, eles gostam. Que elas sejam instaladas com a aprovação popular, e que se salve o oba-oba democrático. O que a gente precisa é de um Muñoz Grandes. E até de um Franco, eu diria.

— Foi Franco quem instalou as primeiras usinas.

— Porque Muñoz Grandes estava morto, se não, como conseguiria?

Ligou para Biscuter e comunicou-lhe que ia direto para Vallvidrera e depois localizou Viladecans por meio de uma perseguição telefônica que terminou no escritório de Planas.

— Preciso falar com o policial que você me enviou.

— Não abuse desse contato.

— Não abuso. É inteiramente necessário.

— Verei o que posso fazer. Não saia amanhã de seu escritório entre dez e onze horas; se eu o localizar, pedirei que passe nesse horário. Espere. O senhor Planas quer lhe dizer alguma coisa.

— Carvalho, é Planas. Era estritamente necessário que você revirasse o galinheiro de San Magín?

— Vocês dispõem de fiéis capatazes. Ninguém me proibiu de investigar em San Magín.

— Na atual situação, qualquer associação entre a morte de Stuart e os nossos negócios pode nos prejudicar. Gostaria de conversar com você pessoalmente a esse respeito. Pode ser amanhã? Poderíamos almoçar juntos. Às duas horas na Oca Gourmet.

Yes havia pulado a grade do jardim. Sentada na escada, brincava com Banana, puxando-a pelas orelhas.

— Não puxe as orelhas dela. São muito delicadas e não quero que fiquem caídas — disse-lhe Carvalho antes de abrir a porta. Banana completou com a língua a tarefa iniciada por Bromato nos sapatos de Carvalho, tentando, depois, prosseguir a limpeza pelas calças acima, mas Carvalho a apanhou, ergueu-a à altura de seu rosto e se interessou pelo que ela havia feito durante o dia. O animal refletia sobre a resposta com a língua de fora.

— Estou aqui.

— Já vi.

— Trouxe janta.

— Deve estar terrível. O que você fez? Uma água de Vichy na cocaína?

Yes estendeu para ele uma cesta de vime como se fosse uma isca.

— Está cheia de maravilhas. Quatro tipos de queijos que você nunca experimentou, um patê de fígado de frango feito por uma velha de Vic que você não conhece, um salsichão de javali do vale de Arán.

— De onde tirou tudo isso?

— Recomendaram-me uma *fromagerie* na rua Muntaner, quase esquina com a General Mitre. Anotei o endereço para você.

Carvalho pareceu aprovar o informe gastronômico e abriu a porta da casa para que a garota entrasse.

— Trouxe também um livro para você queimar. Não sei se vai gostar.

— Qualquer um é bom.

— É o livro preferido de minha mãe.

— Queimará.

— Chama-se *A balada do café triste.*

— A balada, o café e a tristeza, e até a xaropada que tem dentro irão queimar.

— Você já leu?

— Antes de você nascer. Pode começar a rasgá-lo.

Quando Carvalho voltou com uma braçada de lenha, Yes estava diante da lareira e lia o livro.

— É muito bonito. Fico com pena de queimá-lo.

— Quando você tiver a minha idade, vai me agradecer por ter lido um livro a menos, principalmente este. Foi escrito por uma pobre coitada que não conseguiu sobreviver nem graças à literatura.

— Poupe-o!

— Não. Para a fogueira.

— Eu troco por um dos seus, o que você mais odeia. Eu troco por dois. Por três. Prometo que trago dez livros de casa para você queimar.

— Faz o que achar melhor.

— Não. Não. Eu rasgo.

Rasgou e colocou as folhas mortas sobre as cinzas velhas. Carvalho acendeu o fogo e, ao se virar, viu que Yes havia arrumado a mesa.

— Falta a cocaína.

— Isso vem depois. Vai bem melhor de estômago cheio.

Carvalho trouxe uma garrafa de vinho tinto de Peñafiel.

— Explique-me essa história do salsichão de javali.

— Foi o que me disse o cara da mercearia. Eu anotei aqui. Chama-se *xolis de porc senglar*; é um salsichão muito raro que fazem no vale de Arán. Ele me disse que é muito difícil de encontrar. Só tinha este.

Queijos de Cabrales, queijo de ovelha de Navarra, Chester, um queijo fresco do Maestrazgo. O elogio da escolha deixou Yes animada.

— Tínhamos uma empregada em casa que dizia: esperto em uma coisa, esperto em tudo.

— Essa empregada era idiota.

— Agora que você comeu e saciou a fera que tem aí dentro, vou lhe contar o meu plano. Quando terminar seu trabalho, se quiser terminar, pegamos o carro e saímos de viagem. Itália. Iugoslávia. Grécia. Creta. A ilha deve estar maravilhosa na primavera. Se tudo correr bem, atravessamos o Bósforo e seguimos para a Turquia, Afeganistão...

— Por quanto tempo?

— A vida toda.

— Para você é tempo demais.

— Podemos alugar uma casa em algum lugar e esperar.

— Esperar o quê?

— Que aconteça alguma coisa. E quando acontecer alguma coisa continuamos a viagem. Gostaria de ver meu irmão em Bali. É um bom menino. Agora se não quiser ver meu irmão, não vamos para Bali ou vamos para Bali mas não o visitamos.

— E se o encontrarmos na rua?

— Eu faria de conta que não o conheço. "Yes! Yes!" "Você está enganado, amigo." "Você não é minha irmã Yes?" "Não. Não sou irmã de ninguém."

— Então ele dirá que sua irmã tem uma cicatriz debaixo do seio esquerdo e vai querer confirmar.

— E como se sabe, você não permitirá.

— E Banana?

— A gente leva.

— E Biscuter?

— Não. Que horror! Esse a gente não leva.

— E Charo?

— Quem é Charo?

— É como se fosse minha mulher. É uma puta com quem me relaciono há oito anos. Ela comeu nesta mesa e transou comigo nesta cama. Não faz muitos dias.

— Não precisava me dizer que ela é puta.

— É o que ela é.

Yes se levantou e com o impulso a cadeira caiu. Entrou no quarto de Carvalho. Fechou a porta. O detetive foi até o toca-discos e colocou o *Hino de Riego*. As chamas tentavam em vão subir lareira acima. Carvalho se esparramou no sofá, contemplando-as. Após algum tempo, as mãos de Yes taparam-lhe os olhos.

— Por que você sempre me enxota?

— Porque você precisa ir embora, e quanto antes melhor.

— Por que tenho de ir? Por que quanto antes melhor? Só estou pedindo companhia.

— Você me pede uma vida inteira de viagens.

— Uma vida que pode durar uma semana, dois, cinco anos. Do que você tem medo?

Levantou-se para colocar novamente o *Hino de Riego.*

— É uma música apropriada.

— A mais apropriada que eu tenho.

Despiu-a com lentidão e entrou nela como se quisesse deixá-la cravada sobre o tapete. Ela se enredou nele ternamente. Os corpos avermelhados pelo fogo amoleceram de calor e umidade, e ao se separarem cada qual se afastou com seu pedaço de teto e desejo.

— Sempre tive pavor de ser escravo dos sentimentos, porque sei que posso ser escravo deles. Não estou atrás de experiências, Yes. Viva a sua vida.

— Para qual vida você me destina? Tenho de me casar com um herdeiro? Rico, naturalmente? Ter filhos? Passar as férias em Lliteras? Um amante? Dois? Cem? Por que minha vida não pode ser ficar com você? Não é necessário que a gente viaje. Podemos ficar sempre aqui. Nesta sala.

— Quando completei quarenta anos fiz um resumo daquilo que me esperava: pagar as contas, enterrar os mortos. Paguei esta casa e enterrei meus mortos. Você não imagina o quanto estou cansado. Agora descubro que já não tenho tempo para contrair dívidas importantes. Não poderia pagá-las. O único morto que me resta para enterrar sou eu mesmo. Não me interessa viver um amor louco com uma garota que não distingue o amor da cocaína. Para você isto é como a cocaína. Pode dormir esta noite aqui. Amanhã cedo você vai embora e não tornaremos a nos ver.

Yes se levantou. Do chão, Carvalho viu a altura de seu corpo perfeito, a doce umidade de seu sexo, lambido por um animal voraz. Arrastou suas nádegas planetárias no rumo da porta. Voltou-se por um momento enquanto insistia em ajeitar o cabelo por cima de sua orelha preferida. Em seguida entrou no quarto e fechou a porta. Instantes depois Carvalho foi atrás dela. Encontrou-a aspirando cocaína. Yes lhe sorriu do fundo de um sonho branco.

— Não pode viver sem me ver? Eu já lhe disse que não gosto de me exibir.

— Precisava falar com você.

— Não sou empregado de ninguém. Eu já disse a Viladecans. Se ele me fez favores, eu já retribuí. Policial não é criado.

Passeava nervoso pelo escritório de Carvalho.

— Não quero que ninguém da corporação fique sabendo que me relaciono com um "cheira-braguilhas". Não quero ofendê-lo, mas é assim que chamamos vocês.

— Eu já sei. É bem rápido. Quando fizeram a investigação sobre Stuart Pedrell, imagino que antes de mais nada vocês verificaram as gangues de esfaqueadores.

— Fizemos o que pudemos. Dizem que nesta cidade há um rato para cada habitante. Também há um esfaqueador para cada habitante. Já classificamos umas tantas gangues, mas a cada dia surgem mais.

— Ninguém passou nenhum serviço?

— A única coisa que passaram é que nenhuma gangue conhecida assumiu ter feito. Não se avançou muito. Como eu já disse, cada dia aparecem novas gangues. Como não iriam aparecer? Você sabe que o juiz de periculosidade social* é um vermelho? É só mandar os delinqüentes para ele, que ele os devolve para a rua. Não passam nem pelo raio X. Essa profissão é cada dia mais asquerosa. Agora é preciso ter advogado durante o interrogatório. Como se pode tirar alguma coisa de um delinqüente sem lhe dar um par de safanões? Aqueles que fazem as leis deveriam tratar com essa gentalha. Ainda bem que os advogados têm mais medo que vergonha e não chegam muito perto da delegacia.

Havia se acalmado. Por trás dos óculos de sol, seus olhos, tranqüilizados, olharam para Carvalho com ironia.

— Você não está querendo que eu solucione o caso. Agora é problema seu.

— Investigaram em todos os bairros da cidade?

— Principalmente em Trinidad e adjacências. Depois mobilizamos informantes por toda parte. Era difícil ir muito longe devido às pressões da família. Por exemplo: não pudemos publicar a foto de Stuart Pedrell. Viladecans tem muita influência. Isso já não é mais como era antes. Eu lhe digo, confidencialmente, vou abandonar a profissão. Mas antes de sair apronto alguma. Acabo com quatro vermelhos e depois eles que me procurem. Estão criando uma sociedade de baderneiros. Olha aqui.

Tirou do bolso um maço de notas.

— Quarenta mil pilas. Eu as tenho sempre à mão para o caso de me dar o impulso. É o que custa uma viagem a Paris

(*) No original, "*peligrosidad social*". Nos anos de transição da Espanha franquista para a democrática, foi uma divisão judicial instituída em caráter experimental, depois abolida. (N. T.)

e agüentar alguns dias até me alistar em uma tropa de mercenários para a África. O dia em que eu me encher, apronto uma confusão e vou para a Rodésia.

— Na Rodésia o governo já é dos negros.

— Na Rodésia também? Tudo está ficando podre. Pois então vou para a África do Sul, com esses ninguém pode, esses sabem das coisas.

— A que conclusões vocês chegaram no caso Stuart Pedrell?

— Que um dia ou outro ele se resolveria. Quando menos se espera, você pega um anjinho. Obriga ele a engolir que praticou um crime do outro mundo e para acalmar você ele confessa alguma coisa grande que fez. É nessa hora que as coisas aparecem. Mas sempre na porrada, é claro. Um dia o assassino cairá na rede. Em regra, jogamos em cima dele o crime mais grave sem solução. Ele se apavora e solta alguma coisa em que dê para acreditar. É quase um favor mútuo. Gosto do meu trabalho. Jamais diria que não gosto, mas cada vez fica mais difícil. Os vermelhos nos odeiam e têm medo de nós. Sabem que somos o pilar da sociedade e que, se nos derrubarem, tornam-se os donos. Com esta mão que você está vendo eu já dei uma porrada em um desses deputados que hoje aparecem tanto. Era uma comissão que ia entregar uma petição ao presidente da Câmara, e não tinham permissão. O velho ainda era vivo. O cara se meteu a valente, e lhe dei uma porrada que ele ainda deve se lembrar até hoje. Você conhece algum editor? Tem de ser um editor com colhões. Falo claro. Tenho um diário no qual conto tudo o que faço, vejo e fico sabendo. Estamos cercados por uma conspiração. Você morreria de susto se eu lhe desse nomes de caras importantes neste país que recebem da KGB. O diário é guardado por uma amiga minha para o caso de me acontecer alguma coisa. Se você tem colhões para propor a publicação a um editor com colhões, eu lhe dou uma comissão.

— O Fuerza Nova* tem uma editora.

— São todos uns vendidos. O governo os tolera porque os garotões os seguem como cordeirinhos. O que eles fazem? De vez em quando uma manifestação, quatro porradas e pronto. Com isso eles mantêm os meninos embasbacados e impedem que mandem realmente tudo pelos ares. Eu vou publicar o diário quando estiver na África do Sul ou no Chile. *O poder vermelho sobre a Espanha*. O que acha do título? Já tenho o pseudônimo: *Boris Le Noir*. Soa bem. Desde criança eu fantasiava aventuras e sempre me chamava *Boris Le Noir*.

— É bom você saber que Bóris é um nome russo.

— Mas há russos que não são comunistas. A imensa maioria dos russos não é comunista. Aquilo é uma ditadura ferrenha. De ditadura fascista dá para sair, mas e de uma ditadura comunista? Aponte uma. Não sei como existe gente tão cega. Acabarão tomando conta de tudo. Começam capando todos os homens e masculinizando as mulheres. Estão invadindo tudo. Já não restam países viris ao norte do Equador. Anote o que eu digo: países onde a democracia e o comunismo estragam com tudo: ao norte. Países onde ainda resta ao indivíduo capacidade de luta e virilidade: ao sul. Por exemplo: Chile, Argentina, Rodésia, África do Sul, Indonésia. Não tem erro. Preste atenção no que digo. Se você ainda tem vontade de morrer em pé, com uma pistola em cada mão e os colhões no lugar, mande tudo à merda e aliste-se em um exército de mercenários.

— Todos os seus colegas pensam como você?

(*) Partido de extrema direita. (N. T.)

— Não. A corporação também está podre. Os socialistas começam a proliferar como cogumelos. Onde você estava quatro anos atrás? Pergunto a eles e não sabem o que responder. Falta-lhes o sentimento aventureiro, são como escriturários, compreende? Falar com você me deixou excitado. É bem capaz de que esta noite eu vá para a estação e parta para a França. E o livro?

— Leve com você e acrescente alguma observação no local.

— Não é má idéia. Mas e se eu o perder? Vou fazer uma cópia e deixar com minha amiga. Um conselho: não quebre a cara com o caso desse sujeito. Encontre uma explicação verossímil, entregue para a família e cobre. Eles não têm o menor interesse em saber o que realmente aconteceu. Esse cara era um estorvo para eles, posso farejar. Para todos.

Estalou a língua contra a parede interior da bochecha, ajeitou os óculos e saiu.

— Não sei como agüenta esses pentelhos, chefe. Não sei como tem estômago para esse tipo de gente.

— É um bom menino, e um dia desses ele vai ficar como uma peneira. Nunca chegará a diretor-geral.

— Vai achar o que procurou. Agora vai matar negros porque não pode matar vermelhos. Está maluco.

— Biscuter, vou lhe passar uma missão para os próximos três meses.

— Pode falar, chefe.

— A cozinha chinesa é a mais dietética de todas. É saborosa e não engorda. Você está encarregado de se especializar em cozinha chinesa.

— Devo cozinhar ratos e cobras?

— Tirando ratos e cobras, pode cozinhar todo o resto. Toda manhã você vai passar umas horinhas no restaurante

Cathay, e o dono, que é amigo meu, iniciará você nos segredos.

— Eu estava praticando a cozinha da Rioja e não estava me saindo nada mal.

— A cozinha chinesa é a cozinha do futuro.

— Obrigado, chefe. Para mim é uma honra e um incentivo. Não é bom a gente estagnar na vida. Cozinhando para você, descobri que sirvo para alguma coisa e gostaria de ampliar meus conhecimentos.

— E se você se esmerar, não descarte a possibilidade de passar uma temporada em Paris para aprender a fazer molhos.

— Eu não vou deixá-lo aqui sozinho.

— Quem disse para você que eu ficaria aqui sozinho? Eu também poderia ir a Paris e passar uma temporada lá.

— Seria fantástico, sensacional, chefe. Nem vou dormir pensando nisso tudo.

— Durma, Biscuter, durma tranqüilo. O importante é que temos um plano que pode mudar nossas vidas.

— E Charo?

— Também iria para Paris.

— E o cachorro?

— Também, é claro.

— Em um apartamento? Sabe que este cachorro não fica sempre assim, que depois ele incha?

— Alugaremos uma casinha nos arrabaldes, à beira do rio, sobre uma barragem. Veríamos as chatas passando.

— Quando, chefe, quando?

— Não sei. Mas você vai ser o primeiro a saber.

— Espero que não se incomode que eu tenha me juntado à mesa.

O marquês de Munt vestia um conjunto de *tweed*, e um *foulard* enlouquecido se avantajava sob o pomo-de-adão e as pelancas da papada. Sentado a seu lado, Planas fazia girar dentro do copo um líquido certamente sem álcool.

— Isidro me pediu para vir.

Planas olhou para ele surpreso.

— Uma refeição entre duas pessoas acaba sendo um duplo monólogo. Uma terceira pessoa é que estabelece realmente uma conversa.

— Eu pensei que hoje você estivesse em Madri falando com um ministro.

— Já estive.

— Isidro é assim. Um dia, às nove da manhã, combinamos de nos encontrar na hora do almoço. Quando nos encontramos, fiquei sabendo que naquele meio tempo ele tinha feito uma viagem de ida e volta a Londres.

— Senhor Carvalho, irei direto ao ponto.

— Isidro, Isidro. A discussão deve começar apenas no segundo prato.

— Pois eu quero começar agora.

— Pelo menos espere passar o aperitivo. Você concorda com a minha proposta? Claro. Como diz Bertolt Brecht: Primeiro o estômago e depois a moral.

Carvalho não só concordou com a proposta do marquês, como também com sua escolha do vinho branco como aperitivo.

Dois garçons felicitaram Planas por sua recente nomeação, e este lhes respondeu com um anuviado obrigado, sem desmanchar a carranca com que havia recebido Carvalho.

— Uma salada verde e peixe fresco na chapa.

— Isidro, por que você não pede uma salada na chapa e um pescado verde? A quantidade de calorias seria a mesma e você não irritaria nossa imaginação visual.

— Cada louco com sua mania.

— É um homem impossível. Agora está preocupado em conservar a juventude dos músculos e das vísceras. Você já o viu sem roupa? É como um atleta grego. Podem-se ver todos os músculos. E o estado das vísceras ainda é melhor. Tem um fígado que parece de cabrito.

— Pode rir. Eu vou rir por último.

— O que você disse tem pouca graça e pouco mérito. Nos meus setenta e muitos anos eu me conservo muito bem e sem renunciar a nada.

Carvalho pediu musse de camarões e uma perca na erva-doce.

O marquês começou com alguns caracóis à borgonhesa e aderiu à perca.

— Agora que estão com o estômago semicheio, acredito que posso começar. Não gostei nada de saber que você esteve em San Magín xeretando. Se há alguma coisa para ser encontrada, encontre-a em qualquer lugar, eu repito, em qualquer lugar, menos em San Magín.

— Ninguém demarcou o terreno para mim. Viladecans não me proibiu de ir a San Magín. Nem a viúva.

— Eu já lhe havia dito. Ultimamente Viladecans não sabe mais o que faz. Ainda ontem questionou minha terminante recusa de deixar San Magín de lado. O que está acontecendo com esse rapaz?

— Eu mal tenho o desprazer de conhecê-lo, isso é assunto seu.

— Mas se as coisas se complicarem, você também será afetado. Carvalho, estamos num momento delicado. Conseguimos bloquear uma auditoria nas obras de San Magín e as tentativas de alguns jornalistas de utilizar o que chamam de "escândalo imobiliário" para manchar minha carreira.

Agora eu estou numa situação delicada e não posso me expor a ataques.

— Eu endosso o que Isidro disse, senhor Carvalho. Se eu fosse um urbanista, provavelmente recomendaria demolir San Magín. Mas infelizmente isso não é possível. Um escândalo apenas serviria para prejudicar o senhor Planas e eu. Utilizei minha influência com o presidente da Região Metropolitana para conseguir autorizações quase impossíveis. Um caso claro de especulação, o qual não escondo e do qual não me envergonho. Todo o milagre econômico do regime franquista foi um blefe. Todos nos pusemos a especular com a única coisa que realmente possuíamos: o solo. Como embaixo desse solo não há nada, não valia a pena conservá-lo. Este país tem muito azar. Muito solo e pouco subsolo. Agora, ainda por cima, o mar está ficando podre. Você notou o gosto de petróleo que esta perca deixa no final? A perca é o peixe mais porco que há no mar. Ele gruda nos navios e engole tudo, inclusive o petróleo.

— Vou lhe dar um conselho, Carvalho, e quando eu dou um conselho é um pouco mais do que um conselho.

— Isidro.

— Deixa eu falar. Eu não estou falando de cozinha. Estou falando da realidade. Termine o quanto antes sua investigação e faça um relatório verossímil para a viúva. Eu lhe pago a mesma quantia que ela lhe pagar... Receberá em dobro.

— Isidro. Isso a gente diz já na hora do cafezinho, ou mesmo depois de beber umas duas taças de Marc de Champagne.

— Você me diria a mesma coisa?

— No fundo, sim. Com outro tom e, naturalmente, depois das duas taças. Mas é provável que a interpretação que você daria fosse muito semelhante àquela que sem dúvida está dando agora.

— Vocês consultaram a viúva?

— Não. Nós três é que devemos fechar um acordo. A viúva apenas está interessada em uma explicação que a deixe tranqüila para gerir o patrimônio Stuart Pedrell. Você acha que a explicação será tranqüilizadora?

— Provavelmente.

— Então não há mais nada a conversar. O senhor Carvalho não quer complicar nossa vida nem a dele. Desde que ele possa atender sua ética profissional, tudo bem. Estou enganado?

— Não. Não está enganado. Meu compromisso é entregar aos meus clientes a verdade a que cheguei e de que eles necessitam. O resto não é incumbência minha.

— Está vendo, Isidro?

— Mas esse assunto é explosivo. O que você foi fazer em San Magín? Quem é Antônio Porqueres? Alguém relacionado com o desaparecimento de Stuart Pedrell?

— Sim. Não direi mais nada. Na hora certa apresentarei as conclusões à minha cliente.

— Não se esqueça de que eu lhe fiz uma oferta. Também posso ser seu cliente.

— Um detetive que faz jogo duplo, senhor Carvalho. Muito emocionante.

— Não.

— Isidro, dê-se por satisfeito com o compromisso do senhor Carvalho de que tudo ficará em família.

— Não confio em compromissos nos quais não preciso pagar.

— O mesmo Isidro Planas de sempre.

— O que é de graça acaba saindo caro. E você não fique rindo. Ontem à noite você não ria. Estava tão preocupado quanto eu.

— Hoje é outro dia.

— O que acontece é que você gosta de ficar por cima de tudo e de todos. Você não me engana com suas encenações de aristocrata desiludido.

— Isidro, Isidro...

O marquês lhe dava tapinhas nas costas. Planas levantou-se exaltado e jogou o guardanapo sobre a mesa, derrubando uma taça de cristal. Abaixou-se para que a voz, abafada, não fosse ouvida por ninguém senão os que estavam à mesa.

— Estou cheio de você, até a raiz dos cabelos, entende? Até a raiz do cabelos!

— Não diga nada de que possa se arrepender.

— Eu sempre fui aquilo que minha cara mostrava, enquanto você fingia estar acima do bem e do mal e o outro cobrava com uma careta de enfado. Quando era para fazer alguma coisa suja, quem fazia era eu. Quem trabalhava, quem é que trabalhou como um negro?

— Você, Isidro. Mas não se esqueça de que era esse o combinado. Você era um pobretão esperto que sem nosso dinheiro não teria feito nada na vida. Estaria numa loja vendendo máquinas de lavar pratos.

— Foi graças a mim que vocês enriqueceram! Graças a mim! E agora estou em condições de mandar vocês à merda! Não preciso de vocês para nada!

Dirigiu-se para a porta e não pôde escutar a advertência do marquês.

— Pelo menos deixe o almoço pago. Estou sem dinheiro.

Como sobremesa, o marquês escolheu um sorvete de champanhe. Carvalho, peras ao vinho.

— Está muito excitado. É a proximidade do poder. Esta manhã não foi recebido por um ministro, e sim por um superministro. A ambição do poder pode arruiná-lo. É o calcanhar-de-aquiles dos lutadores. Mas não jogue no lixo tudo o que ele disse. No fundo eu assino embaixo. Eu tenho vaidade social e me sentiria mal se aparecesse no jornal numa foto de carteira de identidade sob a legenda: *Gangue de especuladores imobiliários.*

Planas estava em pé ao lado da mesa; cabisbaixo, murmurou:

— Desculpe-me.

— Como sempre, você volta no momento oportuno, Isidro. Estou sem dinheiro. Você precisa pagar ou pôr na sua conta.

Um general e um coronel foram assassinados, mas nada detinha a marcha irreversível para a democracia. Era o que todos diziam. Inclusive alguns generais e coronéis. Os rapazes comunistas e socialistas tinham trabalhado durante a noite, deixando as Ramblas e as ruas transversais cheias de panfletos com os slogans eleitorais. *Desta vez você pode ganhar,* prometiam alguns panfletos. Já era hora, respondeu Carvalho. *Você é o centro da cidade,* proclamava o partido do governo em cartazes colados onde arquétipos colados se diziam o centro da cidade. Algumas noites antes, um bêbado veado ou um veado bêbado descia pela Ramblas, proclamando:

— Cidadãos. Não se enganem. O centro da cidade é a praça da Catalunha.

Dois travestis madrugadores passeavam disfarçados de Eugênia de Montijo, a espanhola que foi mais que rainha. *A reconstrução da Catalunha passa pela democratização das prefeituras,* declarava ou declamava na capa de uma revista um líder com barbicha. Em nenhum programa eleitoral se prometia derrubar o que o franquismo havia construído. É a primeira mudança política que respeita as ruínas. Todo século constrói suas ruínas, mas toda a nossa cota de ruínas foi construída pelo franquismo. Você tem músculos pequenos para derrubar tanta ruína. Teria de ser um milagre noturno. De madrugada a cidade se veria limpa da corrupção, prodigamente desbastada, com os arrabaldes convertidos em uma profusão de escombros e os cidadãos iniciando a reconstrução sobre as ruínas. Talvez assim Yes não desejasse dar voltas e voltas ao mundo, como um satélite solitário, e Charo ficasse satisfeita com seu ofício, Biscuter feliz com seus conhecimentos de culinária da Rioja e ele voltaria a amar a rotina de investigar, economizar, comer, percorrer a Ramblas duas ou três vezes por dia, e de noite em vão se vingar da cultura que o havia isolado da vida. Como amaríamos se não tivéssemos aprendido nos livros como se ama? Como sofreríamos? Sem dúvida sofreríamos menos. Gostaria de ir a um balneário cheio de convalescentes e lá me encontrar com Yes. Começar um amor entre banhos de lama e chás de ervas silvestres. Um balneário de montanha, onde as chuvas e trovoadas de toda tarde tornassem todos definitivamente silenciosos. E não sair do balneário. Seguir um após outro o ciclo das estações, familiarizar-se com a luz fraca, orientar-se segundo pequenos pontos cardeais, agradecer pelo calor das cobertas e sentir o próprio corpo minuto a minuto. A relação com Yes seria agridoce e eterna. Graças às ervas silvestres, conseguiria juventude o bastante para ser sempre jovem ao lado de Yes. Para impedir que um dia ela abandonasse o balneário atraída pelas rotas do Oriente, em busca da origem e da paralisia do sol.

Hoje Charo também estava maquiada apenas pela metade. Abraçou-o e sorriu satisfeita quando Carvalho se deixou cair no sofá e adotou a postura de quem dispõe de tempo. Charo lhe disse que num instante estaria maquiada e poderiam fazer amor.

— Deixa pra lá. Poupe as energias para o fim de semana.

— Este fim de semana será, será, bem, não quero nem imaginar. Não sairemos do quarto. Jogaremos a chave pela janela, como nos filmes.

— Quero comer no restaurante de que lhe falei.

— Eu deixo você fazer cinco refeições diárias, mas entre uma e outra, cama.

Ela mesma apanhou-lhe as mãos e as colocou sobre o rosto e os braços para que a acariciasse. Carvalho acariciou-a o tempo suficiente para não desmerecer sua demanda.

— Você está triste. O que foi?

— É a digestão.

— Ah, isso também me acontece! Depois de comer sinto frio e sempre me aborreço comigo mesma por ter comido demais. Às vezes chego até a chorar.

Aproveitou sua volta ao banheiro para se despedir. Ela tornou a sair com cílios postiços em apenas um dos olhos.

— Você já vai?

— Estou terminando o trabalho. Gostaria de deixá-lo resolvido amanhã e partir tranqüilo.

— É perigoso?

— Não.

O telefonema que esperava estava anotado no bloco de notas, acompanhado de um breve recado de Biscuter dizendo que soubera que sua mãe estava nos Hogares Mundet* e que ia visitá-la. Nem sequer sabia que Biscuter tinha mãe. O recado sobre o telefonema dizia: "O senhor Briongos diz que seu filho estará hoje às nove horas na porta do Cine Navía, em San Magín. Ligou também a filha do senhor Briongos dizendo para você não ir e para entrar em contato com ela". Carvalho tirou o canivete do bolso. Pre-

(*) Asilo para idosos. (N. T.)

meu a mola e a lâmina saltou com um estalido. O canivete e Carvalho entreolharam-se. O primeiro parecia esperar a ordem de ataque. O homem parecia temê-lo. Tornou a fechá-lo e o pôs de novo no bolso. Abriu uma caixa. O revólver dormia com sua aparência de lagarto frio. Carvalho apanhou-o e o examinou. Fez o gesto de disparar contra a parede. Depois apanhou as balas em uma caixa de papelão e as foi carregando com lentidão. Quando fechou o tambor, o aparelho adormecido já estava desperto, alerta, carregado de morte. Empurrou a trava, frustrando sua vontade de matar, e o enfiou no bolso com a recomendação expressa de que ficasse quietinho. O revólver aqueceu-lhe aquela parte do corpo. Tirou de outra caixa um soco-inglês. Experimentou-o. Abriu e fechou a mão. Jogou o braço golpeando um antagonista invisível. Tirou o soco-inglês e este foi parar no outro bolso da jaqueta. Pronto. A Armada Invencível. Tirou da geladeira a garrafa de vinho branco, mas ponderou e foi buscar a de orujo. Bebeu dois copos. Com as mãos, comeu direto da panela parte do bacalhau *al ajo arriero** que Biscuter havia deixado pronto. Até mais ver, disse para as quatro paredes e se distraiu descendo a escada com preguiça, ouvindo aqui o repique do martelo do escultor, ali o vaivém barulhento no salão da cabeleireira, o trompete em surdina do rapaz efeminado. Cruzou com dois veadinhos disfarçados de meninos de primeira comunhão ou dois meninos de primeira comunhão veadinhos. Pareciam Romeu e Julieta de barba e bigode fugindo dos Montéquios ou dos Capuletos.

— Pepe, Pepe, não fuja.

O Bromato alcançou-o armado de sua caixa de engraxate:

(*) Prato basco à base de bacalhau com óleo, alho e ovos. (N. T.)

— Convido você para um copo. Do que você quiser. Graças a você sou rico.

— Tenho um encontro.

— Dê duas pela frente e, de minha parte, duas por trás.

— Não é um encontro desse tipo.

— Pena. Como é pouco o que nós, homens, temos para o muito que elas necessitam. Já pensou nisto alguma vez?

— Alguma vez.

— E não ficou a ponto de chorar? Certa vez, quando eu era um cavaleiro da Divisão Azul às ordens de meu general Muñoz Grandes, eu dei seis numa noite só. E ela teria perfeitamente agüentado mais seis. E essa foi minha grande noite. Elas são superiores. Daqui para baixo, elas são superiores.

Deixou Bromato em sua melancolia de macho insuficiente. Pegou o carro para fazer calmamente o percurso até San Magín. Ao se aproximar da parte alta da cidade, viu-se rodeado por carros dirigidos por mulheres que iam apanhar os filhos na saída da escola. Valeu-se da impunidade do voyeur e elas empregaram a impunidade de fugitivas. A viúva Stuart devia ter feito dia após dia aquele percurso para apanhar seus filhos. Depois eles cresceram e partiram para Bali ou para o Limbo.

Ana Briongos chegou em seu ônibus azul e suspirou aliviada quando viu Carvalho no ponto. Foi a primeira a saltar do ônibus e chegou até Carvalho forçando o passo.

— Obrigada por atender meu pedido.

Começou a caminhar. Quase se ouvia o ruído das palavras que ela amontoava em sua cabeça. Olhava para Carvalho em busca de um gesto que a incentivasse a falar. Mas Carvalho caminhava tão pensativo quanto ela, arrastando os pés como se dispusesse de toda a tarde e a noite para o passeio e para o silêncio.

— Por que foi até minha casa?

— É a segunda bronca que eu levo em um único dia por culpa deste bairro. Deveriam escrever na entrada: San Magín, cidade proibida.

— Você não imagina o estrago que fez e que pode fazer com essa visita.

— O estrago já estava feito.

— Meus pais são dois infelizes que se cagam de medo de tudo. Sempre tiveram medo.

Carvalho encolheu os ombros.

— Não vá se encontrar com meu irmão.

— Por quê?

— Não vale a pena.

— Isso eu decido depois de falar com ele.

— Meu irmão não é um rapaz normal. Tem reações inesperadas. É como um menino. Um menino violento. A vida inteira ele foi um saco de pancada. Bofetada que voava era bofetada que ele recebia. Minha mãe sempre o odiou. Minha mãe é má. Tem essa maldade ridícula, mesquinha, dos pobres. É tudo o que ela tem. É a única coisa que lhe dá caráter, personalidade. E meu pai sempre viveu acovardado diante dela. Pagando a culpa pelo nascimento de Pedro.

— Que quadro!

— Quando tinha sete anos eles o internaram pela primeira vez. Tinha roubado de uma vizinha para comprar quatro bobagens: voltou dois anos depois, pior ainda. Dois anos depois. Tinha nove anos. As livrarias estão cheias de livros que ensinam os adultos a tratarem os filhos com respeito. Meu irmão, com nove anos, era carne para o cinto de meu pai ou para o chinelo ou a escova de minha mãe. Quando tinha onze anos, voltaram a interná-lo. Você tem idéia de como era o reformatório de Wad Ras?

— Pertenço a uma outra geração. Eu fui dos que cresceram sob a ameaça de serem internados no asilo Durán.

— E apesar de tudo, sempre foi fascinado pela família. Sempre acreditou que era um de nós, igual a nós. Se tiver quatro tostões, são quatro tostões que gasta com meus pais ou com meus irmãos. Está com dezoito anos. Só dezoito anos.

— Só quatro ou cinco a menos que você.

— É muito diferente. Deixe-o em paz. Qualquer coisa que tenha feito é justificada por toda a sua vida.

— O que ele fez?

— O que você está procurando? Você é um miserável de um empregado deles que vem botar o nariz em um mundo que não lhe pertence.

— Como Stuart Pedrell. Como seu Antônio. Ele também meteu o nariz em um mundo que não lhe pertencia.

— Ninguém me paga nada por sofrer pela morte de Antônio. E eu sofro. Sofro aqui — apontou para a barriga. — Mas era fatal.

— O que aconteceu?

— Por que não vai embora? O que o aguarda no final é uma vitória fácil. Algumas vítimas frágeis. São dessas que você gosta?

— Aceito que você me atribua um papel que é o meu. Sou um criado de meus patrões, como você o é dos seus. Mas não gosto de vítimas, sejam elas fáceis ou difíceis. As vítimas são conseqüências.

— São pessoas. São pessoas de quem gosto. Que podem ser destruídas. Às vezes me vem a imagem de meu irmão quando era pequeno e não sabia que era culpado, culpado da humilhação de minha mãe. Lembro de sua carinha e de repente a vejo deformada por toda a brutalidade que se abateu sobre ele.

— Meu encontro com seu irmão faz parte da lógica. Vou chegar até o fim. Em todos os meus casos, vou até o fim. Até o meu fim. Acabo diante de meu cliente. Digo-lhe o que sei, e ele decide. A polícia o entrega a um juiz. Meu juiz é meu cliente.

— Uma velha histérica e rica que não sabe o que é sofrimento.

— É rica. Mas não velha. Todo mundo sabe o que é sofrimento. Você fala com muitas vantagens a seu favor. Pertence à classe social que detém a razão e a cospe em todo mundo.

— Eu tentava aconselhá-lo. Pedrito, não faça isto! Pedrito, não faça aquilo. Quando eu estava fora de casa ficava com o coração apertado. O que Pedro vai fazer? E quando voltava, sempre tinha feito alguma coisa. Sempre encontravam algum motivo para acossá-lo, encurralá-lo. Eu o esperava na saída da escola para que fosse direto para casa e não fizesse nada pelo caminho. Quando a polícia veio buscá-lo por causa da moto, você pode imaginar como o trataram? Como nos trataram? E ainda por cima eu tinha antecedentes políticos. Sabe como tratam os delinqüentes comuns nas delegacias? Nas prisões?

— Eu não fiz o mundo, nem a sociedade. Não pretendo assumir a responsabilidade por tudo. Seria um papel excessivo. Espero que não tenha marcado encontro comigo para me contar a triste história de seu irmão.

— Eu queria evitar o encontro.

— Não vai conseguir.

— Você sabe o que vai acontecer.

— Eu imagino.

— Não é o bastante? Não pode dar a coisa por encerrada? Diga à sua cliente o que quiser. Ela também tem interesse em que eu me cale.

— Quanto a isso, vocês que entrem num acordo.

Ela o agarrou por um braço e o sacudiu.

— Não seja estúpido! Alguma coisa terrível pode acontecer. Se eu lhe contasse. Se eu lhe contasse tudo... você não iria se encontrar com meu irmão?

— Quero que ele me conte. É ele quem deve me contar. Não seja estúpida. Iria pesar em sua consciência.

Carvalho continuou caminhando e ela parou surpresa, na encruzilhada de duas ruas, com uma mão estendida para Carvalho e a outra tentando agarrar-se ao vazio do bolso do casaco. Correu para alcançar o passo de Carvalho. Caminharam em silêncio.

— Seria muito fácil ir embora daqui!

— Este bairro e essas pessoas iriam com você. Todo caracol carrega sua concha.

— Não penso em ir embora. Pode parecer mentira, mas eu não saberia como me arranjar em outro lugar.

— Se nascer um menino, não se desespere. Existem homens que deram excelentes resultados. No futuro os homens serão melhores que as mulheres. Não tenha dúvida.

— Para mim dá no mesmo que seja menino ou menina. Vou gostar do mesmo jeito.

— Um de meus primeiros empregos foi o de professor de pré-escola. Era uma escola de bairro, um bairro velho, com história, mas habitado pelo mesmo tipo de gente que vive aqui. Um de meus alunos era um menino moreninho e triste. Tinha gestos de velho sábio. Falava sempre como se estivesse se desculpando. Um dia conheci sua mãe na saída da escola. Era uma mulher moreninha e triste. Tinha gestos de velha sábia. Falava sempre como se estivesse se desculpando. Era muito bonita, embora tivesse o cabelo todo branco. O menino podia ter saído de qualquer lugar do corpo. Podia ter nascido do seu braço, do peito, da cabeça. Era uma mãe solteira numa época em que não havia desculpa para isso. Fazia tempo demais que a guerra havia terminado para que isso fosse uma desculpa.

— E o que aconteceu?

— Nada. Deixei a escola e nunca mais tornei a vê-los. Mas lembro deles com freqüência e às vezes tenho a estranha sensação de que o menino tinha o cabelo branco. Eram os anos de minha adolescência, e eu me masturbava demais. Algumas noites eu me masturbei pensando naquela mulher.

— Que porco!

— A natureza é a natureza.

Vestia calças jeans e uma jaqueta de náilon negro cheia de imitações de prata: argolas, zíperes, rebites de metal lunar, de lua em liquidação. Sapatos de salto alto para alçar um corpo agitado, as mãos enfiadas nos bolsos rasgados da jaqueta, o pescoço alto arqueado para simular a prontidão da cabeça diante da perigosa realidade, cabelos curtos, brilhantes e lisos emoldurando uma cara de potro. Olhou para Carvalho e meneou a cabeça como se não gostasse do que via. Com o ombro gesticulou para que Carvalho o seguisse.

— Aqui não podemos conversar. Vamos a um lugar tranqüilo. — Caminhava na frente, aos saltos, como se cada passo fosse uma chicotada. — Vai com calma. Não vá se cansar.

Carvalho não respondeu. Pedro Larios se voltava de vez em quando e sorria.

— Falta pouco.

O quarteirão terminou e foram envolvidos pela solidão e o escuro dos fundos das últimas casas do bairro de San Magín. Contra a lua se distinguia a silhueta da igreja. De um *juke-box* das imediações vinha a voz de Julio Iglesias. Carvalho e Pedro Larios pararam sob a cúpula de luz de uma lâmpada que a brisa fazia balançar no alto de um poste metálico. Pedro continuava com as mãos nos bolsos. Sorridente, olhou para a direita e para a esquerda, e das sombras saíram outros dois rapazes que se postaram cada um de um lado de Carvalho.

— É melhor conversar acompanhado.

Carvalho avaliou o corpo robusto do que estava à sua esquerda. Olhou-o nos olhos. Eram opacos, como se não quisesse ver o que devia ver. Tampouco sabia o que fazer com as mãos. O da direita era quase um menino. Olhava-o com o nariz enrugado, como os cães antes de morderem.

— Perdeu a voz? Na casa de meu pai você bem que falou. Até demais.

— Foram estes que ajudaram você?

— Ajudaram a quê?

— A matar o cara que saía com a sua irmã.

Piscou os olhos. Entreolharam-se.

— Nada disso.

— Não vai muito longe, cara. Toma cuidado com o que você diz — arriscou o rapazinho.

— Olha. Eu não sei o que meu pai lhe disse, mas o que eu vou dizer pra você é de fé. Não gosto de intrometidos e você é muito intrometido.

— Tem cara de intrometido — confirmou o rapazinho.

— Vamos acabar com isso de uma vez — disse o grandalhão com voz entrecortada.

— Não gosto de caras que se metem onde não são chamados. E estes dois, muito menos.

Avançaram dois passos. Carvalho estava ao alcance físico de seus braços, às suas costas havia o tapume de uma construção. O rapazinho foi o primeiro a puxar o canivete. Agitou-o diante do rosto de Carvalho. Pedro puxou o seu, parecendo que já estava aberto dentro do bolso. O grandalhão avançou os punhos, recuou os ombros, abaixou a cabeça. O rapazinho desfechou um golpe com o canivete visando o rosto de Carvalho. Esquivou-se recuando, e o brutamontes se jogou sobre ele enquanto Pedro atacava de frente. O punho do grandalhão chegou leve em seu rosto. Carvalho deu um pontapé na direção do rapazinho, que grunhiu e se curvou sobre si mesmo. Com as mãos deteve o ataque do brutamontes e o empurrou contra Pedro, que ia saltar sobre ele. A mão de Carvalho não chegou à pistola. O rapazinho o enfrentou xingando e empunhando o canivete cego. Agarrou um braço do rapazinho e o torceu até ouvir um estalido e o grito de dor:

— Você quebrou meu braço! Corno de uma figa!

Os outros dois olhavam o braço comprido e frouxo do rapazinho. Pedro atacou às cegas enquanto o brutamontes recuava. O canivete abriu um corte fino na bochecha de Carvalho. O grandalhão tomou coragem e o atacou. Carvalho lhe deu um soco com os dois punhos juntos. Os aros do soco-inglês brilharam nas juntas dos seus dedos. Quatro perfurações carnosas surgiram na cara cúbica do grandalhão. Carvalho se lançou sobre ele e o golpeou na cabeça e no rosto com as duas mãos. Em sua queda o rapaz se agarrou às pernas de Carvalho e o derrubou.

— Mata ele! Mata ele, Pedro! — gritava o rapazinho.

Pedro procurava entre os dois corpos agarrados um lugar para enfiar o canivete. Carvalho emergiu sobre seu antagonista abraçando-lhe o pescoço por trás e com um canivete espetando-lhe o rosto.

— Afastem-se, senão eu furo ele.

— Mata ele, Pedro. Mata ele!

O garotão tentava falar, mas o braço de Carvalho o estrangulava.

— Manda o pivete embora. Você, garotinho de merda, se manda.

Pedro fez sinal para que ele obedecesse. O rapazinho desapareceu do facho da luz e começou a atirar pedras de dentro da escuridão.

— Vai acertar em nós, seu animal!

Cessaram as pedras. Carvalho liberou o pescoço de sua presa, virou o rapaz com um empurrão e quando este estava de frente esmurrou-o com raiva na cara, no peito, no estômago. Quando o deixou de joelhos, martelou sua cabeça a socos até derrubá-lo. Saltou sobre o corpo e ficou frente a frente com Pedro. O esfaqueador marcava a distância com sua arma e ia retrocedendo ante o avanço de Carvalho. O detetive tirou o soco-inglês enquanto avançava e, quando liberou as mãos, sacou o revólver do bolso. Abriu as pernas, levantou o braço direito, segurando o revólver, e o apoiou com a mão esquerda apontando diretamente para o rosto de Pedro. Queria falar, mas a respiração agitada o impedia. Doíam-lhe o peito e a ferida do rosto.

— No chão. Jogue-se no chão ou faço sua cabeça voar! Joga o canivete pra cá. Cuidado com o que vai fazer.

O canivete se soltou da mão de Pedro. Em seguida, ele se atirou ao chão apoiando o corpo sobre os braços em ângulo para controlar os movimentos de Carvalho.

— Fica grudado no chão, cagão. Fica grudado no chão. Abre as pernas e os braços.

Pedro ficou no chão como um xis escuro sob o facho da luz. O rapagão se arrastava tentando alcançar o escuro. Carvalho deixou que se fosse. Aproximou-se lentamente de Pedro, tentando acalmar a respiração e expulsar a nuvem vermelha que havia entre suas têmporas. Deu um pontapé em uma das pernas de Pedro:

— Abre mais.

O abatido obedeceu. Carvalho começou a chutá-lo furiosamente. O outro se esquivava como um animal elétrico, mas os pontapés chegavam ao seu corpo, esmagavam-lhe o estômago, os rins, procuravam ansiosamente sua cara. Do chão, Pedro ouvia os arquejos de animal cansado e furioso que saíam da boca entreaberta de Carvalho. Um pontapé na têmpora o atordoou e então passou a sentir mais fracos os impactos de outros golpes, liberado da responsabilidade de se defender, mais uma vez entregue à sua má sorte. A mão de Carvalho levantou sua cabeça pelos cabelos. Fez com que ele se pusesse de joelhos e depois ficasse em pé. Viu bem de perto o rosto do detetive, o sangue de sua bochecha. Agarrou-o pela gola da jaqueta e o fez caminhar até o tapume. Ali o empurrou para que se espatifasse contra a calçada. Atrás dele, o detetive voltava a respirar como um animal cansado, sem fôlego, como se o ar gritasse de dor ao sair dos pulmões. Pedro o ouviu tossir e vomitar. Tentou se virar, mas seu corpo não obedeceu. As pernas lhe tremiam e seu cérebro lhe dizia que havia perdido. Sentiu novamente próximo o calor úmido que saía do corpo de Carvalho. A voz do detetive soou quase serena.

— Agora comece a andar rumo à casa onde mora sua irmã. Não se esqueça de que estou com o revólver. É só por milagre que eu não acabei com você, seu cagão.

Pedro começou a caminhar. Quando chegaram ao trânsito das ruas passou a andar rente às fachadas como Carvalho lhe ordenava em voz baixa. Seu instinto ordenava a mesma coisa. Devia estar com uma aparência terrível e não queria dar muito na vista.

— É bem superficial.

Ana Briongos desenhou a ferida de Carvalho com um traço de mercurocromo. Havia pedido às suas colegas de apartamento que saíssem. Seu irmão se deixou cair em uma cama dobrável aberta. Carvalho disse à garota que não o deixasse dormir. Ana se inclinou sobre seu irmão para escutar o que ele dizia. Verificou a articulação dos dedos de uma mão e Pedro grunhiu.

— Este dedo está quebrado e você está todo lanhado. Você fez tudo isto sozinho? Bela força, contra um rapazinho.

— Ele estava com seus cupinchas.

Ana não sabia por onde começar. Limpou com água oxigenada as tumefações do rosto de seu irmão. Quis tirar-lhe a jaqueta, mas ele se recusou em meio a gemidos. A porta se abriu e surgiu o pai.

— Pedro, filho! O que fizeram com você!

Parou de repente ao ver Carvalho.

— Boa noite.

— Muito boa.

A voz do homem saiu estrangulada.

— Pedro, filho, eu disse pra você. Eu disse pra você.

Pôs-se a chorar em pé, sem avançar nem recuar, como se não pudesse chorar e fazer outra coisa ao mesmo tempo.

— Para isso não precisava vir, papai.

— Está ferido?

— Uma surra. Foi ele que procurou.

O pai contemplava Carvalho como se este fosse um deus em cujas mãos estivesse o seu destino.

— O que vai fazer com ele?

Carvalho sentou-se. Por alguns instantes a cena se perdia na distância. Ana parecia uma enfermeira atendendo ao longe um ferido com o qual Carvalho nada tinha a ver. O velho Briongos parecia estar na porta de uma casa que não era dele, sem se atrever a pedir permissão para entrar. Carvalho sentia sede e ouviu sua voz pedindo água. Ana a trouxe. Estava gelada, mas tinha gosto de cloro.

— Traz um copo para o senhor. Vai reanimá-lo.

O velho Briongos continuava esperando sua decisão jupiteriana.

Carvalho ficou em pé, apanhou uma cadeira, aproximou-se de Pedro e sentou ao lado da cama.

— Se não puder falar, limite-se a escutar e a dizer sim ou não.

— Eu posso falar se eu quiser.

— Tanto melhor. Vocês três foram atrás de Stuart Pedrell e o mataram. Você e seus dois cupinchas.

— Não sabíamos que o nome dele era esse.

— Foram atrás dele e o mataram. Por que?

— Você não viu o que ele fez com a minha irmã?

— Imbecil! Imbecil! — gritou Ana Briongos exasperada.

— Eles não queriam fazer isso. Não pretendiam chegar a tanto — interveio o velho Briongos.

— Só queríamos dar um susto nele. Mas o cara ficou nervoso. O nojento botou a mão no meu ombro e começou a me dar conselhos. O Briguento, o rapazinho de quem você quebrou o braço, deu uma facada nele. De repente, o meu braço escapou e eu dei outra.

O velho Briongos havia escondido a cara e tremia. Ana olhava para seu irmão.

— Imbecil! Quem pediu para você fazer isso?

— Você é minha irmã!

— Procure entender, cavalheiro. É a irmã dele.

Com os braços abertos, o velho Briongos parecia abarcar a imensidão da irmandade que unia seus filhos.

— Se não tivesse vindo com pregação não teria acontecido nada com ele. Mas começou com aquele papo furado. Que eu devia fazer isto. Que eu devia fazer aquilo. Que minha irmã era livre e ele não era o único homem em sua vida. Ele falou isso, Ana, eu juro!

— E daí, idiota? Por acaso não é verdade?

— E vocês ficaram sabendo e se tornaram cúmplices de um assassinato.

— Eu não iria denunciar meu próprio filho.

— E você?

— E eu poderia mudar alguma coisa?

O velho Briongos juntou o pouco de coragem que lhe restava para dizer:

— Era um intruso. Para ele a gente não era quase nada.

— Fica quieto, papai.

— E o deixaram jogado em uma construção, no outro extremo da cidade.

— Ninguém jogou ele em construção nenhuma.

Carvalho olhou para Pedro, perplexo. Depois, para os outros dois, que pareciam confirmar o que ele dissera.

— Repita isso.

— Ninguém jogou ele em nenhum construção. A gente deixou ele bem machucado e ele foi embora.

— Pedro veio aqui em casa me dizer que havia ferido Antônio. Meu pai e eu saímos a sua procura por toda parte, a noite inteira, e não o encontramos.

— Claro. Ele foi pegar o metrô porque preferia morrer em uma construção no bairro da Trinidad. Vocês acham que eu vou acreditar nisso?

— Eu não espero nada de você. Mas é a pura verdade.

Briongos tinha nos olhos o fiozinho de luz da penúltima esperança.

— Vai saber o que aconteceu depois!

— Stuart Pedrell morreu das duas punhaladas que esses dois aprendizes de magarefe deram. Você não vai fazer carreira, menino. O rapazinho é um louco que vai matar por matar e o grandalhão tem tão pouco colhão quanto cérebro. Al Capone andava mais bem acompanhado.

— As más companhias, Pedrito. As más companhias. O que seu pai sempre lhe disse?

Pedro permanecia estendido olhando para o teto. Quando seus olhos encontravam os de Carvalho, o detetive via neles um ódio sem concessões, um ódio mortal, um obstinado vai-me-pagar-por-isso que o acompanharia por toda a vida. Carvalho saiu do quarto seguido de Ana e seu pai.

— Senhor, por favor. Não traga mais desgraça para esta família. Tentarei dar um jeito nele. Direi para ele se alistar na Legião. Lá farão dele um homem. Irão colocá-lo na linha.

— Fica quieto, papai. Não diga mais asneiras.

Briongos ficou para trás enquanto Ana acompanhava Carvalho até a porta.

— Em que está pensando?

— O que fez aquele homem com duas facadas no corpo? Não podia andar por muito tempo. Não tinha carro. Não podia pegar um táxi se não quisesse que percebessem o ferimento. Por que não pediu ajuda para que o levassem a um hospital?

— Talvez achasse que assim estava me ajudando.

— Quem o levou até a construção e o descartou como um cachorro morto?

Carvalho não esperou resposta. Chegou à rua. O ar fresco aliviou-lhe as escoriações do rosto e do corpo. Foi deixando para trás as ilhas de cimento daquela Polinésia em que Stuart Pedrell tentara descobrir a outra face da Lua. Tinha encontrado alguns indígenas endurecidos, a mesma dureza que Gauguin encontraria nas ilhas Marquesas, se os indígenas já tivessem assimilado inteiramente que o mundo é um mercado global no qual até eles estão sempre à venda. Atravessou a fronteira e se lançou a toda a velocidade pelas ladeiras do Tibidabo em busca de seu covil. Ensimesmou-se diante da lareira apagada acariciando o aveludado das orelhas de Banana, coçando-lhe a barriga enquanto ela agitava a pata em flagrante delírio de ciclista. A quem Stuart Pedrell recorreu naquela noite? Deve ter escolhido o que lhe pareceu o porto mais seguro de seu antigo reino. Sua casa, impossível. Se não, qual o propósito da investigação? Também não poderia esperar uma ajuda eficaz de Nisa. Tinha de escolher entre seus sócios e Lita Vilardell.

Às três da madrugada ligou para Lita Vilardell. Um homem atendeu ao telefone. Era a voz do advogado Viladecans.

— Pergunte à senhorita Vilardell se amanhã ela tem aula de piano.

— É para isso que está ligando a esta hora?

— Pergunte a ela.

Ela veio ao telefone.

— O que significa isto?

— Que desejo vê-la amanhã. Se possível, cedo.

— Não podia esperar e ligar para mim pela manhã?

— Não. Quero que passe a noite inteira tentando imaginar o que vamos conversar.

A mulher se afastou do telefone. Conversava com Viladecans aos sussurros. Desta vez foi ele quem falou ao telefone.

— Você não poderia vir agora?

— Não.

Carvalho desligou. Dormiu aos sobressaltos, desarrumando a cama em sua agitação. Nos intervalos de vigília plena, consolava-se pensando que não era o único naquela noite a não conseguir dormir.

Acabavam de tomar uma ducha. Perguntaram despreocupadamente a Carvalho se queria acompanhá-los no café da manhã. Com um gesto, o detetive recusou. Continuaram a passar manteiga nas torradas, distribuindo as geléias com entusiasmo infantil. Bebendo o café com leite como se fosse o elixir da vida. Suspirando satisfeitos diante da brisa matinal que entrava pela porta entreaberta do terraço.

— Não vai querer nem um café?

— Se for só café, sim. Sem açúcar, obrigado.

— É diabético?

— Não. Uma vez tive um amor adolescente, uma garota que se drogava com café sem açúcar. Eu me acostumei, por amor e por solidariedade.

— O que foi feito da garota?

— Casou com um austríaco que tinha um pequeno avião. Agora vive em Milão com um inglês, ela gosta dos ingleses, e escreve poemas surrealistas em que às vezes eu apareço.

— Imagine só. Que vida mais interessante a desse homem!

Viladecans sorriu amplamente enquanto acendia amplamente o cigarro e amplamente enchia o lugar com excessiva fumaça, como se tivesse desejado consumir o cigarro com uma só tragada.

— Você costuma marcar encontros às três da madrugada?

— Achei que era uma hora conveniente. É a hora em que se volta para casa e em que se acaba de fazer amor.

— Assim é muito programado. Eu prefiro as sobremesas.

— Eu também.

Viladecans assistia ao diálogo sem intervir.

— Na realidade, não sei qual o meu papel aqui — disse por fim.

— Você já vai saber. Mas talvez seja um papel muito maior do que parece. Agora que já estão com o estômago em ordem, vou contar a você o meu problema. O senhor Stuart

Pedrell foi apunhalado há três meses no subúrbio de San Magín. Ficou ferido, talvez mortalmente, e tentou encontrar ajuda. Repassou rapidamente em sua cabeça aqueles que poderiam ajudá-lo e acabou escolhendo você. Não podia ter vivido em vão uma relação apaixonada que durara oito anos.

— Apaixonada é exagero.

— Foi apaixonada. Mas não vem ao caso. O certo é que escolheu você. Pediu que você fosse buscá-lo, que precisava de você, que estava ferido. Você talvez hesitasse em lhe prestar ajuda, talvez não. Mas finalmente foi. Apanhou-o. Levou-o para algum lugar. Aqui? Provavelmente aqui. Sem dúvida chamou alguém para ajudá-la ou não precisou chamar, esse alguém já estava aqui. Estou enganado quando suponho que era você?

Viladecans pestanejou, sorridente.

— Absurdo.

— Se não era você, era o da Harley-Davidson.

— De que Harley-Davidson está falando?

— Ela me entendeu muito bem. Bem. Constataram que Stuart Pedrell estava morrendo. Constataram a tal ponto que ele morreu aqui. Então você e Viladecans ou você e o da Harley-Davidson tornaram a colocar o corpo no carro. Procuraram um lugar afastado da cidade. Um lugar onde demorassem a encontrá-lo. Escolheram uma construção cujas obras estavam paralisadas. Construção e obras que provavelmente Viladecans conhecia como procurador de algumas imobiliárias. Foram para lá. Ergueram o corpo sobre o tapume, o empurraram, ouviram o ruído do corpo ao cair e rolar pelo declive. Acharam que levaria semanas para ser encontrado, mas no dia seguinte um ladrãozinho de carros tentou se esconder naquela construção, a polícia o apanhou e o leite derramou. Stuart Pedrell deve ter falado antes de morrer. Provavelmente disse algumas coisas incoerentes sobre onde havia estado durante o ano em que esteve desaparecido. Esse ano se transformava em um perigoso poço de tempo. Teria dito a alguém que ia buscar ajuda na casa de sua antiga amante? Daquela garota com quem se encontrava em Londres às quatro da tarde, sobre um gramado do Hyde Park? Ou no Tivoli de Copenhague, no poço das risadas.

— Você está muito bem informado sobre as fantasias eróticas de Carlos.

— Eu já lhe disse que se sabe de tudo sobre vocês. Precisavam saber onde Stuart Pedrell havia se metido. A que mares do Sul havia chegado. Vocês precisavam, e a viúva e seus sócios precisavam. Existem milhões e milhões de interesses no meio.

— Não fui eu que acionei sua investigação. Foi tudo coisa de Mima. Digo mais: achei um absurdo desde o começo, mas como advogado não podia me recusar.

— Como advogado e como envolvido. Não sou um moralista nem vou discutir o direito de vocês tirarem os cadáveres de suas costas. Talvez o procedimento seja pouco humano, porém os valores humanos sempre foram e sempre serão convencionais. Talvez vocês tivessem podido fazer alguma coisa para lhe salvar a vida.

— Não se podia fazer nada.

— Lita!

— Deixa estar. O que importa? Ele sabe tudo e não sabe nada. É a sua palavra contra a nossa. Não se enganou em nada. Não era o da Harley, era o amigo aqui. Estávamos juntos. Na cama, mais especificamente, quando ele telefonou. Mesmo que tivesse me ligado dos mares do Sul, não teria parecido um telefonema mais distante, mais absurdo. Primeiro eu não quis ir. Mas sua voz era preocupante. Fomos buscá-lo juntos. Ele não queria ir para nenhum hospital. Propusemos deixá-lo na porta e que ele nos desse tempo para irmos embora. Não quis. Queria um médico amigo. Pensamos em quem poderíamos chamar. Não nos deu tempo. Morreu.

— De quem foi a idéia de jogá-lo por aí?

— Não importa. Ficamos imaginando a situação: o cadáver de Stuart Pedrell aparece no apartamento de sua amante que então tinha um caso com seu advogado. Uma reportagem da *Interview* denunciava a maldade dos ricos e aproveitava para falar de toda a tramóia das empresas em que Carlos estava metido... Não havia escolha possível.

— Podiam tê-lo deixado na porta de seu chalé. Na posição de quem vai telefonar e não consegue reunir as últimas forças. O vagabundo volta para casa para morrer junto aos seus.

— Não nos ocorreu. Nunca tive imaginação literária. Você também não, não é mesmo?

— Eu contesto tudo o que você disse. Eu não admito nada disso. Eu não disse nada.

— Podia acrescentar que só falará na presença de seu advogado, que é você mesmo.

— Pode rir, se quiser, mas agora resta saber qual será a reação de Mima.

— O que aquela ali vai fazer? Levantar a bandeira de seu amor ferido? Ela se importava com Carlos ainda menos do que eu. Qual a sua opinião, senhor Carvalho? Podemos esperar um final feliz?

— Parece que você, na verdade, está me perguntando se vocês podem esperar um final sem aborrecimentos.

— Exatamente.

— Não depende de mim. A última palavra é da viúva.

— Gostaria de sugerir, senhor Carvalho, e deixo claro que continuo sem admitir nada, que este assunto poderia ser resolvido de forma a satisfazer a todos. Pode nos apagar dessa história? Estou disposto a pagar pelo serviço com muita generosidade.

— Eu, nem um centavo. Não seja idiota. O que podemos perder?

— Minha conta para a viúva será bastante elevada. Eu me dou por bem pago. Além do mais, tive a oportunidade de acompanhar uma história exemplar que quase me faz crer na fatalidade. Existem coisas que são contra a natureza. Tentar fugir da própria idade, da própria condição social leva à tragédia. Pensem nisso toda vez que sentirem a tentação de partir para os mares do Sul.

— Se alguma vez eu for, será em um cruzeiro. Mas isso não me atrai. Minha irmã esteve lá e, realmente, tudo é muito bonito, mas você não pode colocar nem o dedão do pé na água. Quando não é cobra-d'água é tubarão. Prefiro o Caribe ou o Mediterrâneo. São os únicos mares civilizados deste mundo.

— Quando for falar com Mima, lembre-se de minha oferta. Por outro lado e por muito que qualquer revista especializada em difamação possa lhe pagar, não lhe pagará tanto quanto eu.

De repente, o advogado teve um acesso de pressa. Fazia uma hora que era esperado numa audiência no tribunal. Carvalho continuou a se fazer de desentendido mesmo quando o advogado se plantou na porta esperando que ele saísse à sua frente. Lita Vilardell fez um gesto a Viladecans para que se fosse. Carvalho olhava para os seus olhos dinásticos, herdados do último negreiro europeu e do primeiro negreiro catalão. Pouco a pouco a mulher abandonou o esgar irônico de suas feições e passou a contemplar a agitação das bananeiras no terraço, movidas por um vento súbito.

— O vento é a salvação desta cidade — disse ela.

Por fim, resolveu enfrentar o olhar de Carvalho.

— Talvez você se surpreenda, mas uma amante pode se sentir mais humilhada que a própria esposa quando se torna a concubina velha e esquecida de um harém.

Carvalho procurou embriagar-se pelo método rápido. Enquanto redigia o relatório, esvaziou uma garrafa de Ricard e toda a água gelada que Biscuter tinha na geladeira. Com o estômago transformado em um mar de anis aguado, pediu toneladas de comida para absorver o líquido. Deu cabo do bacalhau *al ajo arriero*, da omelete de batatas e cebola improvisada por Biscuter e, além disso, exigiu um sanduíche de sardinhas em escabeche que Biscuter fazia com esmero, dando mais importância ao orégano que ao louro. Ligou para Charo para confirmar o fim de semana e a hora em que ela devia passar por Vallvidrera para apanhá-lo.

— O que você tem? Está com voz de quem está gripado.

— Estou bêbado.

— A esta hora?

— Qual a melhor hora?

— Espero que não passe o final de semana bêbado.

— Vou passar como me passar pelo saco.

Desligou e compensou o remorso comendo as bananas ao rum que Biscuter havia preparado, atônito diante do surto de voracidade do detetive.

— Biscuter, desça até a Ramblas e peça para mandarem um buquê de flores para Charo. Ainda hoje.

Terminou o relatório, enfiou-o em um envelope e o guardou no bolso. Apanhou outro papel e escreveu:

Talvez seja bom você fazer essa viagem, mas sozinha ou em melhor companhia. Procure um rapaz amável, para o qual você faça um favor com essa viagem. Recomendo um rapaz sensível, com alguma cultura e não muito dinheiro. Você os encontrará aos montes na faculdade de Filosofia e Letras. Acrescento as coordenadas de um professor amigo meu que pode ajudar a encontrá-lo. Não o abandone até chegarem, pelo menos, a Katmandu, e deixe com ele dinheiro suficiente para que possa voltar. Siga sua viagem e não volte até que tenha caído de cansaço ou velhice. Você ainda chegará a tempo de constatar que aqui todo mundo se tornou mesquinho ou louco ou velho. São as únicas três possibilidades de sobreviver em um país que não fez a Revolução Industrial a tempo.

Escreveu o nome de Yes e seu endereço em um envelope, colocou dentro dele a carta na qual acrescentou o endereço de Sérgio Beser e alguns esclarecimentos e conselhos sobre o caráter das pessoas do Maestrazgo. Colou o selo com um mar de saliva alcoólica e saiu para rua com a carta na mão como se fosse o lenço que dá passagem à ambulância. Lançou-a nos abismos de uma caixa do correio e parou a contemplá-la como se a caixa fosse, a um só tempo, um objeto não-identificado e a tumba de um ente querido. Missão cumprida, disse a si mesmo. Mas alguma coisa o inquietava, e descobriu de repente o que era ao passar diante do lugar onde outrora ficava a quadra de pelota Jai Alai.

— A padeira!

Consultou sua agenda e entrou no vaivém vespertino das ruelas já animadas pelo despertar de suas flores noturnas. Pensão Piluca.

— A senhora Piluca está?

— A senhora Piluca era minha mãe e faz anos que morreu.

— Desculpe-me. Eu procuro um basco que se chama como quase todos os bascos. Ele se hospeda aqui com uma senhora.

— Acabam de sair. Costumam ir ao bar da esquina.

— Estas ruas estão cheias de esquinas e de bares.

— O bar Jou-Jou.

Uma espelunca que pregava pelo exemplo economizando toda a energia elétrica possível para que não se visse a quantidade de moscas que cobriam os "petiscos sortidos" e os salames de carne de cachorro. O basco e a padeira comiam um sanduíche em uma mesa de canto.

— Com licença.

Sentou-se antes que pudessem reagir.

— Estou a serviço do ETA.

O homem e a mulher se entreolharam. Ele era forte e moreno, com a barba como um tufo de capim azul sobre uma mandíbula poderosa. Ela era uma dama rechonchuda e branca com cachos loiros que disfarçavam mal as descuidadas raízes castanhas de seu cabelo.

— Ficamos sabendo que você anda se gabando por aí de terrorista e isso não é de nosso agrado.

— Que eu...?

— Você anda por aí tirando uma de terrorista para impressionar mulheres como esta e levá-las para a cama. Nós ficamos sabendo e você está na lista. Já sabe o que eu quero dizer. Por muito menos tem gente que ainda está correndo até o pólo Norte. Você tem duas horas para fazer as malas. E tome cuidado para que não explodam.

Carvalho se espreguiçou contra o encosto da cadeira para que sua jaqueta se abrisse e o basco pudesse ver o revólver aparecendo na cintura da calça. O basco havia se levantado. Olhava para a aterrorizada dama branca e para Carvalho.

— Duas horas — insistiu.

— Vamos.

— Você vai, ela não. Você quer ir com este terrorista de araque?

— Eu não sabia...

— Eu não aconselho. Se ele se comportar direito não lhe acontecerá nada. Mas voltará a recorrer ao engodo um dia desses, e eu não gostaria que você estivesse ao seu lado quando formos obrigados a mandá-lo pelos ares.

O homem saiu de trás da mesa.

— Pague esse sanduíche asqueroso antes de ir. Deixe a roupa da mulher. Depois ela subirá para apanhá-la.

— Eu saí de casa com a roupa do corpo.

— Melhor. Então leve o que sobrar de lembrança.

Carvalho não voltou a cabeça para vê-lo partir. A metade do trabalho estava feita. Vinte e cinco mil pesetas. Tinha de ganhar as vinte e cinco mil restantes. A mulher era puro pânico paralisado naquela cadeira ensebada.

— Não se preocupe. Não vai acontecer nada com você. Já tínhamos informações detalhadas sobre ele. É a terceira ou quarta vez que ele faz isso com a gente. Não é um rapaz ruim, mas ele gosta demais de transar.

— Que louca que eu fui!

— Não. Acho muito bom que você se tenha permitido respirar um pouco. Vai ser muito bom para o seu marido também.

— Não me deixará voltar. E as meninas! Minhas filhas!

— Claro que ele a deixará voltar. Quem vai fazer as contas para ele? Quem irá cuidar das meninas? Quem arrumará a casa para ele? Quem irá a Zaragoza buscar farinha? Aproveite as viagens a Zaragoza ou torne a deixá-lo mais tarde, mas escolha melhor o acompanhante.

— Nunca mais.

— Isso você nunca pode dizer.
— Meu marido é muito bom.
— Os maridos precisam ser bons, principalmente quando não possuem outras qualidades.
— E muito trabalhador.
— Bem, então a coisa muda de figura. Já são muitas qualidades. Volte. Tenho informações de que ele a está esperando.
— Como sabe? Como sabe tantas coisas?
— Não ouviu falar de nossos comandos de informação? Sabemos de tudo e mais que o governo. Localizamos esse farsante quando morava no mesmo prédio que vocês e um dos nossos foi destacado para lá.
— Não chegou nenhum inquilino novo no nosso andar. A menos que tenha sido algum trabalhador eventual. Esses estão sempre entrando e saindo.
— Você entendeu muito bem a coisa.
— Como vou saber se ele vai me aceitar de volta? Você vem comigo?
— Ligue para ele.
Enquanto ela telefonava, Carvalho deu fim no sanduíche que o basco havia deixado pela metade. Era de salame. Nem sequer de cachorro. Devia ser de salame de rato e lagarto e em lugar de pimenta haviam colocado mínio, para que não se oxidasse. Ela voltou com lágrimas nos olhos, radiante.
— Posso voltar. Preciso me apressar. Ele me disse que iremos juntos esperar as meninas na saída da escola. Obrigada. Muito obrigada! Fico muito agradecida.
— Diga a seu marido que não se esqueça de mim.
— Não o esqueceremos, nem ele nem eu. Como vou para casa? Tenho medo de andar sozinha por este bairro.

Carvalho a acompanhou até a praça do Arco do Teatro. Colocou-a em um táxi e desceu para os mictórios para mijar demoradamente os primeiros álcoois depurados por um corpo que lhe pesava como se estivesse cheio de areia.

— Coloquei tudo por escrito. Estou ficando velho. Antes podia recitar de cor uma conclusão, e em geral os clientes ficavam satisfeitos.

A viúva de Stuart Pedrell estava com as gavetas da escrivaninha abertas, os olhos também abertos e com uma das mãos arrastava o lápis pela têmpora, pensativa. Uma meia peruca de cabelos castanhos cobria seus cabelos negros. Suas formas em repouso sobre a poltrona executiva estavam vestidas com a dignidade de uma senhora gerente que oculta apetites de penúltimas festas. Folheou, sem ler, o relatório de Carvalho.

— É extenso demais.

— Posso lhe fazer um resumo verbal. Mas talvez esqueça alguma coisa.

— Vou correr o risco.

— Seu marido foi assassinado por alguns esfaqueadores no subúrbio de San Magín. Uma questão de honra. Seu marido havia engravidado a irmã de um esfaqueador e tentava redimir uma família inteira, um bairro inteiro. Era muito. Sobretudo se levarmos em conta que seu marido era um dos construtores desse sinistro bairro. Muito provavelmente a garota da história leva na barriga um filho do senhor Stuart Pedrell, mas não se assuste: ela não quer absolutamente nada. É uma garota moderna, trabalhadora, de esquerda. A senhora teve sorte. A senhora e seus filhos. Só que o caso não termina aí. Seu marido, mortalmente ferido, procurou refúgio na casa de uma de suas amantes, a senhora ou senhorita Adela Vilardell, a quem encontrou recém-saída de uma cama na qual ainda estava deitado o advogado Viladecans. Pode-se dizer que ele morreu nos braços de Viladecans. Aterrorizados, porque achavam ser ele um ressuscitado, os dois amantes destruíram seus documentos, deixando apenas o bilhete enganador "... agora ninguém me levará ao Sul" e o jogaram em um canteiro de obras da cidade. Foi um fato providencial porque, graças a um erro meu baseado na localização do canteiro, cheguei a descobrir tudo... mas disso a senhora irá se inteirar se ler o documento. Está chorando?

Na pergunta de Carvalho havia uma ironia mal controlada. A viúva quase mastigou a resposta, irritada.

— Você é dos que acreditam que nós, ricos, não temos sentimentos.

— Vocês têm. Só que menos dramáticos. Tudo o que sofrem lhes custa menos ou pagam menos.

Havia recuperado a compostura e olhava o relatório como uma mercadoria.

— Quanto?

— Há uma fatura detalhada na última folha. No total, trezentas mil pesetas e, em troca, tenha a certeza de que ninguém irá tocar em um só centavo do seu patrimônio.

— É um bom negócio, sobretudo se a garota não reclamar a paternidade de meu marido.

— Não reclamará pelo seu próprio bem. A não ser que você queira colocar este relatório nas mãos da polícia e saiam em busca de seu irmão. Daí tudo vazará.

— Ou seja...

— Ou seja, se quiser ter a festa, a honra e a fortuna em paz terá que deixar impune este crime.

— Ainda que essa história da garota não tivesse aparecido, eu não moveria nem um dedo para que a polícia encontrasse o assassino.

— É uma amoral.

— Quero descansar. Fiz o papel de mulher de negócios durante um ano intenso. E me saí muito bem. Vou partir em viagem.

— Para onde?

Carvalho leu a resposta no brilho irônico que dilatou ainda mais as pupilas muito negras da viúva.

— Para os mares do Sul.

— Uma peregrinação sentimental? Um ato de desagravo?

— Não. Uma viagem de confirmação pessoal. Como você já deve ter sido informado por minha filha, da qual, ao que parece, ficou muito íntimo, meu filho mais velho gasta em Bali o dinheiro que lhe envio. Aproveitarei a viagem para vê-lo e em seguida continuo a rota.

— A rota que seu marido deixou num mapa.

— E em uma agência de viagens. O roteiro estava muito bem estudado. Consegui que me fosse transferido o crédito e assim poupei o depósito antecipado.

— E isso você fez nas semanas que se seguiram à descoberta do corpo de seu marido.

— Sim. Reclamei na agência e me concederam.

A viúva havia se levantado. Foi até um cofre embutido atrás de um quadro de Maria Girona, abriu-o, preencheu um cheque, destacou e entregou a Carvalho.

— Incluí cinqüenta mil pesetas de gorjeta.

Carvalho assoviou assumindo o papel de detetive particular pago em dólares em Santa Mônica por uma cliente caprichosa.

— Que tudo fique entre mim e você.

— É preciso aumentar o grupo: Viladecans, a senhorita ou senhora Adela, a garota de San Magín, sua família...

— Você não contou para minha filha...

— Não. Nem poderei dizer depois porque não voltarei a vê-la.

— Alegra-me saber disso.

— Já esperava sua alegria.

— Não sou uma mãe possessiva, mas Yes está traumatizada pelo que aconteceu a seu pai. Está procurando um pai.

— Estou ficando velho, mas ainda não cheguei à idade em que a pederastia se disfarça de desejos de rejuvenescer ou vice-versa.

Carvalho havia se levantado. Ergueu uma mão semiaberta e se deu por despedido. Na porta, porém, foi detido pela proposta da viúva.

— Não quer vir comigo até os mares do Sul?

— Tudo pago?

— Com o que você recebeu poderia custear sua própria viagem. Mas isso não seria problema.

À distância parecia mais frágil, menor. Nos últimos tempos, Carvalho tentava descobrir nos adultos os traços e gestos que teriam possuído na adolescência e na infância. Isso fazia com que se tornasse perigosamente indulgente. A viúva Stuart Pedrell devia ter sido uma garota com toda a capacidade de entusiasmo deste mundo. Ainda havia mares em seus olhos e as feições maceradas evocavam o rosto de uma garota esperançosa que desconhece a brevidade daquela doença que separa o nascimento da velhice e da morte.

— Já não tenho idade para ser um gigolô.

— Você vê tudo pelo lado sórdido: ou pederasta ou gigolô.

— Deformação profissional. Iria com você com muito prazer. Só que tenho medo.

— De mim?

— Não. Dos mares do Sul. Tenho obrigações: uma cadela de meses de idade e duas pessoas que no momento precisam de mim ou acreditam que precisam.

— Será uma viagem curta.

— Há tempos atrás eu lia livros e em um deles alguém havia escrito: gostaria de chegar a um lugar do qual não quisesse regressar. Todo mundo busca esse lugar. Eu também. Há quem disponha de léxico para expressar essa necessidade e há quem tenha dinheiro para satisfazê-la. Mas milhões e milhões de pessoas querem ir para o Sul.

— Adeus, senhor Carvalho.

Carvalho tornou a levantar a mão e saiu sem voltar o rosto para ela.

Já havia acendido o fogo, afundado os pés nos chinelos quase transparentes pelo uso, vagueado pela cozinha em busca da inspiração para um petisco que não chegava a se configurar, quando reparou que Banana não havia corrido para recebê-lo. Esquentou para ela um pouco de arroz pronto com verduras e fígado, despejou tudo no prato do animal e saiu pelo jardim a chamá-lo. Não apareceu. Primeiro pensou na possibilidade de que tivesse fugido atrás da faxineira ou de que tivesse saltado o muro alto ou ficado trancada em algum cômodo da casa. Mas uma vaga e cada vez mais dolorosa ansiedade o fez procurá-la pelos cantos do jardim, até encontrá-la como um cachorro de brinquedo, esvaído no charco de seu próprio sangue. Haviam-lhe cortado o pescoço e a cabeça se dobrava quando Carvalho a levantou para aproximá-la de seus olhos. O sangue havia secado sobre o pêlo e lhe dava um aspecto de boneco de papelão opaco, de boneco de papelão opaco morto, com os olhos amendoados semicerrados e o focinho enrugado em um gesto de ferocidade inútil de animal indefeso. Tinha a carne de papelão, o latido e o choro para sempre silenciados. O canivete havia aberto um talho longo e profundo, como se tentasse separar a cabeça do corpo.

A cidade cintilava na distância e suas luzes começaram a se encharcar nos olhos de Carvalho. Buscou uma pá no sótão, voltou para junto de Banana e cavou um buraco a seu lado, como se quisesse lhe fazer uma última companhia. Entregou o corpinho de papelão ao fundo escuro da terra úmida. Sobre o corpo deixou cair com cuidado o prato de plástico, o vidro de xampu, a escova, o spray de desinfetante agora inútil para aquela ferida definitiva e foi lançando terra, deixando para o final a cabeça de Banana, de perfil, o pequeno brilho profundo de seu olho semicerrado. Recobriu a terra com o fino cascalho que havia separado, jogou para o lado a pá, sentou-se na beirada do muro e com as mãos se agarrou às bordas dos tijolos para que o peito não explodisse com os soluços. Os olhos lhe ardiam, mas sentia uma súbita limpeza na cabeça e no peito. Olhando para a cidade iluminada, disse:

— Filhos da puta, filhos da puta.

Bebeu uma garrafa de orujo gelado e às cinco da madrugada foi despertado pela fome e a sede.

ESTA OBRA FOI COMPOSTA PELA HELVÉTICA EDITORIAL EM BASKERVILLE E IMPRESSA PELA GEOGRÁFICA EM OFFSET SOBRE PAPEL PRINT-MAX DA VOTORANTIM PARA A EDITORA SCHWARCZ EM MARÇO DE 1998.